Marina Anderson
Haus der Versuchung

PIPER

Zu diesem Buch

Als erfolgreiche Geschäftsfrau wird Nathalie Bowen von vielen beneidet. Sie ist jung und gutaussehend, doch in ihrem Privatleben tut sich wenig, und die Hoffnung auf eine erfüllende Beziehung hat sie allmählich aufgegeben. Als eine Freundin ihr von einem exklusiven Wellnessressort erzählt, das es sich zur Aufgabe gemacht hat, seinen Gästen zu ungekannten erotischen Freuden zu verhelfen, ist Natalie zunächst abgestoßen. Doch dann beschließt sie, dass es an der Zeit ist, ihre Hemmungen zu überwinden. Bald darauf verbringt sie ein Wochenende im *The Haven*, wo sie lernt, nach den Regeln anderer zu spielen und sich immer wieder neuen Herausforderungen zu stellen. Sie entdeckt verborgene Sehnsüchte an sich, von deren Existenz sie nichts ahnte, erlebt ungekannte Extasen und trifft einen Mann, der sie allmählich, aber unaufhaltsam in seinen Bann zieht.

Marina Anderson ist das Pseudonym einer erfolgreichen Autorin, die bereits zahlreiche Krimis, Romane und erotische Romane veröffentlicht hat. Sie wurde in der Nähe von London geboren, ist verheiratet und hat einen Sohn. Mit ihrem Mann lebt sie im Osten Englands.

Marina Anderson

Haus der Versuchung

Roman

Aus dem Englischen von
Henriette Zeltner

Piper München Zürich

Mehr über unsere Autoren und Bücher:
www.piper.de

MIX
Papier aus verantwortungsvollen Quellen
FSC® C014496

Deutsche Erstausgabe
1. Auflage August 2013
2. Auflage August 2013
© 2000 by Marina Anderson
Titel der englischen Originalausgabe:
»Haven of Obedience«, Sphere, London 2012
First published in Great Britain in 2000 by X Libris
© der deutschsprachigen Ausgabe:
2012 Piper Verlag GmbH, München
Umschlaggestaltung: Cornelia Niere, München
Umschlagabbildung: RPM Pictures/Getty Images
Satz: Fotosatz Amann, Aichstetten
Gesetzt aus der Scala
Papier: Munken Print von Arctic Paper Munkedals AB, Schweden
Druck und Bindung: GGP Media GmbH, Pößneck
Printed in Germany   ISBN 978-3-492-30357-6

1. Kapitel

An einem Sonntagabend im April waren zwanzig Leute in der Lobby des Haven-Hotels versammelt. Mit großer Aufmerksamkeit lauschten sie dem Besitzer Rob Gill. »Ich vertraue darauf, dass Sie Ihren dreitägigen Aufenthalt hier genossen haben«, sagte er, und ein angedeutetes Lächeln umspielte seinen Mund. »Zumindest haben Sie mit Sicherheit alle etwas Neues über sich selbst gelernt.«

Jan Pearson, die achtundzwanzigjährige selbstständige Casterin, spürte, wie sie errötete. Sie blickte verstohlen zu den anderen Teilnehmern hinüber, aber die hatten nur Augen für Rob. Jetzt sahen sie alle wieder so normal aus: die Frauen in ihren Hosenanzügen oder in Designer-Freizeitoutfits, die meisten Männer in schicken Anzügen. Was für ein Kontrast zu ihrem Auftritt im Verlauf dieses Wochenendes. So hatte sie beispielsweise den Mann, der jetzt neben ihr stand – wohlverpackt in einem Dreiteiler, weißem Hemd und dunkelblauer Krawatte –, unterwürfig zu Füßen einer üppigen Blondine knien gesehen; die Hände hinter dem Rücken gefesselt, hatte er vor Aufregung und Begierde zitternd darauf gewartet, dass sie ihm endlich den grausam hinausgezögerten Höhepunkt erlaubte.

»Wichtig ist, dass Sie Folgendes verstehen«, fuhr Rob fort, »Sie sind jetzt Teil einer sehr exklusiven Geheimgesellschaft. Nach Ihrer Ankunft hier haben Sie ein Dokument unterzeichnet, in dem Sie sich unserem Schweigekodex verpflichteten. Sich daran zu halten fällt Ihnen womöglich schwer, sobald Sie wieder Freunden aus Ihrem Alltag begegnen. Doch sollte irgendwer von Ihnen diesen Schwur brechen, würde derjenige geächtet. Mit anderen Worten, er oder sie dürfte uns nicht mehr besuchen.«

Jans Mund wurde trocken. Schon nach einem einzigen Wochenende war sie süchtig nach den Vergnügungen, die sie hier zu genießen gelernt hatte, in diesem so besonderen Resort. Wenn ihr vorher jemand gesagt hätte, wie erotisch sie es finden würde, zu Gehorsam und Unterwerfung gezwungen zu werden, hätte sie denjenigen ausgelacht. In all ihren Beziehungen hatte sie stets die Kontrolle bewahrt, und genau so hatte sie es sich auch gewünscht. Dennoch hatte ihr Aufenthalt im Haven, diesem faszinierenden Refugium der Gefügigkeit, sie total verändert.

»Ich bin mir sicher, dass viele von Ihnen, die Sie heute hier sind, untereinander in Kontakt bleiben wollen, und das entspricht auch unseren Vorstellungen«, fuhr Rob fort. »Sie sind nun allesamt Gleichgesinnte. Die einzigen Leute hier, die Sie nicht weiterhin treffen können, sind Ihre Lehrer. Denn Sie dürfen nie vergessen, dass das hier für uns ein Job ist. Es ist nichts Privates.«

Die Brustwarzen unter Jans figurbetontem Rippstrickpulli mit V-Ausschnitt wurden plötzlich hart, und sie spürte, wie sie sich an dem Gewebe rieben. Das war Robs Schuld – seine Worte hatten sie an den vorangegangenen Abend erinnert.

Sie hatte nach einer langen Session mit einem der anderen Lehrer und zwei Gästen völlig erschöpft und übersättigt auf ihrem Bett gelegen, als Rob das Zimmer betrat. Begleitet von einem jungen Kerl, einem Lehrer in der Ausbildung, mit dem Jan zuvor noch nie zu tun gehabt hatte. Rob hatte ihr verkündet, sie seien gekommen, um ihr eine Stunde lang Lust zu bereiten. Zunächst hatte sie das für einen Irrtum gehalten und erklärt, sie sei schon sehr verwöhnt worden. Da hatte sich seine Miene schlagartig geändert, hatte einen Ausdruck angenommen, an den sie sich im Laufe des Wochenendes gewöhnt hatte. Seine stechend blauen Augen waren schmal geworden.

»Ich hoffe, Sie versuchen nicht immer noch, mir zu sagen, was ich tun soll, oder, Jan?« Weil sie sich an die Bestrafungen erinnerte, die sie hatte erdulden müssen, bevor sie die Gebote des Haven begriff, hatte Jan hastig den Kopf geschüttelt. »Dann ist es gut. Denn wie Sie wissen, wird hier von Ihnen erwartet, unseren Wünschen zu gehorchen. Und Marc und ich wünschen, Ihnen Lust zu verschaffen. Ihre Wünsche sind völlig unerheblich.«

Zu Jans Erstaunen hatten Robs Worte sie erregt. Dennoch war sie überzeugt davon, dass ihr erschöpfter Körper zu keiner Reaktion mehr fähig wäre, egal, was die beiden Männer mit ihr anstellten. Wie sehr sie sich da getäuscht hatte, dachte sie jetzt, als ihr die intensiven Orgasmen, die die beiden ihr abgetrotzt hatten, in den Sinn kamen.

Jan erinnerte sich, wie Rob rittlings auf ihr gesessen und ihre Brüste mit duftendem Öl geknetet hatte, während Marc, der am Fuß des Bettes kniete, ihre Beine geöffnet und unglaublich gekonnt mit seiner Zunge ihre empfindlichste Stelle berührt hatte. Irgendwann hatte sie aufgehört zu zählen, wie oft ihr Körper sich in Krämpfen hilfloser Lust zusammengezogen und gekrümmt hatte. Es war ein unvergleichliches Erlebnis gewesen, und nachdem Rob schließlich von ihr herabgestiegen war und mit der Hand über ihren schweißüberströmten Körper gestrichen hatte, da meinte sie, für einen kurzen Moment etwas Persönliches in seinem Blick gesehen zu haben. Aber wie es jetzt schien, hatte sie sich geirrt. Und falls nicht, so würde es ihr niemals gelingen, das herauszufinden.

»Ich hoffe, dass wir Sie irgendwann hier wiedersehen«, sagte Rob. »Ich schlage vor, dass diejenigen unter Ihnen, die gelernt haben, dass Schmerz Lust bereiten kann, ihre Telefonnummern austauschen. Bei den meisten von Ihnen dürften die neuen sexuellen Vorlieben auf die Menschen, mit denen Sie bisher intim waren, gelinde gesagt schockierend wirken.« Eine kleine Welle verlegenen Gelächters ebbte durch den Raum.

Jans Po spannte sich unter dem knöchellangen schmalen Rock an, als sie an das heiße Stechen dachte, das die Latexpeitsche ihr bereitet hatte, die Robs Stellvertreter Simon so gekonnt schwang. Beim ersten Schlag hatte sie vor Schock und Wut aufgeschrien. Aber da sie mit gespreizten Gliedmaßen auf einem großen Holztisch gelegen hatte, an Hand- und Fußgelenken von anderen Gästen festgehalten, war sie unfähig gewesen, irgendetwas dagegen zu tun.

Während ihre »Bestrafung« fortgesetzt wurde, hatte sie nach und nach erstaunt festgestellt, dass das Unbehagen rasch verflog und dagegen die Hitze der Hiebe durch ihren ganzen Körper zu rasen schien, sodass ihre Brüste hart wurden und es in ihrem Unterleib heftig pochte. Ja, sie musste unbedingt mit einigen Leuten die Telefonnummern austauschen, bevor sie in ihr Auto stieg und zu ihrem vollen Terminkalender nach London zurückkehrte.

»Und jetzt ist es Zeit für Sie aufzubrechen«, kam Rob lächelnd zum Ende seiner Ansprache. »Vergessen Sie nichts, was Sie hier gelernt haben. Schließlich wollen Sie Ihr Geld nicht vergeudet haben, nicht wahr?« Wieder wurde gelacht, diesmal allerdings nicht verlegen. Jan versuchte, für einen Moment Robs Blick auf sich zu ziehen, um sich selbst zu beweisen, dass sie sich nicht geirrt hatte und doch etwas Besonderes für ihn war. Doch er drehte sich ohne ein weiteres Wort um und verließ den Raum. Bestürzt stellte sie fest, dass der Schritt ihrer Strumpfhose feucht war. Allein an die Dinge zu denken, die geschehen waren, hatte sie wieder erregt.

Ein Mann ungefähr ihres Alters kam auf Jan zu. Sie erinnerte sich vom Samstag an ihn. Er war ein erstaunlich versierter Liebhaber gewesen, obwohl sie in dem Stadium noch nicht in der Lage gewesen war, die Kontrolle völlig aufzugeben. Nachdem sie das nun konnte, würde der Sex mit ihm wahrscheinlich sogar noch besser sein. Deshalb willigte sie auch freudig ein, als er sie um ihre Nummer bat.

»Ich überlege, in nächster Zeit eine Party zu veranstalten«, erzählte sie ihm.

»Gute Idee. Ich hoffe, ich stehe auf der Gästeliste.«

Jan lächelte und strich sich ihre kurzen, glatten, braunen Haare hinter die Ohren. »Ich dachte mir, acht wäre die ideale Zahl. Was meinst du?«

Er nickte. »Ja, acht klingt ziemlich gut. War das nicht ein interessantes Wochenende?« Er sah sie eindringlich an.

Ein Schauder überlief sie. »Sehr interessant«, erwiderte sie leise. Als er ihr mit den Fingern sanft über die Wange strich, erinnerte Jan sich, wie dieselben Finger ihr die Hände über dem Kopf festgehalten und wie sein Mund sich an ihrer linken Brustwarze festgesaugt hatte. Grausam hatte er an ihrer zarten Haut gezerrt und ihre Proteste ignoriert – denn genau darum war es bei diesem Wochenende gegangen. Plötzlich wollte sie ihn wieder, jetzt auf der Stelle, und sie konnte an seinem Blick ablesen, dass er es wusste.

»Warte nicht zu lange, bis du mich anrufst«, trug er ihr auf. Vor ihrem Aufenthalt im Haven hätte sie sich über seinen Ton geärgert, jetzt erregte er sie.

»Sicher nicht.« Dann griff Jan widerwillig nach ihrem Gepäck und begab sich auf die Heimreise nach London.

2. Kapitel

Als Natalie Bowen in ihrer kleinen, aber exklusiven Wohnung am Stadtrand von London eintraf, war es schon fast neun Uhr. Der großen, schlanken, typisch englischen Blondine war klar, dass sie Gefahr lief, in ihrem Leben außer ihrem Magazin nichts zu haben. Zugegeben, diese Zeitschrift war eine große Errungenschaft. Sie hatte sie vor achtzehn Monaten gegründet und dabei gezielt die Klientel der Frauen zwischen fünfundzwanzig und fünfunddreißig im Blick gehabt, die Singles waren und in anspruchsvollen Jobs arbeiteten. Ihrem Empfinden nach versuchten die meisten vergleichbaren Blätter, Frauen zu erklären, wie sie Haushalt, Kinder und Arbeit unter einen Hut bringen konnten, aber sie interessierte sich nicht für Kinder und Küche. Ihre Themen waren Mode, Gesundheit und Beziehungen, am Arbeitsplatz und anderswo. Und der Erfolg des Magazins hatte selbst ihre eigenen Erwartungen übertroffen.

Das war alles sehr erfreulich. Aber obwohl alle Artikel in ihrer Zeitschrift darauf abzielten, Frauen wie ihr zu helfen, fühlte Natalie sich irgendwie verloren. Ihre Neigung zur Ungeduld und die Fähigkeit, ohne Umschweife zum Kern einer Sache zu kommen, waren im Beruf von Vorteil – aber nicht, wenn es darum ging, eine Beziehung aufrechtzuerhalten. Männer wurden rasch auf sie aufmerksam, aber sie fand nur wenig Befriedigung in Kurzzeitbeziehungen, die sexuell aufregend sein mochten, sie jedoch mit einem Gefühl der Leere zurückließen.

»Tun Sie, was die Herausgeberin rät, nicht das, was sie tut«, murmelte Natalie im Selbstgespräch, als sie ihre Wohnungstür aufschloss. Mit einem flüchtigen Blick auf den Anrufbeantworter registrierte sie, dass niemand angerufen hatte. Es gab ein paar Leute, bei denen sie mit einem Anruf rechnete, darunter auch Philip. Obwohl ihr schwante, dass er sie höflich fallen gelassen hatte. Wirklich angerufen werden wollte sie aber von Jan. Die war ihre beste Freundin, und bis vor einem Monat hatten sie sich mindestens dreimal pro Woche getroffen.

Weil Jan auch ein anspruchsvolles Berufsleben führte und sich mühte, einen Mann zu finden, den sie als ihrer würdig erachtete, hatten sie beide immer viel zu bereden gehabt. Außerdem hatten sie den gleichen Humor, liebten beide italienisches Essen und guten Wein. Natalie konnte gar nicht verstehen, wieso Jan aufgehört hatte, sie anzurufen. Dabei hatte es keinen Streit gegeben, nicht einmal eine Meinungsverschiedenheit. Bei ihrer letzten Begegnung hatte Jan erzählt, dass sie am darauffolgenden Wochenende wegführe, aber versprochen, sich gleich nach ihrer Rückkehr zu melden. Auf diesen Anruf wartete sie bis heute.

Zu müde, um irgendetwas zu kochen, holte Natalie nur eine Flasche Wein aus dem Kühlschrank und goss sich ein großes Glas ein. Dann würfelte sie ein bisschen Fetakäse, warf ein paar schwarze Oliven und Tomaten dazu und setzte sich vor den Fernseher. Nach dem Essen dachte sie darüber nach, Jan anzurufen, verwarf den Plan aber wieder. Sie hätte gar nicht sagen können, warum, aber es widerstrebte ihr, Jan selbst anzurufen. Es musste einen Grund für das Schweigen ihrer Freundin geben, und sie war sich nicht sicher, ob sie den erfahren wollte; jedenfalls nicht, wenn Jan ihre Freundschaft beenden wollte.

Erst nach zwei weiteren Gläsern Wein entschloss sie sich, die Nummer zu wählen. Es klingelte lange, und sie wollte schon auflegen, als Jan sich meldete.

»Hey!« Die vertraute Stimme klang atemlos, als sei Jan zum Telefon gerannt.

»Jan? Ich bin's, Nat.«

»Nat.«

Es gab einen peinlichen Moment der Stille, bevor Natalie hastig sagte: »Ja, vielleicht erinnerst du dich. Ich bin diejenige, an deren Schulter du dich ausheulst, wenn die Männer dich mal wieder enttäuscht haben.«

»Mein Gott, weißt du, es tut mir so leid, dass ich dich nicht angerufen habe«, plapperte Jan drauflos. »Um die Wahrheit zu sagen, ich war mit dem Casting für ein Historiendrama unglaublich eingespannt. Dadurch ist mir in den letzten paar Wochen kein Augenblick für mich selbst geblieben. Ich wollte dich heute Abend anrufen, aber irgendwie scheine ich mir einen Virus eingefangen zu haben.«

Natalie runzelte die Stirn. Sie meinte, im Hintergrund Leute zu hören. Leute, die plauderten und lachten, aber das konnte natürlich auch der Fernseher sein. »Wie war denn dein Wochenende neulich, als du weggefahren bist?«, fragte sie fröhlich.

»Welches Wochenende?«

»Du weißt schon, du wolltest doch irgendwo hinfahren, nachdem wir uns das letzte Mal getroffen haben. Zur Erholung oder so, hast du erzählt. Wie war's denn? Hat es dir gutgetan?«

»Es war ganz okay«, meinte Jan zögernd.

»Nur ›ganz okay‹? Ich hatte gedacht, es sollte etwas richtig Besonderes sein.«

»Ach ja, dachtest du das? Warum denn? Es war einfach nur ein Wochenende auf dem Land.«

Natalie wusste, dass Jan ihr nicht die Wahrheit sagte. »Wenn du meinst«, sagte sie leicht indigniert und ärgerte sich darüber, angelogen zu werden. »Soll ich morgen vielleicht mal vorbeikommen? Ich kann dir Suppe und etwas Obst besorgen.«

»Nein, morgen geht nicht«, sagte Jan. Sie klang geradezu panisch.

»Warum? Du bist doch nicht etwa hochansteckend?«

»Meine Mutter kommt.«

»Aus Paris? Da musst du aber ganz schön krank sein!« Natalie merkte, wie schneidend ihre eigene Stimme klang; Jan konnte das auch nicht entgangen sein.

»Hör zu, ich kann jetzt nicht reden«, sagte Jan mit gesenkter Stimme. »Treffen wir uns doch lieber nächste Woche an einem Abend nach der Arbeit.«

»Wir wär's mit Dienstag?«, schlug Natalie vor.

»Nein, tut mir leid, Dienstag kann ich nicht, da kommen ein paar Freunde vorbei.«

»Jemand, den ich kenne?«

»Nein, Leute aus meiner Branche. Aber ich versprech dir, den Donnerstag halte ich mir frei. Bei unserem üblichen Italiener um sieben, okay?«

»Bist du dir sicher, dass du die Zeit erübrigen kannst?«, fragte Natalie kühl. Gleichzeitig hörte sie eine Männerstimme nach Jan rufen. Er klang eindeutig ungeduldig. »Klingt, als würde gerade der Doktor kommen«, sagte Natalie spitz. »Ich seh dich dann am Donnerstag.«

Sie legte auf. Wenigstens war die Verbindung zu Jan wiederaufgenommen, und es klang auch nicht so, als hätte sie irgendetwas getan, das diese verärgert hatte. Was sie schmerzte, war allerdings die Erkenntnis, dass Jan plötzlich ein viel regeres soziales Leben zu haben schien als sie selbst. Sie würde Jan danach fragen, wenn sie sich sahen.

Jan legte das Telefon auf die Arbeitsplatte in der Küche. Natalie hätte wirklich zu keinem schlechteren Zeitpunkt anrufen können. Sie fand es schrecklich, wie das Gespräch verlaufen war, aber sie hatte ihr einfach nicht mehr sagen können, weil Richard die ganze Zeit über hinter ihr gestanden und jedes Wort mitgehört hatte.

»Wer war das?«, fragte er und strich mit einem Finger ihr Rückgrat entlang.

Jan trug nichts außer einem String aus schwarzem Leder und hochhackigen Schuhen, und sie fühlte sich ungeheuer verletzlich – und genau so war es gedacht. Außer im Job fühlte sie sich auch gerne so. Das hatte man sie im Haven gelehrt, und zwar mit durchschlagendem Erfolg. »Niemand, den du kennst«, sagte sie leichthin. »Nur eine Freundin.«

»Und ist deine Freundin hübsch?«, fragte Richard und legte seine Hände an ihre Taille, die Finger über ihren Unterleib gespreizt.

»Ja, aber uninteressant für dich. Sie ist eine sehr ehrgeizige Karrierefrau, die ihre Männer gern unter Kontrolle hat.«

»Vielleicht sollte sie mal für ein Wochenende ins Haven fahren«, murmelte Richard und klang leicht heiser vor wachsender Begierde. »Wir werden jetzt hinaufgehen, und während ich es dir besorge, wirst du sie mir genau beschreiben.«

»Werd ich nicht!«, erwiderte Jan.

Sie spürte, wie Richards linke Hand zu ihrem Nacken hochfuhr und sie dort kräftig packte. »Ich hoffe, du fällst nicht in deine alten Gewohnheiten zurück, Jan«, flüsterte er. »Vergiss nicht, dass an diesem Wochenende die Männer hier das Sagen haben. Solange du tust, was wir dir auftragen, wird dir so viel Lust bereitet, wie du es gerade noch ertragen kannst, das weißt du doch?«

Ihr Körper brannte vor Verlangen. »Natürlich weiß ich das«, flüsterte sie. Dann ging sie vor ihm die Treppe hinauf, vorbei an anderen Gästen, von denen einige die Hände ausstreckten, um sie zu streicheln, während sie und Richard sich in ihr Schlafzimmer begaben. Dort angelangt wusste sie, dass sie bald tun würde, was er von ihr verlangte, weil sie sich geradezu verzweifelt danach sehnte, diesen köstlichen heißen Strom der Lust durch ihren Körper pulsieren zu fühlen. Ihr war klar, dass das eine Art Verrat an Natalie war, aber zu ihrer Schande spürte sie, dass diese dunkle Verderbtheit ihre Erregung nur noch steigerte.

Natalie traf vor Jan im Mario's ein. Als sie ihre Freundin kommen sah, bemerkte sie sofort, wie angespannt Jan aussah. Natalie winkte ihr zu, aber Jans Lächeln wirkte gezwungen. »Entschuldige die Verspätung«, sagte sie atemlos und ließ sich auf den Stuhl gegenüber Natalie fallen. »Das verdammte Casting hat mal wieder länger gedauert. Wie immer.«

»Ich bin auch erst seit fünf Minuten hier«, sagte Natalie. »Eine Flasche vom Roten des Hauses habe ich schon bestellt, zu essen noch nichts.«

»Schön«, sagte Jan vage. »Ich nehme die Spaghetti al Pomodoro.« Dann begann sie in ihrem kleinen Kalender zu blättern.

Natalie entschied sich für mit Spinat und Ricotta gefüllte Ravioli in einer Tomaten-Basilikum-Soße, ihr Lieblingsgericht bei Mario's. Da Jan kein großes Interesse am Essen zu haben schien, musste wohl sie den Kellner rufen und für sie beide bestellen.

»Bist du es nicht langsam leid, immer das Gleiche zu essen?«, fragte Jan und steckte ihren Kalender wieder weg.

Natalie schüttelte den Kopf. »Nein, ich weiß einfach, was ich mag.«

»Das dachte ich auch«, bemerkte Jan.

Irgendetwas an ihrem Ton befremdete Natalie.

»Wie meinst du das?«

»Ach, nur so. Wie läuft's denn mit der Zeitschrift?«

»Die nimmt viel zu viel Raum in meinem Leben ein, wie immer. Philip hat mich übrigens verlassen, für den Fall, dass du dich nur nicht getraut hast zu fragen.«

Jan sah sie mitfühlend an. »O je. Hat er gesagt, warum?«

»Ach, das übliche Zeug, von wegen nichts Verbindliches eingehen wollen und der Eindruck, ich würde jemand Besseren verdienen. Dabei ist das natürlich nicht der Grund. Als wir das letzte Mal Sex hatten, ist es schiefgelaufen. Ich sagte, ich wolle oben sein, weil meine Orgasmen dann besser sind, und –« Sie verstummte, weil der Kellner kam, und sie verbissen sich beide das Lachen. »Der hat uns bestimmt schon vermisst«, meinte Natalie kichernd, als sie mit dem Essen anfingen. »Ich bin mir sicher, dass unsere Unterhaltungen die interessantesten hier sind.«

»Erzähl weiter! Was wolltest du vorhin sagen?«, drängte Jan.

»Ach das. Ja, also. Es gefiel ihm nicht, dass ich eine deutliche Ansage gemacht habe. Er tat zwar so, als wäre es in Ordnung, als würde ihm eine Frau gefallen, die ihren eigenen Kopf hat und ihren Körper genau kennt. Aber es hat ihn endgültig abgeturnt.«

»Du meinst, es gefiel ihm nicht, obwohl du mehr davon hattest?«

Natalie nickte. »Genau. Mein Gott, wie oft mir das schon passiert ist. Dir aber doch auch, oder? Das ist mir wenigstens ein gewisser Trost. Dass ich in dieser Hinsicht nicht ganz allein dastehe.«

»Nein«, murmelte Jan.

»Ist das alles, was du dazu zu sagen hast? Hast du nicht irgendwelche interessanten Neuigkeiten für mich? Wie steht's denn momentan um *dein* Sexleben?«

»Ist okay«, sagte Jan und zuckte mit den Schultern.

»Was meinst du mit ›okay‹? Triffst du dich mit jemand Bestimmtem?«

»Nein.«

»Triffst du überhaupt jemand?«

»Ja, hin und wieder.«

»Gibt es einen besonderen Grund, warum du mir nichts über ihn erzählen kannst?«, fragte Natalie. »Ist er verheiratet oder so?«

»Nein, es ist nur einfach nicht allzu spannend.«

Natalie traute ihren Ohren nicht. »Dein Sexualleben ist doch *immer* spannend. Woran liegt's? Du verheimlichst mir was, das merke ich doch. Hast du mich deshalb seit

19

deinem Wochenendausflug nicht mehr angerufen? Hast du einen scharfen Typen kennengelernt, den du vor mir geheim halten willst?«

»Ach, Nat«, sagte Jan traurig. »Ich wünschte, ich könnte dir davon erzählen, aber das kann ich nicht.« Sie senkte die Stimme. »Weißt du, es ist nicht erlaubt.«

»Es ist nicht *erlaubt*?«, rief Natalie.

»Pscht!«

»Warum flüsterst du, und warum soll *ich* leise sprechen? Ich verstehe nicht, was mit dir los ist«, sagte Natalie. »Du hast dich total verändert, seit wir uns zuletzt gesehen haben. Hab ich dir was getan, oder was ist los?«

»Nein, du hast gar nichts getan«, sagte Jan entschieden. »Bitte, können wir vielleicht einfach das Thema wechseln?«

Natalie seufzte. »Wenn du unbedingt willst. Aber der Abend wird dann sicher nicht so unterhaltsam wie sonst. Es wäre besser, wenn du mir einfach von deinem Wochenende erzählen würdest. Du siehst richtig klasse aus, also muss es dir gutgetan haben. Vielleicht sollte ich da auch mal hin. Wo ist das?«

»Es ist, ähm ... auf dem Land.«

»Das ist ja echt eine *große* Hilfe. So werde ich es bestimmt ganz leicht finden.«

»Ich kann dir nicht sagen, wo es ist«, sagte Jan und klang jetzt ehrlich verzweifelt.

Nie zuvor hatte Natalie sich in Jans Gesellschaft unwohl gefühlt. Sie waren immer wie Schwestern gewesen und hatten über wirklich alles reden können. Aus Gründen, die nur Jan kannte, war das aber offensichtlich nicht mehr der Fall. Plötzlich wünschte Natalie sich nur noch, das Essen wäre schon vorbei und sie könnte sich in ihre Wohnung zurückziehen. Sie fühlte sich ungeheuer gekränkt. »Na, dann sag du einfach, worüber wir reden sollen«, meinte sie spitz. »Denn mit allem, was ich vorschlage, scheine ich ja danebenzuliegen.«

»Nat, es tut mir leid«, antwortete Jan und beugte sich über den Tisch näher zu ihrer Freundin. »Ich würde es dir gern erzählen, ehrlich, aber ich darf nicht.«

»Dann halt nicht. Ich glaube, ich möchte kein Dessert. Lass uns nur noch einen Kaffee nehmen, und dann geht jeder seiner Wege, ja?«

»Ach, zum Teufel mit denen«, sagte Jan. »Hör zu, Nat.« Sie sprach im Flüsterton. »Ich werde dir von meinem Wochenende erzählen, aber du darfst niemals irgendjemand etwas davon verraten. Falls du das tust, ruinierst du mir alles. Versprichst du das, bevor ich anfange?«

Jetzt war Natalie elektrisiert. »Klar. Du weißt doch, wie gut ich ein Geheimnis bewahren kann.«

»Ja, das solltest du auch, denn indem ich es dir erzähle, riskiere ich alles. Das Haus, in dem ich war, heißt Haven. Es liegt in Sussex. Ein Mädchen bei der Arbeit hat mir davon erzählt. Die machen nämlich keine Werbung, weißt du. Man muss über Mundpropaganda davon erfahren und von jemand empfohlen werden, der schon einmal dort war, damit man überhaupt hinkann.«

»Aber warum?«, fragte Natalie erstaunt. »Muss man etwa wahnsinnig fit sein oder was?«

»Wohl kaum, sonst hätte ich ja keine Chance gehabt. Nein, genau genommen ist es ein Wochenendseminar.«

»Ein Businessseminar? Ich habe aber keine Lust, bei einem Wochenendausflug zu arbeiten. Ich will mich erholen.«

»Es ist ein Sexseminar.«

Natalie traute ihren Ohren nicht. »Was um Himmels willen meinst du damit?«

»Genau das, was ich sage. Leute kommen dorthin, um zu lernen, wie sie ihr sexuelles Potenzial ausschöpfen, allerdings ein ganz besonderes Potenzial. Weißt du, das Ganze ist für Frauen wie dich und mich gedacht und für Männer, die bei der Arbeit permanent andere kontrollieren. Sie lehren dich, wie du die Kontrolle deinem Partner überlässt, damit er dir Lust bereitet. Ich habe einen der Lehrer mal vom ›Haus der Versuchung‹ sprechen hören, und das trifft es genau.«

»Ich glaube, ich höre nicht recht«, sagte Natalie erstaunt. »Du willst mir doch nicht erzählen, dass –«

»Red um Himmels willen leise.« Jan schaute sich nervös um.

»Entschuldige. Du willst mir doch nicht weismachen, dass du devot geworden bist, oder?«

»Doch«, gestand Jan. »Anfangs war es unglaublich schwer. Ehrlich gesagt hatte ich Zweifel, überhaupt den ersten Tag und die erste Nacht durchzustehen, aber ich hatte mir fest vorgenommen, es zu versuchen. Aber seien wir mal ehrlich, mein Sexleben war wirklich nicht allzu prickelnd, solange alles nach meinen Vorstellungen lief. Also hatte ich nichts zu verlieren. Und sobald ich angefangen hatte, mich zu unterwerfen und zu tun, wie mir befohlen, da lief es so großartig, dass ich unbedingt weiterlernen wollte.«

»Wozu haben die dich denn gezwungen?«

Jan schüttelte den Kopf. »Also das kann ich dir wirklich nicht erzählen.«

»Ich kann ja verstehen, dass diese Leute den Ort geheim halten wollen«, sagte Natalie. »Was ich nicht verstehe, ist, warum ich nichts von dir gehört habe, seit du von dort zurück bist.«

»Weil ich mich immer noch mit ganz vielen treffe, die gleichzeitig mit mir im Haven waren. Wir feiern reihum Partys bei einem zu Hause oder verabreden uns zu Abendessen, aus denen immer etwas viel Aufregenderes wird. Das Problem ist, dass man uns verboten hat, dazu Leute einzuladen, die noch nicht im Haven waren. Deshalb konnte ich dich auch nicht mit einbeziehen. Und was das Schlimme daran ist, Nat, ich bin inzwischen schon so verrückt danach, dass ich mir kaum einen Abend entgehen lassen mag, nicht einmal um dich, meine beste Freundin, zu sehen.«

Natalie konnte Jan ansehen, dass es sie schon anmachte, auch nur daran zu denken. Ihre Wangen waren gerötet, ihre Augen strahlten, und die Hand, die das Weinglas

23

hielt, zitterte leicht. Plötzlich wollte Natalie sich auch so fühlen und etwas haben, das sie erregte – oder ganz direkt formuliert: Auch sie wollte wirklich befriedigenden Sex. »Meinst du, ich könnte ebenfalls dorthin?«, fragte sie.

Jan runzelte die Stirn. »Ganz ehrlich, ich glaube nicht, dass es dir gefallen würde. Ich habe es ziemlich vereinfacht dargestellt. Das Haus wird sehr streng geführt, und wenn du nicht tust, wie dir geheißen, also ...« Sie verstummte.

»Also was?«, hakte Natalie nach.

»Dann wirst du bestraft«, flüsterte Jan.

»Bestraft?«

»Ja. Aber selbst die Bestrafungen sind dazu gedacht, dich zu erregen, allerdings auf eine Weise, wie du es noch nie zuvor erlebt hast. Ich glaube, das ist wirklich nichts für dich, Nat.«

»Ich hätte auch nie gedacht, dass das etwas für *dich* sein könnte. Aber du scheinst es ja genossen zu haben. Bestimmt würden sie mich mitmachen lassen, wenn du mich empfiehlst, oder?«

»Ich schätze schon, aber das möchte ich nicht.«

Natalie fühlte sich, als habe ihre Freundin ihr ins Gesicht geschlagen. »Ich finde, du benimmst dich wahnsinnig egoistisch«, sagte sie schließlich. »Du warst dort und bist total verwandelt zurückgekommen. Du gibst zu, dass du jetzt ein phantastisches Sexleben hast und fast jeden Abend der Woche diese Leute triffst. Weißt du, was *ich* jeden Tag mache, nachdem ich mit der Arbeit fertig bin? Ich gehe nach Hause, trinke zu viel Wein, und im Bett leistet mir höchstens meine Katze Gesellschaft.«

»Aber wenn ich dich empfehle und es dir dann dort nicht gefällt, würde das auf mich zurückfallen«, erklärte Jan. »Das möchte ich verhindern. Ich will das, was ich jetzt habe, nicht zerstören. Und sie würden definitiv meine Urteilsfähigkeit infrage stellen, wenn ich ihnen die Falschen schicke.«

»Ich kann mir wirklich nicht vorstellen, was an diesem Ort so schlimm sein soll«, sagte Natalie. »Ich bin doch keine naive Achtzehnjährige mehr. Ich bin siebenundzwanzig und habe schon einige Erfahrungen gesammelt. Ehrlich gesagt bezweifle ich, dass irgendetwas dort mich schockieren könnte.«

»Ach, Natalie, du hast nicht die geringste Vorstellung, wovon ich hier rede«, meinte Jan. »Du bist so wie ich vorher. Du willst immer alles unter Kontrolle haben, im Job und im Bett. Und mit zunehmendem Alter sind wir immer dominanter geworden. Darum haben wir die Männer auch abgeschreckt, allerdings ohne es zu merken. Oder zumindest ich habe es nicht bemerkt – nicht, bis ich im Haven war.«

»Das akzeptiere ich alles«, erwiderte Natalie. »Und beweise du mir, dass du eine echte Freundin bist, indem du mich empfiehlst. Ich verspreche dir, dich nicht zu enttäuschen, egal wie schockiert ich bin.« Sie lachte.

Jan zögerte noch ein paar Sekunden und zuckte

schließlich mit den Achseln. »Also gut, auf deine eigene Verantwortung. Eines nur noch: Weil ich dich kenne und weil ich weiß, wie es dort ist, möchte ich, dass du die Variante mit den zwei Wochenenden machst. Denn den Intensivkurs würdest du meiner Ansicht nach nicht durchstehen.«

»Ganz wie du willst«, stimmte Natalie ihr sofort zu. Wenn sie sich auch insgeheim sehr über Jan wunderte. Sie konnte sich einfach keine Situation beim Sex vorstellen, die sie derart überfordern würde. »Dann machst du es also? Du empfiehlst mich denen?«

»Das habe ich doch schon gesagt, oder?«

Zum ersten Mal seit Monaten empfand Natalie Vorfreude auf etwas, das nichts mit ihrer Arbeit zu tun hatte. »Wie lange wird es dauern, bis ich von denen höre?«

»Ich musste einige Wochen warten.«

Natalie stöhnte auf. »Och, nee. Ich habe mich schon drauf gefreut, nächstes Wochenende hinzufahren.«

»Die sind lange im Voraus ausgebucht. Und ich muss jetzt los. Bei mir kommt noch jemand zum Übernachten vorbei.«

Das machte Natalie jetzt nichts mehr aus, da sie nun wusste, warum Jan so beschäftigt war. Bald würde sie es auch sein. »Geht in Ordnung«, sagte sie lächelnd. »Aber vergiss nicht, sie morgen wegen mir anzurufen, ja?«

»Nein, ich vergess es nicht«, versicherte Jan. Als sie zusammen nach draußen in die frische Abendluft traten, musterte sie Natalie noch einmal. »Ich hoffe wirklich,

26

dass ich dir damit etwas Gutes tue«, meinte sie zögernd. »Wenn es dir nicht gefällt, wirst du mir keine Vorwürfe machen, oder?«

»Es wird mir gefallen«, sagte Natalie zuversichtlich. »Ich wollte, dass mein Leben sich ändert, aber ich wusste nicht, wie ich es anstellen sollte. Jetzt hast du dieses Problem für mich gelöst.«

»Ruf mich an, nachdem du den Kurs absolviert hast«, sagte Jan und winkte bereits nach einem Taxi.

»Sehen wir uns denn vorher gar nicht mehr?«, fragte Natalie überrascht.

»Nein«, rief Jan, während sie schon ins Taxi stieg. »Ich habe in den nächsten zwei Monaten keinen einzigen Abend frei.«

Als der Wagen davonfuhr, erschauerte Natalie vor Nervosität und Vorfreude. Sie kam zu dem Schluss, dass Jan recht hatte. Sie war introvertierter als ihre Freundin, und daher war die Zwei-Wochenenden-Variante wahrscheinlich besser für sie. Ihr wurde auch klar, dass sie den ersten Schritt einer Reise getan hatte, auf der sie neue Seiten an ihrem sexuellen Ego entdecken würde. Erstaunlicherweise erregte sie bereits die Vorstellung zu lernen, wie man die Kontrolle abgab und sich im Bett dominieren ließ. Dabei war das etwas, das sie bisher nie auch nur für eine Sekunde in Erwägung gezogen hätte. Nicht bevor sie durch Jan vom Haven erfahren und die Verwandlung ihrer Freundin mit eigenen Augen gesehen hatte.

3. Kapitel

Sechs Wochen später näherte Natalie sich in ihrem Wagen auf einer schmalen Landstraße in Sussex dem Hotel Haven. Jetzt, fast angekommen, war sie ziemlich nervös. Hätte Jan nicht so viel riskiert, um sie anzumelden, hätte sie vielleicht sogar die Nerven verloren und wäre nach London zurückgekehrt. Aber diese Option gestattete sie sich nicht. Sie musste das jetzt durchziehen. Blieb nur zu hoffen, dass sie nach den zwei Wochenenden so glücklich und erfüllt sein würde wie Jan.

Das Haven war ein großes, altes Landhaus auf sechs Morgen Grund. Als Natalie ihr Auto auf einem Hof hinter dem mit Efeu bewachsenen Gebäude parkte, bemerkte sie ein paar Leute, die in der Sommersonne spazieren gingen. Interessanterweise war jeder dieser Menschen für sich allein unterwegs: Keiner schien interessiert an einer Unterhaltung oder Gesellschaft. Natalie holte Koffer und Reisetasche aus dem Kofferraum und betrat die mit dickem Teppich ausgelegte Halle. Hinter der Rezeption stand eine lächelnde junge Frau mit kastanienbraunem Haar.

»Ihr Name bitte?«, sagte sie.

»Natalie Bowen.«

Die Augen der Frau überflogen eine Liste. »Ah, ja.«

Wieder das routinierte Lächeln. »Sie haben Zimmer sechzehn. Kommen Sie, ich zeige es Ihnen.«

Natalie war erstaunt. Sie hatte erwartet, in einen größeren Raum gebracht und sofort mit einer Menge Leute konfrontiert zu werden. Dem war offenbar nicht so. Im Moment lief noch nichts anderes als der Check-in in einem gewöhnlichen Landhotel.

»Haben Sie problemlos hergefunden?«, fragte die Dame, deren Namensschild sie als Sue auswies.

»Ja, danke.«

»Schön. Ich denke, Sie werden sich vor dem Abendessen noch ein wenig frisch machen wollen.«

Jetzt staunte Natalie noch mehr. »Lerne ich denn vorher keinen der anderen Gäste kennen?«, fragte sie.

»Sie können jederzeit auf dem Gelände spazieren gehen. Einige der Gäste sind schon draußen unterwegs«, erwiderte Sue. »Allerdings schätzt Mr. Gill es, wenn Gäste, die zum ersten Mal hier sind, auf ihrem Zimmer warten, bis sie Besuch von ihm oder seinem Stellvertreter, Simon Ellis, hatten.«

»Verstehe«, sagte Natalie kleinlaut. Sobald sie allein war, begann sie auszupacken, duschte und zog ein kurzärmeliges Sommerkleid an. Sie bürstete gerade noch ihr langes blondes Haar, als die Tür zu ihrem Zimmer aufging und ein großer dunkelhaariger Mann eintrat.

»Hallo!«, sagte er, und seine Stimme klang zwar freundlich, doch er lächelte nicht. »Sie sind Natalie Bowen, nicht wahr?«

29

»Das stimmt«, antwortete Natalie lächelnd. Sie streckte ihm ihre Hand hin. »Und Sie sind?«

»Simon Ellis, Ihr Privatlehrer an diesem Wochenende. Sie nehmen an dem Kurs über zwei Wochenenden teil?«

»Ja.«

»Das ist gut. Ich wollte nur meine Informationen abgleichen, bevor wir anfangen.« Er nahm ein Notizbuch aus seiner Jackentasche und sah sich nach einem Stift um.

»Hier«, sagte Natalie. »Nehmen Sie meinen. Ich habe gerade auf der Speisekarte angekreuzt, was ich zum Frühstück möchte.«

»Danke. Also, Natalie, wann hatten Sie das letzte Mal einen Orgasmus?«

Sie stockte einen Moment, aber als ihr bewusst wurde, was er da gerade gefragt hatte, riss sie die Augen vor Schreck weit auf. »Wie bitte?«

Er machte ein widerwilliges Gesicht. »Sie haben gehört, was ich gesagt habe.«

»Ich meinte zu hören, Sie hätten gefragt, wann ich das letzte Mal einen Orgasmus hatte.«

»Genau das habe ich gesagt.«

»Ich wüsste nicht, was Sie das angeht.«

Simon musterte sie nachdenklich. »Absolut alles, was Ihre Sexualität betrifft, geht mich etwas an. Ich bin hier, um Ihnen zu helfen, sich zu ändern. Dazu bin ich allerdings kaum in der Lage, wenn ich nicht weiß, wo Sie gerade stehen.«

Natalie fühlte sich ausgesprochen unwohl in ihrer Haut. »Vermutlich nicht«, murmelte sie.

»Wissen Sie, Sie sollen nicht mit mir debattieren. Von dem Moment an, in dem Sie das Haven betreten haben, wird von Ihnen erwartet, dass Sie sich unseren Wünschen gehorsam unterwerfen. Sollte jemand dazu nicht imstande sein, muss er oder sie abreisen. Sie haben doch bestimmt unsere Informationsbroschüre gelesen? Wer hat Sie überhaupt empfohlen?« Er begann in den Zetteln auf einem Klemmbrett zu blättern, das er mitgebracht hatte.

»Schon gut«, beeilte Natalie sich zu sagen. »Ich habe es nur vergessen.«

»Verstehe. Dann wollen wir hoffen, dass es zu keinen weiteren Missverständnissen zwischen uns kommt. Vielleicht geben Sie mir nun die gewünschte Auskunft.«

Natalie war äußerst verlegen. »Das muss über zwei Monate her sein«, gab sie zu.

»Im Ernst?« Simon hob die Augenbrauen. »Sie meinen, Sie haben in der ganzen Zeit nicht einmal masturbiert?«

»Nein.«

»Warum nicht?« Er klang ungläubig.

»Weil mir die Zeit dazu fehlte. Ich bin immer so müde, wenn ich von der Arbeit komme, dass ich nur noch ein Glas Wein und ins Bett will.«

»Wenn Sex Ihnen nicht wichtig ist, warum sind Sie dann hier?«, fragte er.

Natalie rang um eine Erklärung. Sie begann sich extrem unbehaglich zu fühlen, während er sie mit intimen Fragen bombardierte. »Sex ist mir durchaus wichtig, aber ich bevorzuge die Variante mit einem Partner.«

»Sie können wohl kaum guten Sex mit einem Partner erwarten, wenn Sie nicht in der Übung bleiben. Also, jetzt ziehen Sie Ihr Kleid und Ihren Slip aus und setzen sich auf den Sessel dort drüben.«

Natalie spürte, wie ihre Handflächen feucht wurden. Jetzt saß sie in diesem Haus mitten in der Provinz von Sussex fest, und ein fremder Mann befahl ihr zu strippen. Sie verstand nun, warum Jan gezögert hatte, sie zu empfehlen, denn Natalie empfand die Situation als schier unerträglich. Sie schluckte schwer. »Sofort?«

»Nun, ich beabsichtige nicht, fortzugehen und erst dann zurückzukehren, wenn Sie bereit für mich sind. Kommen Sie schon, Natalie, das ist eine sehr einfache Anweisung.«

Unbeholfen tat Natalie wie geheißen, und erst als sie in dem großen Lehnstuhl Platz nahm, bemerkte sie, dass es kein normaler Sessel war. Die sehr tiefe Sitzfläche verlief schräg nach hinten, und auch die Lehne war höher als üblich. Als sie sich setzte, kippte das Möbel ein Stück nach hinten, sodass ihre Füße nun in der Luft schwebten.

Sie sah Simon durchs Zimmer auf sie zugehen. Aus der Nähe bemerkte sie ein paar silbrige Strähnen in seinem dunklen Haar, und trotz der dunklen Augen und Brauen besaß er einen ausgesprochen blassen Teint. Die Schultern waren breit, die Hüften schmal, und er hatte eine hübsche Wangenpartie.

Man hätte sein Gesicht attraktiv nennen können, doch es gab keine Wärme, nichts Weiches an ihm. Stattdessen hatte er einen eindeutig gefährlichen Zug um den Mund und in der Art, wie er sie musterte. Wortlos packte er sie bei den Knöcheln und schob ihre Beine so zurück, dass sie über die Armlehnen hingen. »Schon besser«, sagte er und starrte auf sie hinunter.

Natalie wurde rot. Sie lag vollkommen schutzlos vor ihm, ihre Vulva wie auf dem Präsentierteller. Sie hätte alles dafür gegeben, sich zu bedecken, doch dazu fehlte ihr der Mut.

»So, und nun masturbieren Sie für mich«, sagte er ruhig.

Das war zu viel. »Ich kann nicht«, stieß sie hervor.

»Wie meinen Sie das, Sie können nicht?«

»Tut mir leid, aber es ist zu demütigend. Es fühlt sich schrecklich an, so vor Ihnen zu sitzen ...«

Er seufzte. »Ich hoffe, Sie wollen jetzt nicht schwierig werden«, sagte er mit eisiger Höflichkeit. »Aber habe ich Ihnen nicht vor wenigen Minuten erklärt, dass Gehorsam im Haven alles ist?«

»Doch.«

»Soweit ich sehen kann, sind Sie doch eine intelligente Frau. Sie betreiben Ihr eigenes Business – was war das noch mal?« Seine Augen überflogen ihr Infoblatt. »Ah ja, Sie geben eine eigene Zeitschrift heraus. Demnach sollten Sie doch klug genug sein, um zu verstehen, was das Wort ›Gehorsam‹ bedeutet.«

33

»Das tue ich ja auch.«

»Dann fangen Sie an, mir zu gehorchen. Das hier ist Ihre erste Sitzung. Ich mag mir gar nicht ausmalen, wie Sie sich aufführen werden, sobald Sie mit den anderen Gästen in Kontakt kommen. Sie werden jedenfalls eine Menge Unterweisung von mir benötigen, das zeichnet sich jetzt schon deutlich ab.«

Natalie fragte sich, ob das gut oder schlecht war. Sie befürchtete eher Letzteres. Er trat zwei Schritte zurück und wartete mit verschränkten Armen darauf, dass sie loslegte. Sie hätte angesichts dieser Demütigung am liebsten geweint. Mit so etwas hatte sie nicht gerechnet, aber Jan hatte ihr ja auch keinerlei Anhaltspunkte dafür gegeben, was sie selbst erlebt hatte. Sie hatte erklärt, das verstieße gegen die Regeln, und nun begriff Natalie auch, warum. Langsam und zögernd schob sie eine Hand über ihren Bauch nach unten.

»Stopp«, sagte Simon streng, und ihre Hand erstarrte in der Bewegung. »Sie brauchen nichts zu überstürzen. Streicheln Sie zuerst Ihre Brüste.«

Natalie war mehr als verunsichert. »Aber so masturbiere ich normalerweise nicht«, erklärte sie.

»Trotzdem. Ich will, dass Sie es so machen«, sagte er und bemühte sich sichtlich, nicht die Geduld zu verlieren. Rasch führte sie ihre rechte Hand nach oben und strich über ihre linke Brust. Er beobachtete sie wie ein Raubvogel, aber trotzdem spürte sie, als ihre Finger die zarte Haut sanft berührten, wie ihre Hüften leicht zuckten und sich eine gewisse Erregung einstellte. Sie strich mit den Fingerspitzen abwärts über ihren Brustkorb.

»Noch nicht«, sagte Simon. »*Ich* werde Ihnen sagen, wann die Hand dorthin soll.«

Natalie biss sich auf die Unterlippe, frustriert und wütend, aber sie gehorchte. Scheinbar endlos lang streichelte sie abwechselnd beide Brüste, bis sie hart wurden, regelrecht schmerzten und die Brustwarzen stolz aufragten. Erst dann erlaubte Simon ihr, mit der Hand abwärtszurutschen, allerdings nur, um einige Minuten lang ihren Bauch und die Außenseiten ihrer Schenkel zu berühren.

Inzwischen spürte sie schon ein schwaches Ziehen zwischen ihren Beinen und merkte, wie ihre Schamlippen sich öffneten. Als Simon ihr endlich gestattete, sich zwischen den Schenkeln anzufassen, war sie bereits peinlich nass, und so glitten ihre Finger mühelos in der weichen Spalte zwischen den äußeren Schamlippen auf und ab.

Da er ihr keine weiteren Anweisungen erteilte, strich Natalie einige Sekunden lang um den Eingang zu ihrer Vagina, bevor sie mit einem Finger über die feuchte, seidige Haut glitt und ihre geschwollene Klitoris berührte. Normalerweise brauchte sie lange, um sich selbst zum Höhepunkt zu bringen, aber diesmal war es unvergleichlich leichter. Aus dem Ziehen war bereits ein lustvolles Pulsieren geworden. Hitze durchdrang ihren Unterleib, und schließlich begann ihre Klitoris sich rhythmisch zusammenzuziehen, während sie auf den Orgasmus zusteuerte.

35

»Kommen Sie zur Sache«, sagte Simon.

Von der Unterbrechung irritiert, kam Natalie aus ihrem Rhythmus und stieß einen kleinen unwilligen Laut aus, da ihre Erregung spürbar abebbte. Sie vermutete, wenn sie sich ihm erneut widersetzte, würde man ihr nicht einmal erlauben, das erste Wochenende zu absolvieren. Weil sie wusste, dass ihre geschwollene Klitoris zu empfindlich für eine direkte Berührung sein würde, konnte sie nur um sie herumstreichen und darauf warten, dass das köstliche Prickeln erneut einsetzte.

Sie hörte sich selbst in dem ansonsten stillen Zimmer schwer atmen, und als ihr Finger in ihre Vagina und wieder hinaus glitt, zog sich unwillkürlich alles in ihr zusammen. Der dadurch erhöhte Druck jagte heftige Wellen der Lust durch ihren Unterleib.

»Berühren Sie Ihren G-Punkt«, sagte Simon.

»Ich habe es noch nie geschafft, den zu finden«, keuchte Natalie und schämte sich maßlos für die eigene Unwissenheit.

»Also, das ist etwas, das uns im Laufe des Wochenendes definitiv gelingen wird. Dann machen Sie so weiter.«

Jetzt hätte sie, selbst wenn er es ihr befohlen hätte, nicht mehr aufhören können: Ihr ganzer Körper spannte sich an, sie hob die Hand zum letzten Mal etwas höher und strich sanft über die harte Klitoris, kurz darauf wimmerte sie vor Lust, während ein gewaltiger Orgasmus sie überkam.

Natalie atmete immer noch heftig, und ihr Puls raste,

als Simon näher an sie herantrat. »Hoffentlich bringt das Ihrem Körper wieder in Erinnerung, wie sich ein Orgasmus anfühlt. Wir schätzen es nämlich nicht, wenn unsere Gäste quasi kalt mit den Sitzungen beginnen.«

»Was wollen Sie, dass ich jetzt tue?«, fragte Natalie atemlos.

Seine Mundwinkel bewegten sich eine Spur aufwärts. »Schon besser – viel eher so, wie man es hier von Ihnen erwartet. Und da Sie mich so nett gefragt haben, dürfen Sie jetzt wieder aufstehen und sich anziehen.«

Die Enttäuschung traf sie hart, denn ein wenig hatte sie gehofft, er würde ihr noch mehr Lust bescheren. Es war erniedrigend zu sehen, wie scheinbar ungerührt er sie beobachtet hatte. Doch als sie den Blick von seinem Gesicht abwärtswandern ließ, bemerkte sie ziemlich erleichtert eine vielsagende Ausbuchtung im Schritt seiner Hose. Doch sie verspürte auch Demütigung. Noch nie hatte sie sich vor einem Mann bis zum Höhepunkt selbst befriedigt, keinem Liebhaber zu Gefallen und schon gar nicht einem Wildfremden.

Während sie sich anzog, widmete Simon sich seinen Aufzeichnungen. »Gut, es gibt noch ein paar Dinge, die ich wissen muss, bevor ich Sie verlasse. Als Erstes Ihre Lieblingsstellung beim Sex?«

»Ich bin mir nicht sicher, ob Sie die gutheißen werden«, murmelte Natalie. Sie sah seinem Gesichtsausdruck an, dass ihre Antwort ihn amüsierte.

»Wir urteilen hier über niemanden. Wir haben uns

37

schlicht und ergreifend zum Ziel gesetzt, Ihnen dabei zu helfen, sich zu ändern. Denn deshalb haben Sie sich ja schließlich entschieden, uns aufzusuchen. Doch wir können Ihnen kaum helfen, sich zu ändern, wenn wir nichts über Ihre Vergangenheit wissen. Ich versichere Ihnen, das hier hat nichts Privates an sich. Ich heiße nichts gut und verurteile nichts, was ich sehe oder höre, während ich im Haven arbeite.«

»Ich bin am liebsten oben«, gab sie zu.

»Kniend?«

»Ja.«

»Sodass Sie alle Bewegungen kontrollieren können?«

»Natürlich. Deshalb mag ich es ja so.«

»Verstehe. Haben Sie schon jemals mit Fesselspielen experimentiert?«

»Auf keinen Fall!«

Simon schien erstaunt darüber, mit welcher Entschiedenheit sie antwortete. »Viele Leute praktizieren Bondage«, meinte er gelassen.

»Also, *ich* jedenfalls nicht.«

»Schön, dann halte ich das so fest. Und vermute mal, dass Sie auch keine Erfahrungen mit Sadomaso haben?«

»Das hat mir noch nie jemand vorgeschlagen.«

»Okay. Nehmen wir an, jemand hätte es vorgeschlagen, wären Sie auf das Angebot eingegangen?«

Natalie schüttelte den Kopf. »Nein, das hätte ich nicht gewollt.«

»Fassen wir also zusammen: Sie mögen herkömmlichen Sex, am liebsten, wenn Sie selbst oben sind, und Sie masturbieren nicht regelmäßig. Würden Sie sagen, dass das eine korrekte Darstellung Ihres Sexuallebens ist?«

Sie begann sich zu fühlen wie eine Ratte in einem Versuchslabor. »Ich glaube, ich hatte es schöner, als das aus Ihrem Mund klingt«, intervenierte sie.

»Aber Sie möchten es noch schöner haben, oder?«

»Ja.«

»Damit komme ich zur letzten Frage. Was ist der wahre Grund dafür, dass Sie hier sind?« Simon musterte sie scharf, und Natalie wusste, sie musste die Wahrheit sagen, auch wenn es noch so wehtat.

»Ich habe einen anspruchsvollen Job und dort alles absolut im Griff. So mag ich das, und so mochte ich das auch schon immer in meinem Liebesleben. Das Problem ist, es hat nicht funktioniert. Ich hatte viele Affären und war manchmal leidenschaftlich verliebt, aber am Ende lassen mich alle Typen sitzen. Jahrelang habe ich nicht verstanden, warum, und eines Tages ...« Sie schwieg, denn beinahe hätte sie erzählt, wie Jan ihr vom Haven berichtet hatte.

»Und eines Tages?«, fragte Simon geduldig.

»Und eines Tages, vor ein paar Monaten, nannte mir mein letzter Liebhaber den Grund, bevor er ging. Er sagte, ich sei ein Kontrollfreak und dass meine Haltung im Bett ihn abgeturnt habe. Ich wusste nicht, wie ich das ändern sollte oder ob ich das überhaupt wollte. Je länger

39

ich darüber nachdachte, desto klarer wurde mir, dass ich wahrscheinlich eine Menge verpasse, aber ich wusste nicht, was ich tun sollte. Zum Glück traf ich mich dann mit einer Freundin zum Essen und erzählte ihr von meinen Gefühlen. Sie fragte mich, wie sehr ich mir eine Veränderung wünschte, und nach einer Weile meinte sie, ich könnte eine passende Klientin für das Hotel Haven sein.«

»Verstehe. Sie hat Ihnen aber nicht genau gesagt, was hier passiert ist, oder?«

»Sie sagte, das könne sie nicht, aber es sei ein Ort, an dem ich lernen würde, sexuell zu reifen und mich zu verändern. Eine Gelegenheit, zu experimentieren, aber in einem sicheren Umfeld.«

Simon nickte zustimmend. »Das ist sehr gut ausgedrückt. Sie sind hier tatsächlich in einem sicheren Umfeld, einem sehr sicheren. Das Problem ist nur, dass Sie über keinerlei Erfahrung auf den Gebieten verfügen, mit denen Sie an den nächsten beiden Wochenenden konfrontiert werden. Ich will ehrlich zu Ihnen sein, Natalie, ich glaube nicht, dass Sie das Seminar durchhalten werden.«

»Was gibt Ihnen das Recht, derart über mich zu urteilen?«, fragte sie, ungemein aufgebracht, weil jemand ohne Weiteres davon ausging, sie würde etwas aufgeben, das sie sich in den Kopf gesetzt hatte.

»Ich bin sehr gut darin, die sexuellen Vorlieben und Fähigkeiten von Menschen zu analysieren. Und Sie haben so lange am Steuer gesessen, dass ich mir nicht vorstellen kann, dass Sie freiwillig hinüberrutschen und Beifahrerin werden. Aber natürlich steht es Ihnen frei, mich vom Gegenteil zu überzeugen.«

»Das tut es zweifellos«, fauchte sie.

»Und noch etwas«, fügte er hinzu. »Ihr Benehmen sollte stets respektvoll und devot sein, selbst mir, Ihrem Privatlehrer, gegenüber. Ich weiß, dass ich Sie provoziert habe, aber das werden auch andere Leute während Ihres Aufenthalts tun. Sie müssen lernen, Ihre reflexartigen Reaktionen zu bezwingen und Dinge mit einem Lächeln oder sogar einer Entschuldigung für Ihre eigene Unzulänglichkeit zu akzeptieren.«

Gerade als Natalie erwidern wollte, dass Jan ihr davon nichts gesagt habe und sie sonst gar nicht erst hergekommen wäre, verließ Simon unvermittelt das Zimmer.

Er ließ ihr eine Broschüre auf dem Frisiertisch zurück. Darin las sie, es würde um 19 Uhr 30 eine allgemeine Zusammenkunft und Aperitifs in der Eingangshalle geben. Das bedeutete, ihr blieben noch eineinhalb Stunden, die sie irgendwie totschlagen musste. Da sich sowohl ihr Verstand als auch ihr Körper in Aufruhr befanden, entschloss sie sich zu einem Spaziergang über das Gelände; das würde ihr vielleicht helfen, sich zu beruhigen.

Sie verließ ihr Zimmer und ging den Flur entlang. Im Vorübergehen bemerkte sie, dass eine der Türen halb offen stand und seltsame Geräusche herausdrangen. Von plötzlicher Neugierde getrieben, spähte sie hinein.

Ein großer, gut gebauter Mittdreißiger stand splitter-

41

nackt im Raum. Seine Hände waren hinter dem Rücken gefesselt, seine Augen verbunden. Sue, die Natalie bereits an der Rezeption gesehen hatte, kniete zwischen seinen Beinen. Ihre Hände streichelten seine Oberschenkel, während sie mit ihrem Mund und ihrer Zunge eifrig zugange war. Leckend und saugend bearbeitete sie seine Eier und den Schaft seines erigierten Penis. Er zitterte von Kopf bis Fuß, seine Bauchmuskeln waren angespannt, und aus seinem Mund drangen diese seltsamen gutturalen Laute, die Natalie so unweigerlich angelockt hatten.

»Nur noch fünf Minuten, dann erhalten Sie die Erlaubnis zu kommen«, sagte Sue, nahm den Mund von ihm und gönnte ihm einige Sekunden Ruhe.

»So lange halte ich es nicht aus«, rief der Mann.

»Ich fürchte, das müssen Sie, sonst werden Sie bestraft – und ich bin mir sicher, Sie wissen noch von Ihrem letzten Besuch, was *das* bedeutet.«

Natalie stockte der Atem. So etwas hatte sie in ihrem ganzen Leben noch nicht gesehen. Die Adern seines prallen Schwanzes traten bläulich hervor. Die Spitze war wie zornesrot gefärbt. Immer wieder zuckten seine Lenden vorwärts, wenn eine besonders intime Berührung ihrer samtweichen Lippen ihn dem Höhepunkt näher und näher brachte. Natalie sah genau, wie verzweifelt er sich bemühte, dem Befehl der Frau zu gehorchen. Doch dann, kurz darauf, stieß er einen leidvollen Schrei aus und erschauerte heftig, bevor er aufgab und in Sues Mund kam.

Als er wieder reglos dastand, erhob sich Sue und kniff

ihn anscheinend fest in eine seiner Brustwarzen. »Sie lernen sehr langsam, nicht wahr?«, sagte sie mit ruhiger Stimme, drehte sich um und ging auf die Tür zu. Natalie eilte hastig über den Flur davon und hoffte, dass niemand sie bemerkt hatte. Was sie soeben mit angesehen hatte, war indessen unauslöschlich in ihr Gedächtnis gebrannt.

Sie war jedoch nicht nur erschrocken, sondern auch aufs Höchste erregt. Während sie durch den wunderschönen Park streifte, konnte sie an nichts anderes denken als die starke Erektion des Mannes, seine sich hebende und senkende Brust und seine gespannte Halsmuskulatur, als er verzweifelt den Kopf in den Nacken warf, während er endlich kam.

4. Kapitel

Um Punkt halb acht folgten Simon Ellis und die übrigen Lehrer Rob Gill in die Halle, wo ihre zwanzig Gäste für dieses Wochenende sie erwarteten. Wie üblich am ersten Abend eines Seminars standen die Leute gespannt und in kleinen Gruppen beisammen, die meisten von ihnen nervös und – wahrscheinlich zum ersten Mal seit Jahren – verunsichert.

Das war ein Moment, den Simon stets genoss. Er liebte die furchtsamen Mienen der Gäste, wenn sie zu ihren Lehrern aufsahen: Das gab ihm ein herrliches Gefühl von Macht. Besonders gut tat es ihm an einem Tag wie diesem, nach einer elenden Arbeitswoche als freischaffender Journalist. Da draußen, in der richtigen Welt, lief es für ihn ganz anders als für die meisten ihrer Gäste. Er musste permanent um seine Nische kämpfen, während sie alle extrem erfolgreich waren. Diese Art von Leuten war imstande, über sein Wohl und Wehe zu entscheiden, und genau das versüßte ihm seine Arbeit hier ungemein.

Während Rob die übliche Begrüßungsrede hielt, schaute Simon von ihrer Empore herunter und ließ seine Augen durch den Raum wandern. Er hielt Ausschau nach Natalie Bowen, und sie war leicht zu entdecken. Sie war die größte und auch die eleganteste unter den anwesenden Frauen. Ihre langen, blonden Locken fielen weich über die Schultern, und das schlichte blaue Kleid betonte ihre schlanke Figur. Er konnte sich die langen Beine darunter gut vorstellen. Denn während seiner professionellen Beurteilung hatte ein anderer Teil von ihm diese Beine bewundert. Sie waren außergewöhnlich hübsch, und er freute sich darauf, sie mit den Gepflogenheiten des Haven vertraut zu machen.

Als er merkte, dass sich seine Männlichkeit regte, versuchte er sich abzulenken, indem er andere Leute betrachtete. Es war ungewöhnlich, dass ihn jemand schon so früh erregte. Im Verlauf der Therapiesitzungen war es ganz natürlich, dass er ausgesprochen scharf wurde – sonst hätte er diesen Job schließlich gar nicht leisten können –, aber das hier schien eine persönlichere Sache zu sein. Er fragte sich, ob es etwas damit zu tun hatte, dass Natalie in derselben Branche tätig war, wenn auch weit erfolgreicher. Aber aus welchem Grund auch immer, die Arbeit mit ihr würde dem Wochenende eine zusätzliche Dimension von Vergnügen verleihen.

Als er merkte, dass Rob zum Ende kam, warf Simon einen Blick auf den Zettel in seiner Hand. Darauf standen drei Namen: zwei Frauen und ein Mann. Natürlich war Natalie eine von ihnen. In den nächsten zwei Tagen würde sie nichts tun, woran er nicht selbst teilnahm oder wobei er nicht zugegen war, um ihre Fortschritte zu verfolgen. Es gab noch eine Reihe anderer Lehrer, doch Simon unterstand nur Rob. Ihm wurden üblicherweise die Leute zugeteilt, bei denen Rob die meisten Schwierigkeiten erwartete. Im Fall von Natalie Bowen war Simon sich sicher, dass sein Chef recht behalten würde.

»Das ist alles, was ich Ihnen im Moment zu sagen habe.« Rob drehte sich zu den Lehrerinnen und Lehrern um, die hinter ihm auf der Empore standen. Nur Simon durfte den Platz unmittelbar neben ihm einnehmen, als Zeichen für die Gäste, dass er in der Hierarchie die Nummer zwei war.

»Ihre Tutoren werden Ihnen nun mitteilen, welcher Gruppe Sie heute Abend angehören«, erklärte Rob. »Nach dem Essen versammeln Sie sich gruppenweise, und im Anschluss wird Ihre Unterweisung für dieses Wochenende beginnen. Ich hoffe sehr, Sie werden, wenn wir uns am Sonntagabend wieder hier einfinden, das Gefühl haben, dass wir unser Versprechen an Sie alle mehr als eingelöst haben.«

Simon entschied, erst seine anderen Schüler und dann Natalie um sich zu versammeln. Der Mann hieß Chris, war Broker und verbrachte sein zweites Wochenende im Haven. Die andere Frau hieß Heather Lacey, war neunundzwanzig und dank ihrer Kette von Beautysalons auf dem Weg zur Millionärin. Wie für Natalie war es auch für sie der erste Besuch, doch Simon glaubte, es würde leichter sein, sie zu unterweisen. Bei ihrer ersten Begegnung hatte sie verschüchtert gewirkt, obwohl sie angegeben hatte, sie sei den meisten Männern zu dominant.

Als Simon, Chris und Heather auf Natalie zugingen,

registrierte er, wie sich ihre dunkelblauen Augen ein wenig weiteten – ein sicheres Zeichen für ihre große Nervosität.

Zu viert aßen sie an einem ruhigen Ecktisch, doch wie immer achtete Simon darauf, dass das Thema Sex nicht angeschnitten wurde. Er wusste, dass sie zu diesem Zeitpunkt mit einer Art theoretischem Unterricht oder Erklärungen rechneten. Wenn dies ausblieb, reagierten sie verwirrt, was seiner Erfahrung nach die spätere Kontrolle erleichterte.

Es war schon nach zehn, als er endlich vom Tisch aufstand. »Zeit, nach oben zu gehen«, erklärte er und ging mit großen Schritten davon, sodass seine Schüler ihm nacheilen mussten. Er führte sie zwei Stockwerke hinauf in die Trainingsetage, wo jeder Lehrer seinen eigenen Raum hatte. Simons war groß, mit einem dicken Teppich und schweren, im Moment zurückgebundenen Vorhängen ausgestattet. Es gab ein großes Bett, Sessel sowie diverse Requisiten, die er zumeist irgendwann im Laufe des Wochenendes einsetzte.

Die Einrichtung war zwar ansehnlich, hatte aber zugleich auch etwas Düsteres, was zum Teil an der gedämpften Beleuchtung liegen mochte. Es gab keine zentrale Lichtquelle, nur Wandlampen. Auch das gehörte zu Simons Strategie der Desorientierung. Waren die Gäste zu entspannt und locker, fiel es umso schwerer, sie dazu zu bringen, ihr eingespieltes Verhalten zu ändern. Und das, obwohl sie ja genau dafür bezahlten.

Er sah Chris an. »Ziehen Sie sich aus«, befahl er ihm. Chris, der bereits ein Wochenende im Haven hinter sich hatte, gehorchte sofort. Simon bemerkte, wie Heather und Natalie enger zusammenrückten und ihn nervös beobachteten.

Chris war ein relativ kleiner Mann, aber eines seiner Hobbys war Fitness mit einem Personal Trainer. Daraus resultierte eine ausgezeichnete Statur. Außerdem besaß er einen enorm großen Schwanz. Der ruhte im Moment zwar schlaff auf seinem linken Oberschenkel, aber Simon wusste, dass er sich bald regen würde. Er erinnerte sich daran, dass Chris immer viel zu schnell losfeuerte; das gehörte zu den Dingen, die er lernen musste, in den Griff zu kriegen. Einer seiner Gründe herzukommen war, dass sein eigenes Vergnügen für ihn an erster Stelle stand und es ihm schwerfiel, seine natürlichen Reaktionen so weit zu zügeln, dass er seiner Partnerin mehr Lust verschaffte.

»Gut, Mädels, ausziehen bis auf die Unterwäsche«, sagte Simon. Beide zögerten und sahen einander ängstlich an. »Das ist eine Anordnung, keine Bitte«, erinnerte er sie. »Wenn auch nur eine von Ihnen zu langsam ist, werde ich Sie züchtigen müssen.« Sofort begannen die zwei Frauen, sich ihrer Kleider zu entledigen.

Simon nahm Heather bei der Hand. Sie trug jetzt nur noch ein Hemdchen und French Knickers. Ihre vollen Brüste machten anscheinend sofort Eindruck auf Chris, dessen Penis sich zu regen begann.

»Machen Sie es ihm mit dem Mund, bis er hart ist«,

sagte Simon, nachdem er seinen Aufzeichnungen zu Heather entnommen hatte, dass sie Fellatio verabscheute.

Heather sah ihn entsetzt an. »Ich kenne ihn doch nicht mal. So etwas tue ich sonst nicht –«

»Genau deshalb sind Sie ja hier. Sie wollen sich doch wirklich ändern, nicht wahr, Heather?«

»Ja, aber –«

»Da gibt es kein Aber. Lassen Sie ihn nicht länger warten. Er ist schon erregt genug, auch ohne dass Sie ihn berührt haben.«

Während Heather langsam auf die Knie ging und vorsichtig begann, die Spitze von Chris' rasch hart werdendem Schwanz zu lecken, sah Simon zu Natalie hin. Sie trug einen Spitzen-BH und einen hochgeschnittenen Bikinislip, die langen Beine steckten in seidigen Selbsthalterstrümpfen. Sie entsprach, wie er feststellte, seiner Vorstellung von einer perfekten Frau. Er hatte schon immer eine Schwäche für große, schlanke Blondinen gehabt. Aber er wusste, dass er das weder ihr noch Rob gegenüber zeigen durfte. Jede Form von emotionaler Verstrickung zwischen Lehrern und Kunden war im Haven streng verboten.

»Während Heather das tut, können Sie sich hinter ihn stellen und an ihm reiben«, sagte er streng. Natalie machte keinen Versuch zu widersprechen, sondern presste sich an Chris' Po und Rücken. Sanft bewegte sie ihre schmalen Hüften und strich mit ihren Brüsten über seinen Rücken.

Während Chris größer und härter wurde, war Heather

49

ihr wachsender Widerwille anzusehen. Obwohl sie tat wie geheißen, legte sie immer wieder Pausen ein, hob den Kopf und schaute zu Simon, von dem sie die Erlaubnis erwartete, aufhören zu dürfen. Simon ignorierte das stumme Flehen in ihrem Blick. »Denken Sie daran, dass Sie nicht kommen sollen, Chris«, warnte er den unglücklichen jungen Mann, den die zwei hübschen Frauen bis an die Grenze des Erträglichen stimulierten.

»Meine Güte, lassen Sie mich nicht zu lange warten«, keuchte Chris. »Das ist ja noch viel schlimmer als am letzten Wochenende.«

»Selbstverständlich ist es das – Sie sind ja kein Neuling mehr. Heather, fahren Sie fort, Sie machen das sehr gut. Natalie, ich will Sie dort drüben auf dem Bett haben.« Er nahm sie bei der Hand, führte sie durchs Zimmer, ließ sie ihre Wäsche ablegen und sich auf allen vieren auf das Bett knien. Als er leichten Schweiß auf ihrem Rückgrat entdeckte, musste er unwillkürlich lächeln. Ihren Vorbehalten zum Trotz war sie anscheinend bereits erregt.

»Rühren Sie sich nicht von der Stelle«, trug er ihr auf. »Sie haben so zu warten, bis ich Chris erlaube, Sie zu nehmen. Und wenn er das tut, wird es nicht lange dauern, bis er zum Höhepunkt kommt. Ihre Aufgabe ist es, das vor ihm zu schaffen.«

Natalie sah ihn an, als habe er den Verstand verloren. »So schaffe ich es niemals zu kommen. Nicht, wenn er mich bloß nimmt. Und schon gar nicht in dieser Stellung.«

»In dem Fall fürchte ich, dass ich Sie werde bestrafen müssen, nachdem er fertig ist. Denken Sie daran, während Sie auf ihn warten.« Plötzlich stöhnte Chris auf, und Simon ließ Natalie auf allen vieren in der Mitte des Betts zurück, um Chris' Fortschritte zu begutachten.

Natalie wartete zitternd und wünschte sich aufrichtig, sie wäre nie für dieses Wochenende hergekommen. Nicht in ihren kühnsten Träumen hätte sie sich eine Szene wie diese ausgemalt. Die Vorstellung, dass sie sich von einem Fremden penetrieren lassen würde, auf eine Weise, die sie nicht einmal erregend fand, und dabei noch von zwei Leuten beobachtet würde, war einfach entsetzlich. Das Seltsame war jedoch, dass die Situation sie nicht nur abstieß, sondern auch anturnte. All ihre Nerven schienen vor Erwartung in Aufruhr zu sein. Als sie sich an Chris gerieben hatte, war sie fast schon gekommen, nur weil sich ihr Venushügel an ihn presste und sie sich ausmalte, wie es sich für ihn anfühlen musste, das eigene Verlangen zu bezähmen.

Jetzt machte sie sich allerdings auch Sorgen. Obwohl ihr Körper erregt war, wusste sie aus Erfahrung, dass sie keinen Orgasmus haben würde, wenn Chris sie von hinten nahm. Was bedeutete, dass sie die Bestrafung durch Simon über sich ergehen lassen musste. Davor graute ihr.

Natalie hörte, wie hinter ihr Heather befohlen wurde aufzuhören. Nur Sekunden später ruckte das Bett, als Chris sich darauf kniete. »Nehmen Sie die Arme runter und legen Sie die Stirn auf die Matratze«, empfahl Simon ihr. »So werden Sie offener für ihn.« Natalie blieb kaum Zeit, der Anweisung zu folgen, da fühlte sie auch schon Chris' Hände, die sie um die Taille packten. Mit einem einzigen schnellen Stoß war er tief in sie eingedrungen, und seine riesige Erektion füllte sie dermaßen aus, dass es fast schmerzte.

»Zügeln Sie Ihr Tempo, Chris«, mahnte Simon. »Denken Sie daran, dass Natalie versuchen muss, vor Ihnen zum Orgasmus zu kommen.«

»Ich musste schon warten«, beklagte sich Chris keuchend. »Es tut mir leid, aber viel länger kann ich mich nicht zurückhalten.«

In dem verzweifelten Versuch, sich selbst zum Orgasmus zu bringen, begann Natalie, ihre Muskeln rund um Chris' mächtigen Schwanz rhythmisch anzuspannen. Es funktionierte, denn winzige Wellen der Lust begannen, durch ihren Körper zu pulsieren. Doch bevor sie Gelegenheit hatte, mehr daraus zu machen, bewegte sich Chris immer schneller, er rammte seine Hüften gegen ihren Po und stieß nach Sekunden einen Triumphschrei aus, als seine Lust ihren Höhepunkt erreichte.

»Sie sind nicht gekommen, Natalie, nicht wahr?«, fragte Simon.

Sie hätte in einer Mischung aus Furcht und Enttäuschung heulen mögen. Obwohl sie gedacht hatte, alle Umstände sprächen dagegen, war sie einem Orgasmus so nahe gewesen. »Chris war zu schnell«, klagte sie.

»Nein, *Sie* waren zu *langsam*«, erwiderte Simon. »Schön, Chris, ich möchte, dass Sie es Heather jetzt mit dem Mund machen. Nun ist sie an der Reihe, ein bisschen Spaß zu haben. Natalie, Sie kommen her und stellen sich neben mich. Sie werden bestraft, nachdem die beiden weg sind.«

Nervös krabbelte Natalie vom Bett herunter und stellte sich neben Simon, während Heather sich zögernd in der Mitte des Bettes auf den Rücken legte. Chris versuchte, mit dem Kopf zwischen ihre Schenkel zu kommen, aber sie presste sie zu fest zusammen. Simon machte ein missbilligendes Gesicht. »So wird das nichts. Natalie, Sie und ich werden Chris helfen. Wir nehmen jeder einen von Heathers Füßen und spreizen ihre Beine.«

»Bitte nicht!«, rief Heather.

Simon ignorierte sie und zerrte ihr die French Knickers grob von den Beinen, bevor er Natalie anwies, eines von Heathers Fußgelenken zu fassen und es zum linken Bettpfosten zu ziehen. Simon drückte das andere in die entgegengesetzte Richtung. Nun hatte Chris freien Zugang zu Heather, der noch leichter wurde, als Simon ihr auch noch ein Kissen unter den Po schob. Natalie spürte, wie Heathers Körper sich abwehrend versteifte, als Chris begann, zwischen ihren Beinen zu lecken und zu saugen. »Er macht das zu fest«, protestierte Heather.

»Ja, daran arbeiten wir auch«, sagte Simon. »Seien Sie behutsam, Chris. Ich bin mir sicher, Sie wollen nicht gezüchtigt werden. Schon gar nicht, nachdem Sie sich bisher so gut geschlagen haben.«

Chris schien den Hinweis verstanden zu haben, denn nach und nach entspannte sich Heathers starrer Körper, obwohl es ihr immer noch offensichtlich schwerfiel, Lust aus dem zu gewinnen, was da gerade mit ihr gemacht wurde. »Rollen Sie in ihr Ihre Zunge ein«, empfahl Simon kundig. »Versuchen Sie, ihren G-Punkt zu finden, und bearbeiten Sie ihn.« Auf einmal spürte Natalie, wie sich die Muskulatur in Heathers Bein verkrampfte, gleichzeitig warf sie den Kopf hin und her und stieß kleine Lustschreie aus. Dann wurde sie erstaunlich rasch von einem gewaltigen Zittern erfasst.

»Na also«, sagte Simon zufrieden. »Das war gar nicht schlecht. Gut gemacht, Chris. Sie haben sich heute Abend selbst übertroffen. Sie und Heather dürfen sich jetzt auf Ihre Zimmer zurückziehen.«

Natalie sah ihn verunsichert an. »Und was ist mit mir?«

»Sie wissen ganz genau, dass Sie noch nicht gehen können. Sie müssen vorher noch bestraft werden.«

Heather schnappte sich ihre Kleider, warf Natalie noch einen mitleidigen Blick zu und floh aus dem Zimmer. Offensichtlich genierte sie sich für das, was mit ihr passiert war, aber gleichzeitig sah man ihr die Lust, die sie dabei empfunden hatte, noch deutlich an. Chris wirkte deutlich entspannter und selbstzufriedener, aber auch er sah Natalie mitfühlend an.

»Was werden Sie mit mir machen?«, fragte sie nervös.

»Das werden Sie in einer Minute selbst herausfinden.

Sehen Sie den Barhocker dort drüben?« Sie nickte. »Ich will, dass Sie sich über den beugen. Lassen Sie die Füße am Boden, aber Ihre Brüste müssen herabhängen. Da Sie groß genug sind, sollte das kein Problem für Sie sein.«

Natalie begann zu zittern. »Ich möchte wissen, was Sie mit mir machen.«

»Wie schon gesagt: Sie werden das im nächsten Moment herausfinden. Sie nehmen wohl nicht gerne Anweisungen entgegen, oder?«

»Nicht, wenn man mir wehtun will.«

»Ich glaube, Sie gehorchen grundsätzlich nicht gern«, entgegnete Simon scharf.

»Was geht Sie das an?«, fragte Natalie überrascht.

Ihm wurde klar, dass das eine unprofessionelle Bemerkung gewesen war, und er versuchte rasch, seinen Fehler zu überspielen. »Nichts. Ich betrachte das nur aus der Lehrerperspektive.«

Natalie glaubte ihm nicht. Sie hatte das Gefühl, es sei etwas Persönlicheres, aber das konnte sie natürlich nicht beweisen. Jedenfalls war sie an Simon genauso interessiert wie er anscheinend an ihr. Er wirkte abgeklärt und gefährlich, aber sie war sich sicher, dass er, wenn er es wollte, ein unglaublich guter Liebhaber sein konnte.

»Beeilen Sie sich!«, sagte er und riss sie aus ihren Gedanken. »Sie müssen Befehlen schneller gehorchen, sonst haben Sie, fürchte ich, Ihr Geld zum Fenster hinausgeworfen.«

Nachdem ihr keine Möglichkeit blieb, das Unvermeidliche noch weiter hinauszuzögern, beugte Natalie sich über den Hocker und spürte sogleich, wie das Blut in ihre herabhängenden Brüste floss. Gerne hätte sie den Kopf gehoben und über ihre Schulter geblickt, um zu sehen, was als Nächstes passieren würde, aber sie hatte bereits gelernt, sich zu beherrschen. So wartete sie voller Anspannung, bis sie Simons sanfte Hand auf ihrem Körper spürte.

Er strich irgendein Öl auf ihre Haut. Es fühlte sich köstlich an, und sie stieß kleine Seufzer aus, als er es auf ihrem unteren Rücken und dem Steißbein verteilte. Das konnte unmöglich ihre Strafe sein, und wenn doch, würde sie sich gern sehr oft bestrafen lassen. Er massierte das Öl auch in ihre Pobacken ein und entfernte sich erst nach einigen Minuten kurz von ihr.

Als er wiederkam, war Natalies Körper weich und empfänglich – sie war tief entspannt wie selten. Dann spürte sie ohne jede Vorwarnung einen scharfen, stechenden Schmerz auf ihrem Po und stieß einen Schreckensschrei aus.

»Das hat wehgetan!«

»Das sollte es auch. Sie werden gerade bestraft, schon vergessen? Aber es ist nur eine Latexgerte. Sie werden keinerlei Spuren oder Verletzungen davontragen«, sagte Simon. Zum ersten Mal klang seine Stimme sanft, beruhigend. »Bleiben Sie entspannt, Natalie. Wenn Ihnen das gelingt, werden Sie sogar Lust daraus ziehen können.«

Natalie glaubte ihm kein bisschen. Sie war entsetzt. Noch nie im Leben hatte jemand sie beim Sex geschlagen. Aber bevor sie einen Ton erwidern konnte, hatte die Peitsche ihr eingeöltes Fleisch erneut getroffen, und die heiße, stechende Empfindung schoss durch ihren Körper. Nur der Schmerz war diesmal schwächer. Sie wurde ein wenig ruhiger, und als Simon sie zum dritten Mal schlug, merkte sie, dass er recht hatte. Ihre Haut begann, sich angenehm warm anzufühlen. Das Brennen war eher irritierend als schmerzhaft, und zwischen ihren Schenkeln begann es, eindringlich zu pochen. Sie spürte auch ihre Klitoris hart werden, und begann, ihren Venushügel an dem Hocker zu reiben, um sich weiter zu stimulieren.

»Das ist nicht gestattet«, sagte Simon, doch er klang nicht verärgert, sondern amüsiert. »Sehen Sie, dass ich recht hatte?« Er peitschte sie noch zweimal, bis ihr Unterleib sich anfühlte, als stünde er in Flammen. Seinem Verbot zum Trotz begann sie wieder, sich an dem Hocker zu reiben, gierig nach dem lustvollen Höhepunkt, von dem sie wusste, dass er ganz nah war.

»Halten Sie *still*, wenn es Ihnen befohlen wird«, sagte Simon und klang diesmal deutlich strenger. Stöhnend gehorchte sie. Dann spürte sie zu ihrer Erleichterung, wie seine Hand unter sie fuhr: Seine kundigen Finger schoben ihre Schamlippen auseinander, pressten sich gegen ihre Vulva und suchten unaufhaltsam nach dem kleinen, harten Kitzler, der so sehnsüchtig berührt werden wollte.

In dem Moment, als Simons eingeölte Finger ihre Klitoris gefunden hatten, stöhnte Natalie erlöst. Er bewegte seine Hand so geschickt, berührte sie genau so, wie sie berührt werden wollte, dass ihre Muskeln erzitterten, sich wanden und zu einem harten Knoten zusammenzogen, bevor sie sich in einem herrlich intensiven Orgasmus entspannten, der jeden Zentimeter ihres Körpers erfasste.

»Ich bin mir nicht sicher, ob Sie das lehren wird, mir in Zukunft zu gehorchen«, sagte Simon nüchtern. »Jetzt ziehen Sie sich jedenfalls besser rasch an und gehen zurück auf Ihr Zimmer. Sie haben morgen einen anstrengenden Tag vor sich.«

5. Kapitel

Als Natalie am nächsten Morgen die Augen aufschlug, stand Simon neben ihrem Bett.

»Ist etwas passiert?«, fragte sie verschlafen.

»Es ist sieben Uhr. Zeit, Ihren Tag zu beginnen.«

Sie war verwirrt. »Sie meinen ...?«

»Ich meine, dass wir hier früh anfangen, um sicherzustellen, dass Sie für Ihr Geld auch etwas bekommen. Übrigens, ich glaube, Sie haben Marc noch nicht kennengelernt. Er ist ein Lehrer in der Ausbildung, und er wird sich ansehen, was wir im Verlauf der nächsten zwei Tage alles tun. Gelegentlich wird er sich daran vielleicht auch beteiligen. Sie sollten sich jetzt besser einen Bademantel überziehen: Wir versammeln uns wieder in meinem Raum.«

»Ich kann nicht, bevor ich nicht geduscht habe«, protestierte Natalie, während sie Marc skeptisch beäugte.

»Natürlich können Sie. Hier geht es um eine Lektion in impulsivem Sex.«

»Ich mag keinen impulsiven Sex. Ich mag es, vorher zu duschen, mich hübsch zu machen und –«

»Aber genau das versuchen wir doch zu ändern, oder, Natalie?«, unterbrach Simon sie sanft. »Sie sind viel zu zimperlich mit sich selbst. Und wenn ich Ihr Liebhaber

wäre, hätte mich Ihre Reaktion heute Morgen sehr enttäuscht. Die meisten Männer wissen eine genüssliche
Nummer im Bett am frühen Morgen sehr zu schätzen.«

Ihr war klar, dass ihr ohnehin nichts anderes übrig
blieb, als zu gehorchen, also griff Natalie nach ihrem Bademantel und folgte den beiden Männern barfuß und
ungekämmt ins oberste Stockwerk des Haven.

Als sie Simons Unterrichtsraum betrat, war Heather
bereits da. Sie saß auf der Kante eines Stuhls und sah
extrem missmutig drein. Offensichtlich war sie genauso
wenig wie Natalie scharf darauf, für Sex so früh geweckt
zu werden. Ihr kurzes, hellbraunes Haar sah ungekämmt
aus, und ihre Lider wirkten schwer.

»Na schön, unser Ziel heute Morgen ist ein Orgasmus
vor dem Frühstück«, erklärte Simon. »Ich kann Ihnen
beiden ansehen, dass sie nicht gerade erpicht darauf sind,
aber ich versichere Ihnen, Ihre künftigen Liebhaber
werden es zu schätzen wissen. Das Problem bei Ihnen
beiden ist, dass Sie nur Sex haben möchten, wann und wo
es Ihnen passt. In Ihrem Leben scheint kaum ein Geben
und Nehmen vorzukommen. Sie haben dauernd das
Bedürfnis, alles zu kontrollieren. Im Moment allerdings
ist Ihnen diese Kontrolle entzogen. Ich hoffe sehr, dass
Sie noch dahinterkommen werden, um wie viel auf-
regender das Leben sein kann, wenn Sie genau das zulassen.«

Er sah die beiden Frauen an und lächelte dann Natalie
zu. Es war kein freundliches, eher ein amüsiertes Lächeln.

»Wir beginnen mit Ihnen. Marc, hast du das Kissen aufs Bett gelegt?« Marc nickte. »Gut. Ziehen Sie sich jetzt aus und legen Sie sich mit dem Rücken darauf, Natalie.«

Natalie spürte, wie sie der Mut verließ. Man erwartete also Sex in der Missionarsstellung von ihr, der Stellung, die sie am wenigsten mochte. Das bedeutete wahrscheinlich eine frustrierende Sitzung, gefolgt von irgendeiner Bestrafung. Sie war ausgesprochen wütend, während sie ihren Bademantel auf den Boden fallen ließ und auf das Bett stieg.

Nachdem er seine eigene Kleidung ausgezogen hatte, legte Simon sich neben sie. »Sie sehen weder sehr entspannt noch – tut mir leid, das sagen zu müssen – im Geringsten sexy aus.«

»Das liegt wahrscheinlich daran, dass ich mich weder entspannt noch sexy *fühle*.«

»Wissen Sie, Sie geben sich nicht gerade große Mühe, sich zu ändern«, flüsterte er. Dann umfasste er ihr Kinn mit kräftigem Griff. »Hoffentlich erweisen Sie sich nicht als zu schwierig. Das wäre eine solche Verschwendung – von Ihrem Geld und meiner Zeit. Es gibt eine lange Warteliste von Leuten, die ins Haven kommen möchten. Sie beanspruchen einen Platz für zwei komplette Wochenenden. Das wenigste, was Sie da tun können, wäre doch, es zu versuchen, um das Maximum aus Ihrem Aufenthalt hier herauszuholen.«

»Ich wusste nicht, dass es so laufen würde«, fauchte Natalie, die zunehmend in Rage geriet. »Ich dachte, es gäbe Vorträge und Gruppendiskussionen. Jan hat mir nicht gesagt, was hier abgehen würde.«

»Wenn es Ihnen nicht gefällt, steht es Ihnen jederzeit frei abzureisen.«

»Das würde Ihnen so passen, was?«, zischte Natalie. »Gestern haben Sie mir gesagt, Sie glaubten nicht, dass ich das Seminar durchhalten würde, und ich merke ganz genau, dass Sie recht behalten wollen. Ich weiß gar nicht, warum, aber ich habe den Eindruck, Sie mögen mich einfach nicht.«

»Da liegen Sie ganz falsch«, sagte Simon besänftigend. »Ich mag Sie sehr, fast zu sehr, um ehrlich zu sein, was ich allerdings nicht mag, ist Ihre Art von weiblicher Sexualität.«

»Und ich dachte, um Ihre persönlichen Empfindungen ginge es hier kein bisschen«, bemerkte Natalie. Sie verspürte einen gewissen Triumph, weil sie diesem distanzierten, düsteren Fremden, der eine so besondere Faszination auf sie ausübte, das Eingeständnis von Gefühlen abgerungen hatte.

»Geht es auch nicht. Aber können wir jetzt bitte mit der Lektion fortfahren? Sie haben mir beim Ausfüllen Ihres Aufnahmebogens erzählt, Sie würden es beim Sex stets vorziehen, oben zu sein. Ich werde nun versuchen, Ihnen zu zeigen, dass es ebenso lustvoll sein kann, wenn Sie das nicht tun. Heather hat das gleiche Problem, deshalb möchte ich, dass sie sehr genau beobachtet, was wir gleich machen.«

Noch während er sprach, begann Simon, mit den Händen über Natalies Körper zu streichen. Er zog Kreise um ihre kleinen, aber festen Brüste, hielt gelegentlich inne, um ihre Brustwarzen zu reizen, indem er sie zwischen Zeigefinger und Daumen rollte.

Es fühlte sich exquisit an, und Natalie fing an, sich zu entspannen, obwohl sie wusste, dass jede Erregung eigentlich Zeitverschwendung war. In dieser Stellung war sie noch niemals zum Höhepunkt gekommen. Simons Hände wanderten über ihren Brustkorb auf ihren Bauch. Dann senkte er den Kopf und kitzelte mit der Zunge ihren Nabel, was ihre Bauchmuskeln zucken ließ. Lange Zeit liebkoste er ihren Bauch, ihre Hüften und die Außenseiten ihrer Oberschenkel. Dabei spürte sie plötzlich, dass jemand ihre Zehen leckte und daran knabberte. Irritiert hob sie den Kopf und sah, dass es Marc war.

»Legen Sie sich wieder hin und genießen Sie«, sagte Simon. »Marc weiß, was er tut. Er ist von mir genau instruiert worden, bevor wir Sie abgeholt haben.«

Natalies Erregung wuchs. Es hatte so etwas herrlich Dekadentes, dass zwei Männer sich darauf konzentrierten, ihr Lust zu bereiten. Ihre Zehen rollten sich ein, als Marcs Zunge über ihren hohen Spann strich. Als er an der Haut oberhalb ihrer Knöchel knabberte, erschauerte sie. Die ganze Zeit über streichelte Simon weiter ihren Unterleib, mied jedoch den Bereich zwischen ihren Schenkeln.

Schließlich löste sich Marcs Mund von ihren Füßen, und Simon positionierte sich über ihr, die dunklen Augen fest auf ihre gerichtet. »Sie wissen, dass Sie kommen können, wenn Sie es wollen, ja?«, sagte er ruhig. »Sie sind erregt genug.« Er griff zwischen ihre Beine und strich mit den Fingern über ihre vielsagend feuchte Vulva.

»Ich möchte ja kommen«, rief sie. »Aber ich weiß, dass es mir nicht gelingen wird.«

»Natürlich wird es das.« Er begann, sich auf sie zu senken, aber nur mit dem Unterkörper. Den Oberkörper hielt er auf seine Arme gestützt. Erstmals spürte sie seinen Penis, der sich zwischen ihre Schamlippen schob und an dem feuchten Kanal auf und ab glitt, während ihr Körper sich öffnete, um ihn willkommen zu heißen.

Erfreut bemerkte Natalie, dass er nicht sofort in sie eindrang, sondern seine Hüften kreisen ließ, sich gegen ihren Venushügel presste und mit der weichen Spitze seiner Erektion über ihre Klitoris strich. Anders als die meisten Männer hatte er seine Beine außen um ihre platziert, sodass er mehr Druck auf ihre Vulva ausübte – ihre Nerven reagierten unmittelbar darauf. Sie spürte, wie sich Ranken der Lust langsam in ihrem Körper ausbreiteten, von ihren Schenkeln aufwärts bis zu den kleinen prallen Kugeln ihrer Brüste.

Natalie spürte, wie nahe sie dem Höhepunkt war. Wenn sie nur in der Lage wäre, sich dem, was mit ihr geschah, völlig hinzugeben. Wenn sie es sich nur erlauben könnte, die Lust zu empfangen, die Simon ihr gewährte, und sich zu entspannen, dann würde sie kommen. Doch das war unmöglich. Egal, wie gekonnt er sich bewegte oder wie langsam er in sie eindrang, seine Hüften kreisen ließ, sich zurückzog und wieder ihre Klitoris berührte, die Erlösung wollte sich einfach nicht einstellen.

Ihr Körper war so angespannt, dass sie sich fühlte, als würde sie explodieren, wenn sie nicht kam. Doch sie sehnte sich danach, Simon von sich herunter und auf den Rücken zu rollen, sich rittlings auf ihn zu setzen, an seiner wunderbaren Erektion auf und ab zu gleiten, sich vorzubeugen, damit er an ihren vor Erregung schmerzenden Brustwarzen saugte, bis sie kam. Sie konnte sich nichts anderes vorstellen, und je länger sie darüber nachdachte, desto schneller verblassten die köstlichen Empfindungen, die Simon ihr beschert hatte.

Nach Befriedigung gierend bäumte Natalie ihre Hüften auf und packte mit den Händen Simons Po, um so Tempo und Rhythmus zu kontrollieren. Sofort erstarrte Simon.

»Jetzt haben Sie es ruiniert«, stellte er fest.

Gescheitert, immer noch erregt und irritiert von dem Gefühl des langsam abebbenden Rauschs sah sie ihn kläglich an: »Wie meinen Sie das?«

»Sie haben wieder versucht, das Kommando zu übernehmen.«

»Ich konnte nicht anders. Sie haben es nicht richtig gemacht, Sie –«

»Und ich dachte, Sie wären auf einem so guten Weg«, sagte Simon enttäuscht und löste seinen Körper von ihr.

»Lassen Sie mich nicht so zurück!«, rief sie.

»Tut mir leid, aber Sie müssen etwas daraus lernen.

Ich habe Sie gewarnt. Wollen wir sehen, ob Heather mehr Glück hat.«

»Können wir es nicht noch einmal versuchen?«, fragte Natalie. Sie wusste, wenn sie noch eine einzige Chance bekäme, wenn sie die Augen schlösse und ihm erlaubte zu tun, was er wollte, würde die Lust zurückkehren. Sie war außer sich vor Verlangen nach dieser köstlichen Erregung.

»Sie bekommen nur eine Chance«, beschied Simon ihr knapp. Damit nahm er ihre Hand und zog sie vom Bett. »Ziehen Sie Ihr Nachthemd und Ihren Bademantel wieder an, und sehen Sie zu, ob Sie etwas dabei lernen können, wenn Sie Heather beobachten.«

»Ich *will* Heather aber nicht beobachten«, knurrte sie.

»Dann hätten Sie tun sollen, was Ihnen aufgetragen wurde. Kommen Sie her, Heather. Meinen Sie, Sie können es besser als Natalie?«

Heather antwortete nicht darauf. Sie war sichtlich angeturnt von dem, was sie gesehen hatte, und einen Moment lang hasste Natalie sie. Wäre sie als Zweite an die Reihe gekommen, wäre es ihr wahrscheinlich eher geglückt. Es war unfair von Simon, sie als Erste dranzunehmen, und sie wusste, dass er es absichtlich getan hatte, um es ihr besonders schwer zu machen.

Als Heather sich auf das Kissen legte und Simon begann, ihre etwas größeren Brüste zu liebkosen, musste Natalie daran denken, wie es sich angefühlt hatte, als er sie berührt hatte. Sie erschauerte. Ihr ganzer Körper wurde von Neuem erregt, und sie konnte nichts dagegen tun.

Sie würde zusehen müssen, während Heather all die Lust bekam, die sie, Natalie, so achtlos verschmäht hatte.

Simon machte mit Heather alles, was er auch mit Natalie gemacht hatte. Soweit Natalie das erkennen konnte, gab es keinen Unterschied in seiner Behandlung, und das kränkte sie, weil sie seine Berührungen als etwas Persönliches wahrgenommen hatte. Sie hatte geglaubt, er empfände etwas für sie. Während sie ihn jetzt beobachtete, erkannte sie, dass das ein Irrtum gewesen war. Es war so, wie er gesagt hatte: Er machte einfach nur seinen Job – und nach den Geräuschen zu schließen, die Heather von sich gab, machte er ihn sehr gut.

Als Marc begann, sie zwischen ihren Zehen zu lecken, geriet Heather vor Erregung außer sich. Sie ließ sich von ihrer Lust mitreißen und leistete keinerlei Widerstand. Als Marc fertig war und vom Bett zurücktrat und Simon sich auf sie legte, flackerte für einen Moment Unsicherheit in Heathers Augen. Aber dieser kurze Anflug von Abwehr ging rasch vorüber, sobald sie spürte, wie er sich gegen ihren Venushügel presste. Bald sah Natalie, wie Heathers Brust und Hals mit wachsender Erregung immer rosiger wurden.

Sie konnte sich nur zu gut vorstellen, welches Verlangen in der anderen Frau wuchs. Wie herrlich sich ihre Muskeln anspannten, wie sich Pfeile der Lust in ihren Unterleib bohrten, während Simon an ihrem weichen, feuchten Fleisch auf und ab glitt, bevor er in ihre weit geöffnete Vagina eindrang.

Anders als Natalie stöhnte Heather laut und machte keinerlei Anstalten, Simon in irgendeiner Weise zu kontrollieren. Sie schien eher ganz in ihrer eigenen Welt versunken, einer Welt, die nur aus Empfindungen bestand, an die sich die hilflos zusehende Natalie nur bedauernd erinnern konnte. Schnell war klar, dass Heather zum Orgasmus kommen würde. Natalie, die so noch nie einem Paar beim Sex zugeschaut hatte, fragte sich, ob sie wohl auch käme. Sie fühlte sich dazu bereit, aber ihr Körper brauchte ein Streicheln, eine intime Berührung, und sie wusste, Marc würde es nicht erlaubt sein, sie anzufassen.

Nach wenigen Minuten steigerte Simon sein Tempo, aber er hatte sich immer noch gut im Griff. Von Heather, die inzwischen laut und stoßweise keuchte, konnte man das nicht behaupten. Dann ein spitzer Schrei, als sie kam. Natalie beobachtete, wie sich Heathers Körper unter Simon verkrampfte und wand, bis sie plötzlich die Augen schloss, still, entspannt und regungslos dalag.

»War das Ihr erster Orgasmus, während Sie unter einem Mann lagen?«, fragte Simon leidenschaftslos. Sein nüchterner Ton zerstörte die erotisch aufgeladene Atmosphäre im Raum.

»Ja«, gestand Heather.

»Sie haben das sehr gut gemacht. Wir werden Sie es im Laufe des Vormittags noch mit jemand anderem probieren lassen.« Er warf einen Blick auf seine Armbanduhr. »Jetzt ist es an der Zeit, dass Sie beide sich zum Frühstück fertig machen. Um halb elf nehme ich Sie mit, damit Sie den Männern dabei zusehen können, wie sie lernen, sich devot zu verhalten. Das sollte Ihnen doch richtig Spaß machen«, fügte er noch hinzu und sah Natalie dabei an.

»Ich mag keine devoten Männer«, sagte sie abwehrend.

»Tatsächlich? Und welche Sorte Männer mögen Sie dann? Dominante sehen es ja nicht so gern, wenn man ihnen sagt, was sie zu tun haben.«

»Das ist wahrscheinlich auch der Grund dafür, warum meine Beziehungen scheitern.«

»Exakt«, sagte er sanft. »Und deshalb will ich Ihnen ja auch helfen, sich zu ändern. Das Problem ist nur, dass Sie sich nicht wirklich helfen lassen wollen.«

Natalie hätte Simon gern erwidert, dass er sich irre, weil sie sich durchaus ändern wolle, es aber so schwer sei, sich gehen zu lassen. Doch dazu bekam sie keine Gelegenheit mehr, denn bevor sie noch irgendetwas sagen konnte, waren er und Marc aus dem Zimmer verschwunden und hatten sie und Heather allein zurückgelassen.

Heather sah Natalie an. »Das Ganze ist ziemlich peinlich, nicht wahr?«

»Es ist überhaupt nicht das, was ich erwartet habe«, gab Natalie zu. »Ich hatte nicht mit so viel ... praktischen Übungen gerechnet.«

»Ich hatte keine Ahnung, was mich erwartete, aber es war mir auch ziemlich egal«, gestand Heather. »Ich war es so leid, dauernd Männer zu verlieren, die ich wirklich

69

mochte, dass ich bereit war, praktisch alles zu tun, was mich glücklicher machen würde.«

»Aber wird uns das hier glücklicher machen?«, fragte Natalie. »Wie können wir wissen, ob es das ist, was *wir* wirklich wollen, oder nur das, was Männer von uns möchten?«

»Das hat mich auch beschäftigt, aber nach diesem Morgen fange ich an, die Vorzüge zu erkennen«, sagte Heather lachend. »Er ist doch einfach unglaublich, oder?«

»Wer?«

»Na, Simon natürlich.«

»Er ist in Ordnung.«

»Ach, komm, er weiß ganz genau, welche Knöpfchen er drücken muss.«

»Klar weiß er das, das ist schließlich sein Job. Das bedeutet aber noch lange nicht, dass er ein ausgesprochen netter oder auch nur sexuell attraktiver Typ ist. Ich denke, man muss schon ein bisschen seltsam sein, um einer solchen Arbeit nachzugehen.«

»Ich glaube, die meisten Männer würden sich alle zehn Finger nach seinem Job abschlecken«, bemerkte Heather. »Ich finde ihn absolut nicht seltsam. Ich wünschte nur, wir dürften nach alldem hier mit den Lehrern in Kontakt bleiben. Wenn ich ein neues Leben anfange, hätte ich ihn gern dabei, um Spaß zu haben. Er wäre ein toller Partygast.«

»Fandest du es leicht, einen Orgasmus zu kriegen?«, fragte Natalie zögernd. »Ich fand es furchtbar schwierig.

Ich mochte es noch nie, unten zu liegen, aber zu wissen, dass mir andere dabei zusahen und dass Simon mir eine Lektion gab, machte es noch schlimmer. Fast hätte ich es geschafft, aber er bewegte sich nicht ganz so, wie ich es wollte.«

»Für mich war es wahrscheinlich leichter«, gab Heather zu. »Schließlich habe ich euch beiden zugeschaut, und glaub mir, das war wahnsinnig anturnend. Und noch was: Ich hätte mir vor diesem Wochenende nie vorstellen können, dass ich anderen Leuten beim Sex zusehe. Und auf mich machte es eigentlich ganz den Eindruck, als habe er alles richtig gemacht. Du wolltest ihn wahrscheinlich einfach führen, um ihm zu beweisen, dass nicht alles nach seinem Kopf geht.«

»Was bist du, so eine Art Amateurpsychologin?«, fragte Natalie ein wenig gereizt.

»Entschuldige, ich wollte dich nicht kränken. Ich weiß ja, wie schwer es ist, und ich dachte, wir sollten versuchen, einander zu helfen.«

Natalie schämte sich. »Du hast recht, wir sollten uns gegenseitig helfen. Wahrscheinlich habe ich mir viel zu viele Sorgen darüber gemacht, dass meine Lust total von ihm abhing. Aber das ist eine Gewohnheit, die sich nur schwer ablegen lässt.«

»Was hältst du davon, Männern zuzusehen, die man zwingt, devot zu sein?«

Natalie überlegte kurz. »Ich kann es mir nicht wirklich vorstellen, und du?«

»Nein, aber es dürfte sehr interessant werden. Die Männer hier sind alle wie wir, geschäftlich ausgesprochen erfolgreich. Ich habe mich gestern nach meiner Ankunft mit einem von ihnen im Park unterhalten. Er ist Chef eines großen internationalen Unternehmens, und wenn er pfeift, müssen alle springen. Er war schon zweimal verheiratet und hat drei weitere gescheiterte Beziehungen hinter sich. Er sagt, er schafft es nicht, sein Verhalten zu ändern, und dass er im Bett immer das Kommando übernimmt, selbst wenn er weiß, dass die Frau sich etwas anderes wünscht. Ich bin schon gespannt darauf, zu sehen, wie er unterwiesen wird. Er war sehr attraktiv.«

»Wahrscheinlich fandest du ihn nur attraktiv, weil er so mächtig und wichtig ist«, gab Natalie zu bedenken. »Er wird nicht halb so anziehend sein, wenn man ihn devot sieht.«

»Das ist doch komisch, oder?«, sagte Heather. »Wir mögen es beide, im Bett den Ton anzugeben, aber keine von uns fühlt sich zu unterwürfigen Männern hingezogen. Kein Wunder, dass unser Liebesleben in desolatem Zustand ist.«

Natalie warf einen Blick auf die Uhr an der Wand. »Wir sollten lieber los und uns fürs Frühstück fertig machen. Ich glaube, das wird nur bis neun serviert.«

»Ja, und da sollte man nicht zu spät kommen, sonst wird das bestimmt auch als bestrafungswürdige Verfehlung betrachtet.«

Natalie musterte die andere Frau nachdenklich. »Weißt

du, ich glaube, du wirst schneller als ich lernen, dich zu ändern.«

»Warum glaubst du das?«

»Ich weiß nicht. Vielleicht weil du entspannter an die ganze Sache herangehst als ich. Außerdem konnte man ja vorhin mit Simon sehen, dass du in der Lage warst, ihm die Kontrolle zu überlassen.«

»Das bedeutet noch nicht, dass mir das auch bei jemand anderem gelingt.«

Natalie seufzte. »Ich weiß. Aber mir ist es noch gar nicht geglückt.«

Heather lächelte sie ermutigend an. »Keine Sorge, es hat doch gerade erst angefangen, und ich habe auch gehört, dass Simon noch nie gescheitert ist.«

Natalie erschauerte. »Dann wird er sicher nicht gerade erbaut sein, wenn's bei mir das erste Mal ist, oder?«

»Nein«, stimmte Heather ihr zu. »Sicher nicht.«

6. Kapitel

Um halb elf, also über eine Stunde nach dem Frühstück, holte Simon Natalie und Heather in der Lounge ab, wo sie geplaudert und verstohlen die übrigen Gäste beobachtet hatten. »Zeit für die nächste Lektion, die Damen«, sagte er. »Ich schätze, darauf haben Sie sich schon gefreut.«

»Geht so«, meinte Natalie. »Ich glaube nicht, dass mich das besonders anmachen wird.«

Simon machte ein skeptisches Gesicht. »Und wie sieht es mit Ihnen aus, Heather?«

»Ich bin mir nicht sicher«, gestand sie.

»Wenigstens gehen Sie offen an die Sache heran. Ihr Problem, Natalie, ist, dass Sie sich gegen jegliche Veränderung sträuben. Dabei scheint Ihnen nicht klar zu sein, dass die Einzige, die dabei verlieren wird, Sie selbst sind. Mir ist es gleichgültig, ob Sie von Ihren Wochenenden hier in irgendeiner Form profitieren oder nicht.«

»Tatsächlich?«, fragte Natalie zurück. »Und ich hätte gedacht, dass es Ihnen sogar sehr wichtig ist. Schließlich haben Sie doch den Ruf zu verlieren, dass bei Ihnen noch niemand durchgefallen ist.«

»Hier geht es nicht um Durchfallen oder Bestehen«, antwortete er gereizt. »Das ist keine Prüfung, sondern

74

ein Selbsterfahrungsseminar. Sie sind zu uns gekommen, weil Sie sich ändern möchten. Wenn Sie wieder abreisen, ohne das getan zu haben, ist das einzig und allein Ihre Sache.«

»Dann würden Sie das also nicht als Ihr Scheitern verstehen?«

Simon trat einen Schritt näher an sie heran. »Falls Sie versuchen, mich zu provozieren, kann ich Ihnen nur abraten«, flüsterte er. »Das wäre ein gefährliches Spiel.«

»Vielleicht entdeckte ich gerade mein Faible für gefährliche Spiele.«

»Sie sind noch nicht imstande, es mit mir aufzunehmen«, sagte er leise. »Wir spielen nicht in derselben Liga.«

»Wollen wir jetzt vielleicht gehen?«, mischte sich Heather ein.

Simon nickte. »Ja, und wir sollten uns lieber beeilen, damit sie nicht ohne uns anfangen. Obwohl das nicht sehr wahrscheinlich ist: Rob begrüßt es, wenn die Männer bei dieser speziellen Übung Publikum haben.«

Der Raum, in den Simon sie führte, befand sich im Erdgeschoss. Es gab auch hier einen dicken Teppichboden, dazu drei antike Chaiselongues, aber ansonsten kaum Mobiliar. Rob stand mit drei Mädchen neben sich an einer Seite des Raumes, und seine stechend blauen Augen leuchteten. Mitten im Zimmer befanden sich drei komplett nackte Männer.

»Sind die Frauen auch Tutorinnen?«, fragte Natalie Simon.

»Nein«, antwortete er leise. »Wir beschäftigen nicht genug Lehrkräfte für all die unterschiedlichen Aktivitäten. Aber zum Glück haben die meisten von uns aufgeschlossene Freundinnen und Freunde, die Rob nur zu gern aushelfen. Diese drei hier sind Bekannte von Marc. Ihre Arbeit hier bereitet ihnen großes Vergnügen.«

»Was wird denn jetzt passieren?«, fragte Heather.

Rob sah zu ihnen hin. »Würden Sie sich bitte alle an der Tür auf den Boden setzen? Und ich wäre Ihnen dankbar, wenn Sie die Unterhaltung einstellen könnten, während wir arbeiten. Andrew, Oliver und Sebastian werden Sie als Zuschauer zwar zu schätzen wissen, aber ich bevorzuge ein stilles Publikum.«

»Das wissen wir schon«, murmelte Natalie. Rob warf ihr einen strengen, warnenden Blick zu, bevor er seine Aufmerksamkeit wieder den nackten Männern in der Zimmermitte zuwandte. »Ich möchte, dass Sie sich erst einmal vorstellen«, trug er ihnen auf.

Der Erste trat vor. Natalie schätzte ihn auf ungefähr vierzig. Er war durchschnittlich groß, hatte dunkelbraunes Haar und einen lässigen Dreitagebart. Dem Aussehen nach zu urteilen, ein typischer Macho, von dem sie sich vorstellen konnte, wie er sich auf Partys benahm: Bestimmt fasste er Frauen am Ellbogen, in dem sicheren Gefühl, sie wüssten seine männliche Aufmerksamkeit zu schätzen. »Ich bin Andrew«, sagte er in aggressivem Ton. »Ich bin leitender Manager im Verkauf und Marketing eines Unternehmens, und das Einzige, was ich wirklich nicht ausstehen kann, ist, wenn man mich Andy nennt.«

Der zweite Mann tat einen Schritt nach vorn. Er war ein ganz anderer Typ. Groß, wahrscheinlich an die eins neunzig, ziemlich schlank, gut gebaut. Sein hellbraunes Haar war lockig und leicht verstrubbelt; er trug es aus dem Gesicht gestrichen. Er wirkte wie Mitte dreißig, und das Auffallendste an ihm waren seine großen, braunen Augen, die sanft aussahen und von außergewöhnlich langen, dichten Wimpern umrahmt waren. »Ich bin Oliver. Ich leite meine eigene Vertriebsfirma, und es gibt eigentlich nichts, was ich besonders verabscheue, außer Frauen, die versuchen, im Bett das Kommando zu übernehmen.«

»Demnach meinen Sie wohl immer, am besten zu wissen, was gut ist«, bemerkte Rob.

Oliver schien von dem Einwurf überrascht. »Ja, ich denke, ich weiß, wie man eine Frau befriedigt.«

»Sie glauben nicht, dass Frauen ihren eigenen Körper vielleicht besser kennen als Sie?«

Oliver lächelte. Es war ein charmantes Lächeln. »Vielleicht *denken* Sie, dass es so ist. Aber ich weiß, wenn Sie mir Gelegenheit gäben, Ihnen zu zeigen, was ich für Sie tun kann, würden Sie Ihre Meinung ändern.«

»Das erklärt mir, warum Sie hier sind«, bemerkte Rob. »Der Nächste.«

Der dritte Mann trat vor. Er war etwa so alt und so groß wie Oliver, jedoch etwas schwerer gebaut. »Mein Name ist Sebastian. Ich bin Chef eines Unternehmens in der

City of London, und ich bin hier, weil Frauen mir sagen, ich sei im Bett zu aggressiv.«

»Haben sie Ihrer Ansicht nach damit recht?«, erkundigte sich Rob interessiert.

»Nein, nicht wirklich, Ich denke, die meisten Frauen würden die Zeit gern zurückdrehen, aber das verstößt eben gegen die Political Correctness, also bringen sie alibimäßige Einwände vor.«

»Verstehe. Sie meinen also, die Frauen würden am liebsten zurück in die Steinzeit?«

»Nicht ganz«, schränkte Sebastian ein. »Ich will ihnen ja nicht eins über den Schädel ziehen und sie in meine Höhle schleifen. Aber Männer sollen dominieren. So ist das von der Natur vorgesehen.«

»Schön«, sagte Rob zufrieden. »Nun sind Sie also alle drei zu diesem Seminar gekommen, weil Sie – egal wie überzeugt Sie davon sein mögen, Ihre Einstellung gegenüber Frauen sei richtig – erfahrungsgemäß nicht zu erfolgreichen Partnerschaften in der Lage sind. Der Grund ist Ihr von den Frauen so wahrgenommenes ›Versagen‹. Sie haben sich entschieden, hier zu sein und zu lernen, sich zu ändern. Für Sie drei ist das der erste Aufenthalt, und zweifellos sind Sie inzwischen alle ziemlich befremdet. Dies ist Ihre bislang intensivste Unterweisung, und ich bin gespannt, wie Sie darauf reagieren werden. Meiner Ansicht nach sagt es viel über unsere Gesellschaft aus, dass Sie alle in einflussreichen Positionen arbeiten und – wie auch viele Frauen in unserem Seminar – die

78

gleiche Haltung wie im Job an den Tag legen, wenn Sie mit Ihrer Partnerin ins Bett gehen. Was Sie lernen sollen, ist, dass Sie nicht permanent alles unter Kontrolle haben müssen.«

»Ich beginne zu überlegen, ob dieses Seminar nicht ein Fehler war«, meldete sich Sebastian zu Wort.

Rob sah ihn fragend an. »Warum?«

»Weil es hier schrecklich viele äußerst erfolgreiche Frauen gibt, die alle das Gleiche lernen wie wir. Dann sind wir am Ende alle devot, und das kann niemand befriedigen.«

»Sich weniger aggressiv zu verhalten bedeutet noch nicht, devot zu sein«, sagte Rob. »Das ist auch etwas, das Sie hier hoffentlich lernen werden. Jetzt wird es Zeit anzufangen. Seid ihr bereit, Mädels?« Er schaute die drei jungen Frauen neben sich an.

Die Mädchen waren alle sehr attraktiv, zwei Blondinen, eine Brünette. Rasch knöpften sie sich ihre weißen Overalls auf und gingen langsam zu den Männern, vor denen sie sich aufstellten. Alle trugen hohe Absätze und Strümpfe, dazu kurze Unterröcke über BH und Slip. Ihre Dessous waren gleich geschnitten, bei der einen Blonden cremefarben, bei der anderen schwarz und bei der Brünetten jungfräulich weiß.

Die Mädchen stellten sich jeweils vor einen Mann, aber leicht versetzt, sodass Natalie und die anderen Zuschauer die Reaktionen der Männer gut sehen konnten. Lasziv begannen die Mädchen, sich auszuziehen. Selbst Natalie wusste diesen Strip zu schätzen und merkte, wie es sie erregte, als sie die Träger ihrer Unterkleider über die Schultern streiften, bevor sie diese zu Boden gleiten ließen. Dabei umschmeichelte der seidige Stoff ihre Kurven.

Einige Sekunden posierten sie, immer noch in High Heels, provozierend vor den Männern, deren Schwänze sofort hart wurden. Als Nächstes strichen sich die Frauen verführerisch über die Schenkel und an den Rändern ihrer Strümpfe entlang. Zwischendurch streichelten sie sich unmittelbar über dem Saum ihrer hochgeschnittenen Slips, die sie danach abstreiften. Aufreizend langsam lösten sie die Strapse und rollten die Strümpfe nacheinander langsam über ihre langen, schlanken Beine nach unten. Als sie sich dabei vorbeugten, betonten die Korsagen ihrer BHs die Dekolletés. Natalie hörte alle drei Männer nach Luft schnappen, während die Mädchen sich drehend und windend bemühten, ihrem Gegenüber so viele quälende Blicke auf ihr nacktes Fleisch zu gewähren wie nur möglich.

Es war raffiniert, dass sie zwar eindeutig Erfahrung in dieser Verführung hatten, aber alle trotzdem vorgaben, schüchtern zu sein, und ihre Augen stets gesenkt hielten. Eine der Blondinen hatte das Gesicht sogar halb von Oliver abgewandt, als sei sie zu verlegen, um ihn anzusehen. Natalie entging nicht, dass seine Lust dadurch noch angeheizt wurde. Seine Erektion wirkte steinhart, und von den dreien war er sichtlich der am stärksten Erregte.

Die BHs legten die Frauen zuletzt ab, als sei es ihnen

peinlich, ihre Brüste zu entblößen. Die Blonde, die vor Oliver stand, brauchte für jede Bewegung sogar noch länger als die beiden anderen. Zweimal griff sie hinter ihren Rücken, aber als habe sie es sich doch anders überlegt, fuhr sie dann mit der Hand nur durch ihre Haare und strich an der Seite ihres Körpers herab. Irgendwann rutschte ein Träger über ihre linke Schulter, doch sie ließ Oliver warten und schien den Mut, ihren BH zu öffnen und abzulegen, erst zu finden, nachdem die beiden anderen bereits völlig nackt waren.

Natalie konnte an Simons Atmung hören, dass die Vorstellung nicht einmal ihn kaltließ. Dabei hatte er sie sicher schon öfter gesehen. Ihr wurde allerdings erstmals bewusst, welche Macht Frauen über Männer haben, wenn sie sich unterwürfig geben, selbst wenn die Männer wissen, dass das nur gespielt ist. Sie fragte sich, wie es sich anfühlen mochte, so für einen Mann zu strippen, und beschloss, es irgendwann einmal auszuprobieren.

Sobald alle nackt waren, drehten sich die Frauen zu Rob um, der wieder das Wort ergriff. »Und jetzt möchte ich, dass jeder von Ihnen seiner wunderschönen Partnerin einen Orgasmus verschafft. Allerdings ohne jede Form von Penetration. Mit anderen Worten: Sie können Ihre Hände, Ihre Zungen, wenn Sie mögen, auch Ihre Zehen benutzen, sonst nichts. Dort stehen drei Chaiselongues, die Sie verwenden können, um sich hinzulegen, aber vielleicht möchten Sie auch gleich im Stehen beginnen. Das bleibt ganz Ihnen überlassen. Ich werde genau zusehen und Sie korrigieren, wenn ich denke, dass Sie die falsche Richtung einschlagen. Haben Sie das verstanden?«

Die drei murmelten undeutliche Erwiderungen, die Natalie als »Ja« interpretierte, dann traten alle vor und schienen es gar nicht erwarten zu können, die Mädchen anzufassen.

Natalie staunte kein bisschen, als alle Männer zuerst nach den Brüsten ihrer Partnerinnen griffen, wobei Oliver deutlich subtiler vorging als seine Mitstreiter. »Sie sollen hier keinen Teig kneten, Andrew«, rief Rob mahnend. Natalie sah, wie Andrew vor Zorn das Gesicht verzog, die Brüste der Brünetten allerdings daraufhin merklich anders anfasste.

Während sie den Männern zusah, wie sie die Mädchen liebkosten, musste sie daran denken, wie viele ihrer Lover mit ihr umgegangen waren. Allen dreien hier fehlten das Feingefühl und die Raffinesse, die es brauchte, um einer Frau echte Befriedigung zu verschaffen. Wenn man überhaupt einen Beweis dafür brauchte, warum Frauen begonnen hatten zu versuchen, im Bett das Kommando zu übernehmen, dann war es dieses Szenario. Andererseits fand sie es aber auch ermutigend, dass einige Männer anfingen zu begreifen, dass sie falsch vorgingen. Auch wenn sie lieber dafür bezahlten umzulernen, anstatt einfach auf ihre Partnerinnen zu hören.

Nach wenigen Minuten führten oder trugen alle Männer ihre Partnerinnen zu den Chaiselongues. Daraufhin

82

erlaubte Rob den Zuschauern, in die Zimmermitte zu kommen, wo sie eine sehr gute Sicht auf alles hatten, was vor sich ging.

Rasch registrierte Natalie, dass weder Andrew noch Sebastian in irgendeiner Weise Notiz von den Reaktionen ihres Gegenübers nahmen. Oliver war da anders. Obwohl er sichtlich sehr erregt war, nahm er sich Zeit, den Körper seiner Partnerin zu streicheln. Sein Mund wechselte von einer Brustwarze zur anderen, bis die Blondine unter ihm leise zu stöhnen begann.

»Auf den hätte ich auch Lust«, flüsterte Heather Natalie zu. Doch bevor sie noch mehr sagen konnte, brachte Simon sie mit einem warnenden Blick zum Schweigen. Insgeheim stimmte Natalie ihr zu. Oliver war wirklich attraktiv, und er wirkte so, als hätte er nach ein bisschen Anregung durch den Kurs durchaus das Zeug zu einem exzellenten Liebhaber. Auch wenn er nicht dieselbe Faszination auf sie ausübte wie Simon. Andererseits war der Wunsch nach einem Verhältnis mit Oliver erlaubt, eines mit Simon dagegen verboten. Leider machte ihn dieses Verbot in Natalies Augen umso anziehender.

Rob, der die Vorgänge sorgsam beobachtet hatte, trat plötzlich vor und tippte Andrew auf die Schulter. »Sie versuchen viel zu schnell, sie zum Höhepunkt zu bringen«, erklärte er. »Melanie, du möchtest seine Hand noch nicht zwischen deinen Beinen spüren, oder?«

»Nein«, stimmte die Brünette ihm zu.

»Wenn sie sich nicht beeilt, explodiere ich aber«, pro-

83

testierte Andrew. »Allein ihr Strip hat schon gereicht, um einen Mann verrückt zu machen. Außerdem ist sie dazu bereit. Das sehe ich doch.«

»Vielleicht haben Sie nicht gehört, was sie gesagt hat«, versuchte Rob zu vermitteln. »Melanie hat bestätigt, dass sie noch nicht bereit ist, dort berührt zu werden.«

»Was will sie dann?«, fragte Andrew.

»Benutzen Sie Ihre Phantasie.«

Natalie bezweifelte, dass Andrew in dieser Hinsicht über viel Phantasie verfügte. Und ihre Vermutung wurde rasch bestätigt, als er, nachdem er ein paarmal ihre Brüste mit seinen Fingern umkreist hatte, seine rechte Hand wieder zwischen Melanies Schenkel schob.

»Stehen Sie auf«, blaffte Rob.

Andrew sah seinen Lehrer über die Schulter an. »Was?«

»Sie haben mich gehört. Gehen Sie von ihr runter. Sie haben nicht getan, was Ihnen aufgetragen wurde, daher müssen Sie nun bestraft werden.«

Während Andrew vor Rob stand, fuhren Oliver und Sebastian fort, ihre Partnerinnen zu stimulieren. Erstaunlicherweise schien Olivers Gegenüber noch weit von einem Orgasmus entfernt. Dagegen begann Sebastians Blondine ihren Kopf rastlos von einer Seite zur anderen zu werfen. Außerdem stieß sie kleine Lustschreie aus, während er mit seiner Zunge gekonnt ihre Nippel bearbeitete. Das sah so kunstvoll aus, dass Natalie spürte, wie ihre eigenen Brustwarzen hart wurden.

Auch wenn es ihr schwerfiel, riss sie den Blick von den

beiden anderen Männern los, um zu sehen, wie Andrew wohl bestraft würde. Rob legte eine Hand auf seinen Nacken und drückte seinen Kopf herunter, sodass er sich in der Taille vorbeugte. Dann trat Melanie hinter Andrew, drückte etwas Gel aus einer Tube auf ihren Finger und schob diesen langsam zwischen seine Pobacken. Andrew versuchte sofort, sich aufzurichten und stieß angesichts des unwillkommenen Eindringens schwache Protestlaute aus. Doch Rob drückte ihn fest nach unten.

»Was denn?«, fragte er. »Sagen Sie mir nicht, dass Melanie etwas macht, das Sie nicht erregt. Vielleicht ist das nur ihre Art, Ihnen zu zeigen, wie sich so etwas anfühlt.«

»Ich mag es nicht, wenn Frauen das bei mir machen«, beklagte sich Andrew.

Melanies Finger bewegte sich weiter erbarmungslos in seinem Anus, und plötzlich stieß Andrew einen warnenden Laut aus. »Mein Gott, sagen Sie ihr, sie soll damit aufhören, sonst komme ich«, keuchte er.

»Hör lieber auf, Melanie«, sagte Rob. »Sie haben anscheinend doch verstanden.« Grinsend ließ Melanie von ihm ab, und Andrew durfte sich wieder aufrichten. Seine Erektion war gewaltig. Sie stand fast senkrecht nach oben, und die Adern traten deutlich hervor. Natalie bemerkte, dass ein Tropfen klarer Flüssigkeit aus seiner Eichel hervortrat.

»Es gibt doch nichts Besseres als eine Frau, die dir die Prostata massiert, was?«, murmelte Rob. »Nun sind Sie

85

zweifellos scharf auf einen Orgasmus, aber ich fürchte, Sie müssen sich damit gedulden, bis Melanie ihren hatte.«

»Ich bezahle für dieses Wochenende«, protestierte Andrew. »Da sehe ich nicht ein, warum ich –«

»Dann reisen Sie ab«, sagte Rob gelassen. »Die anderen Gäste scheinen sich nicht zu beschweren, aber natürlich zwingt Sie niemand hierzubleiben.«

Wie Andrew warf auch Natalie einen Blick auf die beiden anderen Männer. Selbst Olivers Partnerin begann jetzt, aufgeregt zu zappeln, während Sebastians Blondine offensichtlich ganz kurz davor stand zu kommen. »Sehen Sie«, sagte Rob, »wenn Sie einfach nur tun, was man Ihnen sagt, lernen Sie rasch, Ihr Verhalten zu ändern und deutlich mehr Spaß zu haben.«

»Meine Vorstellung von mehr Spaß wäre, jetzt endlich zu kommen«, sagte Andrew.

»Je länger Sie warten, desto besser wird es«, versicherte Rob ihm in einem Ton, der keinen Widerspruch duldete. Zögernd folgte Andrew Melanie zurück zur Chaiselongue, wo sie sich erneut niederließ und er sich auf sie legte. Diesmal benutzte er allerdings seinen Mund, um ihre Brüste zu stimulieren. Den erfreuten Lauten nach zu schließen, die sie bald von sich gab, stellte er sich offenbar deutlich geschickter an als zuvor.

Einige Minuten lang herrschte Stille im Raum. Doch dann stieß Olivers Partnerin einen Wutschrei aus. »Du hast zu früh aufgehört«, fauchte sie. Oliver reagierte mit einem ärgerlichen Brummen.

»Was ist passiert, Alice?«, fragte Rob und zog Oliver von der Blondine weg.

»Ich wollte gerade kommen, und da ändert er den Rhythmus«, erklärte Alice.

»Meine Hand wurde müde«, verteidigte sich Oliver. »Außerdem dachte ich, die Abwechslung gefällt ihr.«

»Anscheinend lagen Sie damit falsch. Ich fürchte, jetzt sind Sie mit einer Bestrafung an der Reihe. Wie schade, Sie haben so gut angefangen.«

Oliver reagierte weniger aggressiv als Andrew. Gehorsam kletterte er von Alice herunter und stand einfach da, um zu sehen, was ihn erwartete. Rob half Alice auf und flüsterte kurz mit ihr. Dann wurden Oliver, gerade als Sebastians Partnerin einen Lustschrei ausstieß und unkontrolliert zuckte, die Augen verbunden. Außerdem wurde er ziemlich ruppig auf die Knie gestoßen.

Natalie beugte sich neugierig vor. Oliver so unterwürfig vor Alice knien zu sehen, empfand sie als die bislang schärfste Anmache des Vormittags. Heather war ebenso erregt, und die beiden sahen sich verschwörerisch an, bevor sie ihre Aufmerksamkeit wieder dem unglückseligen Oliver zuwandten. Alice drückte ihn nach unten, bis seine Stirn den Teppich berührte, und zwang ihn so in eine absolut devote Haltung. Dann reichte Rob ihr eine Kordel, mit der sie ihm die Hände locker auf dem Rücken fesselte. Er war ihr nun völlig ausgeliefert und zitterte. Ob vor Erregung oder aus Furcht, vermochte Natalie nicht zu sagen.

Als Rob Alice eine kurze Reitgerte aushändigte, holte Heather hörbar Luft und flüsterte: »Ich wünschte, sie würden mich das tun lassen.« Natalie antwortete nicht, denn sie fürchtete, von Rob hinausgeschickt zu werden, wenn sie die Hochspannung im Raum störten.

Während Oliver wartete, holte Alice mit dem rechten Arm aus und zog mit einer schnellen Abwärtsbewegung die Peitsche über seine linke Pobacke. Er stieß einen Schmerzensschrei aus, aber noch bevor der richtig verhallt war, hatte sie schon die andere Hälfte seines Hinterteils getroffen. Obwohl er weiter protestierte, fuhr sie rasch fort und schlug abwechselnd auf seine Pobacken, bis die Haut rötlich leuchtete. Die Schläge waren hart genug, um ihm Schmerzen zu bereiten, aber nicht so heftig, dass sie ihn verletzt hätten. Es schien Oliver dennoch zu überfordern, denn bald begann er, seine Peiniger um Gnade anzuflehen.

Auf ein Zeichen von Rob hin ließ Alice die Gerte fallen und zog Oliver auf die Füße. Sie löste seine Handfesseln, ließ seine Augen jedoch verbunden. Nun konnten Natalie und Heather sehen, dass Oliver trotz seiner Proteste von der Bestrafung heftig erregt worden war. Die Haut seines erigierten Schwanzes war so gespannt, als würde sie jeden Moment explodieren. Seine Hoden hatten sich bis nah an die Peniswurzel zusammengezogen.

»Hüten Sie sich, Oliver«, warnte Rob ihn. »Unter keinen Umständen dürfen Sie kommen, bevor Sie Alice befriedigt haben.«

»Dann lassen Sie mich Alice bitte wieder berühren«, bettelte Oliver. »Lange halte ich es nicht mehr aus.«

»Nun, ich will hoffen, dass Sie noch nicht vergessen haben, was ihr Lust bereitet hat«, bemerkte Rob.

Natalie vermutete, dass Oliver das auch hoffte, nachdem ihm die Augenbinde abgenommen worden war und er sich mit Alice wieder auf der kleinen Couch niedergelassen hatte. Gerade als Alice sich hinlegte, ertönte ein scharfer Schrei von Melanie, die Andrew endlich doch noch zum Orgasmus gebracht hatte. Er hatte lange gebraucht, und während Olivers Bestrafung war Rob mehrmals zu ihm gegangen und hatte ihn verwarnt. Jetzt fehlte also nur noch Oliver.

Der beging nun keinen Fehler mehr. Natalie hatte eigentlich erwartet, dass er dort weitermachen würde, wo er aufgehört hatte, also mit der Hand zwischen Alices Schenkeln. Doch stattdessen hatte er ihr Gesicht und ihren Nacken liebkost, seine Finger über ihre Schultern, die Innenseiten ihrer Arme gleiten lassen und gleichzeitig zart die Unterseiten ihrer Brüste geleckt. Er saugte auch abwechselnd an ihren Nippeln, bis ihre Hüften vor Lust zu zucken begannen.

Natalies Bauchmuskeln waren angespannt, und ihr war am ganzen Körper heiß. Zuzusehen, wie drei Frauen von Männern bis zum Orgasmus gebracht wurden, die man wiederum zwang, Anweisungen zu befolgen – das war so erregend, dass sie sich nun selbst verzweifelt nach Erlösung sehnte. Neben ihr streichelte Heather verstohlen ihre eigenen Brüste durch den Stoff des dünnen Kleides. Offensichtlich machte sie inzwischen Oliver noch mehr an als zu Anfang.

Endlich schob Oliver die Hand wieder zwischen Alices Schenkel, und als diese ihre Beine öffnete, konnte Natalie sehen, dass sie vor Erregung ganz nass war. Olivers Finger glitten leicht und achtsam über die geöffneten Schamlippen seiner Partnerin, bis er wieder an der Stelle anlangte, wo er schon einmal gewesen war. Sofort begann sie, ekstatisch unter ihm zu zucken. Zu seinem Glück dauerte es nicht lange, bis Alice vor Lust aufschrie, als sich die sexuelle Anspannung der langen Lektion endlich in einem Rausch der Lust entlud. Dieses Vergnügen hätte Natalie nur zu gern geteilt.

»Ausgezeichnet«, sagte Rob mit Genugtuung in der Stimme. »Und nun können Sie Ihre Partnerinnen so nehmen, wie Sie wollen. Aber vergessen Sie nicht, dass Sie dabei bewertet werden. Ihre Unterweisung an den nächsten eineinhalb Tagen wird davon abhängen, wie Sie sich jetzt betragen.«

Natalie bezweifelte, dass auch nur einer der Männer das noch hörte, nachdem ihnen endlich zugestanden worden war, ihre aufgestaute sexuelle Anspannung loszulassen. Jetzt durften sie ihre steinharten, pulsierenden Erektionen endlich in ihre Partnerinnen stoßen.

Sebastian packte sein Mädchen um die Taille und drückte sie ohne Umschweife gegen die Wand. An diese Reaktion offenbar gewöhnt, schlang die Frau ihr rechtes

Bein um seinen linken Oberschenkel, sodass er noch tiefer in sie eindringen konnte. Einen Arm legte sie um seinen Nacken und packte mit der anderen Hand seinen Po, um ihn zu dem Rhythmus zu bringen, der ihr am besten tat.

Die heftige Dringlichkeit ihrer Vereinigung war ausgesprochen erregend, und Natalie begann rastlos zu zappeln. Ihr eigenes Verlangen nach sexueller Stimulation wurde immer größer. Sie konnte sich nicht erinnern, je so geil gewesen zu sein, dabei hatte sie doch nur anderen zugeschaut. Es schockierte sie regelrecht, dass sie dafür empfänglich war. Würde sie es nicht gerade selbst erleben, hätte sie das nie für möglich gehalten.

Andrew tat nichts anderes, als Melanie sich bäuchlings auf die Chaiselongue legen zu lassen. Er schob ihre Beine nach vorn, bis sie eine halb kniende Position einnahm, dann drang er beinah schon grob in sie ein, ohne sie auch nur im Geringsten zu liebkosen. Ganz offensichtlich interessierte ihn das Vergnügen seiner Partnerin nicht mehr. In seinem dringenden Bedürfnis, endlich zu dem lange verzögerten Höhepunkt zu kommen, hatte er alles andere vergessen. Kaum eine Minute später fiel er schwer atmend und erschöpft auf Melanies Rücken. Schon vom Zusehen wusste Natalie, dass Melanie nichts davon gehabt hatte. Andrew hatte noch eine Menge zu lernen.

Sie und Heather interessierten sich weiter sehr für Oliver. Sobald sie die Erlaubnis dazu erhalten hatten, sich ihren eigenen Orgasmus zu verschaffen, hatten die bei-

91

den anderen genau das hektisch getan, nur Oliver war anders. Er setzte sich auf den Rand des Möbels und hob Alice mit dem Rücken zu ihm auf seinen Schoß. Als sie den Kopf an seine Schulter lehnte, schlang er die Arme um sie. Mit der Linken stimulierte er behutsam ihre Brüste, während die Rechte über ihre Hüften und zwischen ihre Schenkel glitt.

Natalies Bauch wurde steinhart, und Schauder überliefen sie, während sie zusah, wie Alice gestreichelt wurde. Oliver berührte ihre Klitoris so gekonnt, dass auch Natalies Kitzler anschwoll und ihr geradezu Schmerzen bereitete, während ihr Körper nach der Befriedigung lechzte, die Alice gerade erfuhr. Erst als Alice vor Lust zuckte und ihr ganzer Leib erzitterte, begann Oliver, sie auf seinem Schwanz auf und ab zu bewegen. Eindeutig war Alice zu dem Zeitpunkt so erregt wie er, denn als er schließlich explodierte, kam sie gleich noch einmal. Mit kribbelnden Brüsten und einem heftigen Brennen im Schritt hätte Natalie vor lauter Frust am liebsten losgeheult.

»Interessant«, sagte Rob leise. »So, nun würde ich gerne mit Ihnen dreien allein sprechen. Alle anderen gehen jetzt bitte.«

Vor Sinnlichkeit wie betäubt, kamen Natalie und Heather auf die Füße und traten zusammen mit Simon auf den Flur. Simon musterte sie eindringlich. »Ich brauche Sie wohl nicht zu fragen, ob Sie das in irgendeiner Form angesprochen hat«, meinte er. »Hat einer der Männer besonderen Eindruck auf Sie gemacht?«

»Ich mochte Oliver«, sagte Heather schnell.

»Ich auch«, gestand Natalie.

»Macht nichts«, versicherte Simon ihnen. »Wir werden für den Nachmittag etwas arrangieren. Und ich bin mir sicher, dass Oliver zur Abwechslung nur zu gern das Kommando übernimmt. Schließlich können wir ja nicht zulassen, dass Sie wieder zu großen Gefallen an der Dominanz finden. Sie sind hier, um zu lernen, sich zu unterwerfen.«

»Oliver würde ich mich jederzeit unterwerfen«, flüsterte Heather Natalie zu. Natalie antwortete nicht, aber sie war sich sicher, dass Simon es gehört hatte. Nachdem sie Oliver gesehen hatte, tendierte auch sie zu Heathers Standpunkt, aber die Aussicht darauf, ihn mit Heather zu teilen, während Simon dabei zusah, machte sie gleichzeitig nervös.

»Wir treffen uns am Nachmittag in meinem Unterrichtsraum«, sagte Simon. »Bis dahin können Sie frei über Ihre Zeit verfügen.«

Nachdem er gegangen war, seufzte Heather erleichtert. »Wow, das war echt geil, oder? Wenn Simon nicht dabei gewesen wäre, hätte ich wahrscheinlich angeboten, mit dieser Alice zu tauschen.«

»Du bist ganz schön scharf auf Oliver, was?«, fragte Natalie.

»Er ist ein Kerl nach meinem Geschmack.«

»Abgesehen davon, dass er sich auch nicht gern sagen lässt, was er zu tun hat.«

»Er scheint doch schnell zu lernen.« Alice sah nicht aus, als wollte sie sich beklagen. »Außerdem werde ich ihm nach dem Seminar doch gar nicht mehr sagen wollen, was er zu tun hat, nicht wahr?«

Natalie war sich nicht so sicher. »So heißt es jedenfalls, aber ich weiß nicht, ob sie das bei mir so schnell hinkriegen werden.«

»Immerhin hast du zwei Wochenenden Zeit, um es zu lernen. Ich habe nur eins, also muss ich mich ranhalten«, bemerkte Heather.

»Ich glaube, ich gehe mich duschen und umziehen«, sagte Natalie. Sie wollte unbedingt allein sein und in Ruhe darüber nachdenken, was sie an diesem Vormittag erlebt hatte.

»Gute Idee«, stimmte Heather ihr zu. »Dann also bis nachher im Unterrichtsraum des Kontrollfreaks.«

»Hältst du Simon wirklich für einen Kontrollfreak?«

»Das muss er doch sein. Er hat solchen Spaß an seinem Job, da kann ich mir keinen anderen Grund vorstellen. Jedenfalls bin ich zu dem Schluss gekommen, dass er meiner Vorstellung vom idealen Partner sowieso nicht entspricht.«

»Meiner auch nicht«, beeilte Natalie sich zu sagen. Doch sie wusste, dass das nicht stimmte.

7. Kapitel

Am frühen Nachmittag traf Natalie im Unterrichtsraum auf Heather, Oliver und Simon. Sie kam als Letzte dazu und veranlasste Simon, genervt auf seine Uhr zu schauen. »Sie sind spät dran.«

»Sie haben mir keine genaue Uhrzeit genannt.«

»Sie hätten mich danach fragen können.«

»Ich dachte, ich sollte mich unterordnen und Anweisungen befolgen. Wissen Sie, das ist ziemlich schwer, wenn es keine Anweisungen gibt«, erwiderte Natalie vorlaut.

Simons ansonsten blasse Wangen färbten sich leicht rosa. »Immerhin sind Sie jetzt da. Oliver und ich haben bereits besprochen, was ich von ihm will. Sie und Heather brauchen keinerlei Anweisung, da alles, was von Ihnen erwartet wird, Unterwerfung ist. Mit anderen Worten: Sie reagieren auf Olivers Aktionen und dürfen zu keinem Zeitpunkt versuchen, die Kontrolle an sich zu reißen. Haben Sie das verstanden?«

Natalie warf einen raschen Blick zu Heather, um zu sehen, ob sie widersprach, aber Heather zuckte nur zustimmend mit den Schultern. »Ich denke schon«, sagte Natalie widerstrebend.

»Genau darum sind Sie hier«, erinnerte Simon sie.

»Ich möchte, dass Sie sich jetzt alle ausziehen und aufs Bett legen. Es ist groß genug für drei.«

Natalie sah Oliver an, dass es ihm gar nicht schnell genug gehen konnte. Simon hatte kaum zu Ende gesprochen, da hatte er sich seine Kleider bereits vom Leib gerissen und lag erwartungsvoll auf dem Bett. Heather war fast ebenso schnell, nur Natalie tat sich schwer.

Sie musste dauernd daran denken, wie die drei Mädchen am Vormittag auf so sinnliche Weise gestrippt und die Männer dadurch erregt hatten. Sie sehnte sich danach, es ihnen gleichzutun. Weil Simon ihr das nicht befohlen hatte, wusste sie, dass sie es auch nicht tun durfte, aber gleichzeitig ärgerte und frustrierte es sie, dass jemand ihr Vorschriften machte. Sie wünschte sich dieses gewisse Gefühl von Macht, während Oliver hart wurde, weil er ihr zusah. Dabei sollte ein Gefühl von Macht genau das sein, was sie jetzt gerade nicht verspürte.

»Beeilung«, sagte Simon.

Endlich war auch sie nackt und gesellte sich zu den beiden anderen aufs Bett. Oliver platzierte sich sogleich zwischen den beiden Frauen, und Natalie war prompt wieder frustriert, als er ihr den Rücken und Heather seine Vorderseite zuwandte. Seine Hände wanderten über Heathers Körper, und sehr schnell hörte Natalie sie vor Lust wimmern. »Sie können sich an Olivers Rücken pressen, Natalie«, sagte Simon aus einer Ecke des Raumes. Dankbar schmiegte sie sich an Olivers trainierte Rückseite und begann, ihr Becken an seinem Po zu reiben.

Oliver reagierte darauf, indem er sich ein wenig zurücklehnte, was den Druck auf sie erhöhte. Sofort spürte sie kleine Pfeile der Lust durch ihren Venushügel schießen. Rasch schlang sie ihre Arme um ihn und rieb ihre Brüste an seinem Rücken, bis ihre Nippel hart waren und pochten. Sie brachte jeden Zentimeter ihrer Haut, wo es möglich war, an ihn und drehte und wand sich, um ein Maximum an Lust daraus zu ziehen. Die ganze Zeit über turnte Heathers Stöhnen sie an und sorgte dafür, dass sie sich verzweifelt nach ebensolcher Stimulation sehnte.

Oliver kam ganz offensichtlich auf seine Kosten. Er ging mit seinen Lippen und seiner Zunge über Heathers Nacken, ihre Kehle und ihre Brüste, während seine Hände ihren Unterleib liebkosten, bis sie schließlich zum Höhepunkt kam. Ihr Orgasmus war so heftig, dass sie sich an Oliver klammerte. Kurz trafen sich die Hände der Frauen, außerdem spürte Natalie, wie Heathers Schauer auch Oliver erzittern ließen.

Nachdem er Heather zum Orgasmus gebracht hatte, wandte Oliver sich Natalie zu, die jetzt endlich in den vollen Genuss seiner Fähigkeiten als Liebhaber kam. Sie verzehrte sich so nach Erlösung von der Spannung, die sich in ihr aufgebaut hatte, dass es sie überhaupt nicht störte, als er seine Hand sofort zwischen ihre Schenkel schob. Sie war ihm sogar dankbar dafür, denn ihre Klitoris fühlte sich riesig an und pulsierte geradezu schmerzhaft. Olivers Erektion war gegen ihren Körper gepresst, und sie liebte es, wie er sich anfühlte. Hart und starr an der Wurzel und samtig weich an der Eichel.

Als Oliver heftig an ihren festen, kleinen Brüsten zu saugen begann, schloss sie die Augen und gab sich dem wunderbaren Gefühl hin, das er ihr damit bereitete. Sie wusste, dass ihr Höhepunkt nicht weit war, und zum ersten Mal seit ihrer Ankunft im Haven entspannte sie sich und ließ einfach alles mit sich geschehen. Doch dann begannen Olivers Hüften ohne Vorwarnung wild zu zucken, und er stöhnte vor Lust auf. Sein Mund löste sich von Natalies Nippel, seine Finger, die gerade noch so gekonnt zwischen ihren Beinen gespielt hatten, kamen aus dem Rhythmus.

Natalie kämpfte sich hoch, schaute an Olivers Körper entlang und bemerkte, dass Heather ihre Hand zwischen seine Pobacken geschoben hatte. Das konnte nur eines bedeuten. Nachdem sie selbst befriedigt war, versuchte sie nun, Oliver Lust zu bereiten, indem sie seine Prostata massierte. Aus bitterer Erfahrung wusste Natalie allerdings, dass sie leer ausgehen würde, wenn Oliver auf diese Weise von Heather abgelenkt war.

Wütend über das, was da passierte, griff sie zwischen sich und Oliver, bis ihre Finger den entscheidenden Punkt auf der Unterseite seiner Penisspitze gefunden hatten. Sie nahm den geschwollenen, violett verfärbten Schwanz zwischen ihren Daumen und die anderen Finger und drückte zu. Sie wusste, dass er sein Verlangen nach Ejakulation sehr rasch verlieren würde. Womit sie allerdings nicht gerechnet hatte, waren sein frustriertes Aufstöhnen über dieses Störmanöver und Simons zornige Reaktion.

»Was zum Teufel machen Sie da?«, fragte er.

»Er wäre gleich gekommen«, erklärte Natalie.

»Na und?«

»Das hätte für mich alles ruiniert. Das war nicht fair, denn ich war an der Reihe mit einem Orgasmus und –«

Simon starrte sie wütend an. »Sie hatten absolut kein Recht, dazwischenzufunken. Wegen Ihnen habe ich jetzt keine Vorstellung davon, wie gut Oliver sich im Griff hat. Ich wollte sehen, ob er Sie zum Orgasmus bringen kann, während Heather ihn massiert, oder ob ihn das zu stark ablenkt. Wissen Sie, Sie sind nicht die einzige Person in diesem Raum, die etwas lernen soll. Da gibt es auch noch Heather und Oliver. Aber Sie sind der egozentrischste Mensch, den zu unterweisen ich je das Pech hatte.«

»Es tut mir leid, aber das mache ich immer, wenn es aussieht, als würde der Mann zu schnell kommen.«

»Ach wirklich? Dann überrascht es mich nicht, dass Ihre Beziehungen immer kurzlebig sind. Okay, raus aus dem Bett.«

»Wie meinen Sie das?«

»Ich meine, dass der Spaß für Sie erst einmal vorbei ist. Sie können hierherkommen und sich neben mich stellen. Wir werden Oliver und Heather zusehen. Danach werden wir Ihnen, nachdem ich nun gesehen habe, dass Sie noch nicht im Geringsten devot sind, eine Lektion erteilen müssen.«

Natalie wusste, dass Simon recht hatte. Sie hatte überhaupt nicht über ihr Vorgehen nachgedacht. Es war eine quasi instinktive Reaktion gewesen, und sie wünschte, sie hätte sie ungeschehen machen können. Ihr Körper lechzte immer noch verzweifelt danach, die sexuelle Spannung loszuwerden, doch wieder einmal war sie gezwungen zuzusehen, anstatt mitzumischen.

Sie erwartete einen mitfühlenden Blick von Heather, doch als ihre Augen sich für einen kurzen Moment trafen, grinste diese nur zufrieden. Offenbar war sie erfreut über die Richtung, die die Dinge genommen hatten, was Natalie nur noch wütender auf sich selbst machte.

Auch Oliver, der während der Auseinandersetzung zwischen Simon und Natalie schweigend auf dem Bett liegen geblieben war, schien erleichtert, nur noch Heather als Partnerin zu haben. Ohne lange zu zaudern, drehte er sie auf den Rücken, kniete sich vor sie hin und hob ihr Hinterteil so weit an, dass es auf seinen Oberschenkeln ruhte. Dabei drang er langsam in sie ein. Heather legte ihre Beine auf seine Schultern und streichelte seine Oberarme mit ihren Füßen. So, wie sie sich äußerlich bewegte, bewegte er sich in ihr. Dann trug er ihr auf stillzuhalten und lehnte sich ein wenig zurück, sodass seine Erektion heftig auf Heathers G-Punkt gepresst wurde. Sie begann kleine, gutturale Schreie auszustoßen, Lustschreie, die immer lauter wurden, je länger sie in dieser Stellung lag.

Natalie konnte sich den herrlich süßen Schmerz ausmalen, der in Heathers Unterleib toben musste. Zitternd stand sie neben Simon und sah, wie Heathers Augenlider flatterten. Ihr Atem beschleunigte sich, und sie umklammerte zuckend Olivers Knie, während er minutenlang den Druck auf ihren G-Punkt beließ. Schließlich verkrampften sich all ihre Muskeln in dem intensiven Lustrausch, den auch Natalie von dieser Art Orgasmus kannte.

Sobald Heather wieder still dalag, zog Oliver sich aus ihr zurück, ohne selbst zu kommen. Er senkte den Kopf und bearbeitete sie als Nächstes mit seinem Mund. Als seine Zunge ihre hochsensible Klitoris berührte, begann sie augenblicklich, sich auf dem Laken zu winden. Natalie sah, wie sich ihre Hüften hoben, während ihr ganzer Körper erneut in Ekstase zuckte. Erst danach ließ Oliver von seiner Partnerin ab und sah Simon in Erwartung weiterer Anweisungen fragend an.

»Sie machen das sehr gut, Heather«, lobte Simon. »Jetzt ziehen Sie sich bitte wieder an. Heute Abend treffen Sie eine größere Gruppe, denn ich verlasse mich darauf, dass Sie sich weiter unterordnen. Oder zumindest hoffe ich, dass ich mich nicht in Ihnen täusche, denn sollte Ihnen das nicht gelingen, trage ich die Verantwortung.«

»Es wird mir gelingen«, versprach Heather. Dabei hörte man schon ihrer Stimme an, wie begierig sie darauf war, neue Partner kennenzulernen.

Simon nickte und schenkte ihr ein angedeutetes Lächeln, bevor er sich Natalie zuwandte. »Bei *Ihnen* dagegen habe ich keine Ahnung, wann ich Sie auf andere Leute loslassen kann. Vielleicht hilft Ihnen die folgende Lektion, sich wieder daran zu erinnern, warum Sie hier sind. Oliver, ich will, dass Sie neben dem Bett stehen bleiben, Sie werden in ein paar Minuten gebraucht. Natalie, Sie kommen her und legen sich zu mir.«

Noch während er sprach, hatte Simon sich ausgezogen, und Natalies Herz begann heftig zu klopfen. Sie war halb erregt und halb verängstigt. Zwar sehnte sie sich danach, Simons Körper an ihrem zu spüren, aber sie wusste auch, dass die Lektion ihr nicht nur Lust verschaffen würde.

Ohne auch nur einen flüchtigen Blick in ihr Gesicht, griffen Simons Hände nach ihren Brüsten. Dann drückte er sie nach oben, bevor er den Kopf senkte und mit seiner Zunge auf ihren Nippeln hin und her strich. Zwischendurch biss er leicht in die empfindlichen Spitzen. Natalie liebte das, und ihre Schultern begannen vor Erregung zu erschauern. »Stillhalten«, befahl Simon, »sonst wird die Lektion strenger als geplant.«

Es fiel Natalie schwer, ihm zu gehorchen. Aber sie gab ihr Bestes, während er ihre Brüste lange mit Lippen und Zunge stimulierte und sie so kontinuierlich erregte, dass die Lust wie die Triebe einer Schlingpflanze ihren ganzen Körper durchdrang. Als Nächstes drückte er mit dem Ballen seiner rechten Hand auf ihren Unterbauch und ließ diese dort kreisen, bis ihr ganzer Intimbereich sich feucht und geschwollen anfühlte. Er berührte sie so gekonnt, dass sie bereits nach wenigen Minuten den Eindruck hatte, dicht an einem Höhepunkt zu sein. Doch als ihre Muskeln sich soeben für den Moment des Loslassens anspannten, nahm Simon seine Hand weg.

»Lassen Sie uns nachsehen, wie weit Sie sind«, murmelte er und ließ seine Finger zwischen ihre Schenkel gleiten. Sie spürte ihn an ihrer nassen, aufgeladenen Vulva. Einen winzigen Moment lang strich er dabei an ihrem Kitzler vorbei, was sie scharf Luft holen ließ.

»Sie ist definitiv erregt«, teilte er dem wartenden Oliver mit, während er Natalie bereits auf die Seite rollte und sich hinter sie legte. »Geben Sie mir die Tube mit dem Gleitgel, das da drüben liegt, Oliver«, befahl er. Natalie erstarrte. Simons Finger strichen leicht über ihre Hinterbacken. »Entspannen Sie sich, das wird Ihnen die Sache beträchtlich erleichtern.« Leider hatten seine Worte genau den gegenteiligen Effekt. Das war etwas, das sie nicht wollte und noch nie zugelassen hatte. Gleichzeitig wusste sie, dass es sinnlos gewesen wäre, dagegen zu protestieren. Diesmal musste sie gehorchen, sonst würde sie wahrscheinlich aus dem Seminar fliegen – eine Aussicht, die sie erst recht mit Schrecken erfüllte.

Umsichtig schob Simon ihre Pobacken auseinander. Dann spürte Natalie, wie er etwas von dem kalten Gel rund um den fest geschlossenen kleinen Eingang verstrich, bevor er einen Finger langsam und vorsichtig in sie einführte und dabei mehr von dem Gel verteilte. Instinktiv versuchten ihre Muskeln, ihn von dort zu vertreiben, aber er hielt einfach nur inne und wartete, bis ihre Muskeln sich wieder entspannten, bevor er sie von innen und außen komplett mit Gleitgel versah. Als er damit zufrieden war, ließ er sie sich aufsetzen und legte sich selbst auf den Rücken.

»Ich denke, Sie wissen, was als Nächstes kommt, oder?«, fragte er mit leiser Stimme.

Natalie schüttelte den Kopf und weigerte sich zu glauben, woran sie natürlich dachte. »Nein«, behauptete sie schüchtern, »ich weiß es nicht.«

»Ich möchte, dass Sie sich mit dem Rücken auf mich legen und mich dorthin lassen, wo mein Finger gerade war.«

Natalie hatte sich noch nie so gefürchtet. »Das wird wehtun«, jammerte sie.

»Natürlich nicht. Vertrauen Sie mir, ich habe das schon oft gemacht. Sie werden es genießen, das verspreche ich Ihnen.«

Natalie warf einen schnellen Blick zu Heather, die ihr ermutigend zunickte. Der bereits vollständig erregte Oliver stand da und wartete darauf, dass sie gehorchte. Weil ihr klar war, dass ihr keine andere Wahl blieb, legte Natalie sich schließlich rücklings auf Simon, doch dabei wurde seine Erektion zwischen seinem Bauch und ihrem Rücken eingeklemmt.

»Sie müssen behilflich sein, Oliver«, sagte Simon. »Heben Sie Natalies Hüften an und senken Sie sie dann ganz langsam auf mich ab. Natalie, Sie müssen sich mehr entspannen. Atmen Sie durch den Mund, das sollte helfen.«

Natalie war sich nicht sicher, ob irgendetwas helfen würde, aber als Olivers kräftige Hände ihre Hüften packten, spürte sie eine Welle der Erregung durch ihren Körper fluten. Sie machte sich klar, was da gerade mit ihr geschah: Sie war nackt, und zwei Männer bemühten sich um sie. Aber damit nicht genug, denn wenn es ihr nur gelang, zu tun, was man von ihr verlangte, würden sie gleich beide in ihr sein und sie auf eine Weise ausfüllen, wie sie es noch nie erlebt hatte.

Simons Hände spreizten ihre Pobacken, und sie spürte die weiche Spitze seiner Erektion gegen den vom Gleitmittel feuchten Eingang drängen. Oliver hielt ihren Unterleib ruhig, während Simon seine Hüfte anhob und seinen Penis an ihren anfangs noch Widerstand leistenden Muskeln vorbeischob. Kurz verspannte sie sich noch, doch dann breitete sich tief in ihr ein Gefühl der Schwere aus, und sie begann dieses fremde Eindringen zu begrüßen. Sorgsam manövrierten Oliver und Simon sie so, dass Letzterer schließlich so weit als möglich in ihr war. Daraufhin kniete sich Oliver über sie, drückte ihre Knie auseinander und öffnete so ihre Schamlippen.

Natalie hätte ihn am liebsten aufgefordert, ihre Brüste zu berühren oder an ihnen zu saugen, weil sie vor Lust schmerzten und pochten, doch sie wusste, dass das nicht erlaubt war. Ihr war nur vergönnt, was die beiden Männer ihr von sich aus gewährten. Oliver schien dennoch verstanden zu haben. Während er seine Hüften kreisen ließ und seine Erektion in ihr hin und her bewegte, wobei er sich gegen die hochempfindlichen Stellen direkt an ihrer Scheidenöffnung presste, senkte er gleichzeitig den Kopf und saugte an der zarten Haut ihrer Brustwarzenhöfe.

Sie hörte sich selbst animalische Laute ausstoßen, als beide Männer anfingen, sich gleichzeitig zu bewegen, erst langsam, dann, nachdem ersichtlich war, dass sie sich entspannt hatte, immer schneller. Erst als Olivers Stöße immer heftiger wurden, begann ihr Körper dagegen zu protestieren, dass Simon ihre andere, privateste Öffnung ausfüllte. Sie begann zu wimmern – doch schon bald verschwand das Unbehagen, und sie fühlte stechende Blitze heißroter Lust durch ihren Leib flackern.

Noch nie hatte Natalie etwas Vergleichbares gespürt, und noch bevor ihr richtig klar wurde, was gerade mit ihr geschah, überwältigten die außergewöhnlichen Empfindungen ihre außer sich geratenen Sinne. Ohne Vorwarnung tobte ein Orgasmus durch sie hindurch, der so intensiv war, dass sie fürchtete, aus purer Lust in Ohnmacht zu fallen.

Als es vorüber war, spürte sie, wie Oliver Anstalten machte, sich zurückzuziehen. Doch das wollte sie nicht: Sie wollte, dass er blieb und sie weiter ausfüllte. Instinktiv spannte sie die Muskeln ihrer Vagina um ihn herum an und hielt ihn in ihrer weichen, samtigen Wärme gefangen.

»Nein!«, protestierte Oliver. »Ich soll noch nicht kommen.« Doch obwohl Natalie die Worte hörte, nahm sie sie nicht wirklich zur Kenntnis, weil ihr Körper bereits auf dem Weg zum nächsten Höhepunkt war. Sie kam gleichzeitig mit Oliver, und diesmal schrie sie in ihrem Delirium der Lust laut auf.

»Was haben Sie gemacht?«, fragte Simon, während er sie von sich herunterhob und Oliver vom Bett stieg.

»Nichts«, murmelte sie und war vor lauter Sinnlichkeit noch wie benommen.

»Was hat sie gemacht, Oliver?«, fragte Simon.

»Sie hat mich festgehalten und gemolken, bis ich kam.«

Simon schüttelte ungläubig den Kopf. »Sie lernen es anscheinend nie, Natalie.«

»Ich wollte das nicht«, erklärte sie. »Es war nur so gut, dass ich nicht genug kriegen konnte.«

»Ich denke, es ist besser, wenn ich Sie jetzt auf Ihr Zimmer bringe«, sagte Simon leise. »Ich muss sehen, ob ein wenig private Unterweisung mehr Wirkung zeigt. Schließlich ist Ihr erstes Wochenende bereits zur Hälfte vorbei, und Sie schaffen es immer noch nicht, sich länger als fünf Minuten zu unterwerfen.«

»Bedeutet das, dass Sie mich wieder bestrafen werden?«, fragte sie, und ihr Mund wurde trocken dabei.

»Ich fürchte, Sie lassen mir keine andere Wahl«, sagte er unheilvoll. Heather und Oliver sahen sie mitleidig an, während Simon ihr ihre Kleider in die Hand drückte und sie wegführte.

8. Kapitel

Als sie vor ihrem Zimmer angekommen waren, spürte Natalie Wut in sich aufsteigen. Auch wenn sie wusste, dass sie einen Fehler gemacht hatte, wurde sie doch den Eindruck nicht los, dass es Simon großes Vergnügen bereitete, sie zu bestrafen.

»Habe ich irgendwas an mir, das Sie nicht mögen?«, fragte sie, als sie den Raum betraten.

»Natürlich nicht«, erwiderte er und schloss die Tür. »Ich möchte nur nicht, dass Sie Ihr Geld verschwenden. Das ist alles.«

Natalie war nicht überzeugt. »Und was passiert jetzt?«

Simon überlegte kurz. »Auf das Bett.«

»Angezogen oder nackt?«

»So, wie Sie sind.«

Gehorsam legte sie sich auf das Bett und war sich sehr wohl bewusst, dass sie in der Eile, mit der sie den Trainingsraum verlassen hatten, keine Unterwäsche unter ihr durchgeknöpftes, pinkfarbenes Sommerkleid angezogen hatte. »Sagen Sie, haben Sie eigentlich auch einen normalen Job?«, erkundigte sie sich.

»Aber natürlich«, erwiderte er brüsk, griff nach ihren Handgelenken und fesselte sie ans Kopfteil des Bettes.

Da sie wusste, dass sie keinen Widerstand leisten durfte,

beschloss Natalie, die Unterhaltung fortzusetzen, um sich auf diese Weise abzulenken. »Und was?«

Er zog heftig an dem Seidentuch, das er um ihr rechtes Handgelenk geknotet hatte. »Wenn Sie es unbedingt wissen wollen, ich bin freier Journalist und dauernd von der Gnade solcher Leute wie Ihnen abhängig.«

»Ich verstehe«, antwortete Natalie triumphierend. »Deshalb mögen Sie mich nicht, weil Sie Leute wie mich für Ihr berufliches Scheitern verantwortlich machen.«

»Wer sagt, dass ich scheitere?«

»Ihr Name ist mir jedenfalls nicht bekannt.«

»Vielleicht lesen Sie die falschen Zeitungen«, konterte er und begann ihre schlanken Fesseln mit Schlaufen zu fixieren.

»Erzählen Sie mir, für wen Sie schreiben.«

»Ich war schon für die meisten seriösen Blätter tätig. Aber das ist jetzt genug über mich. Lassen Sie mich Ihnen lieber erklären, was als Nächstes passiert. Ich habe nicht mehr viel Zeit, um sicherzustellen, dass Sie wenigstens die grundlegenden Lektionen des Gehorsams erlernt haben. Wie mir scheint, ist die einzige Möglichkeit zu verhindern, dass Sie dazwischenfunken, dass man Sie fesselt – deshalb kommen wir nun so schnell zum Bondage. Es wird Sie sicher beruhigen zu hören, dass ich es Ihnen schön machen werde – allerdings auf meine Weise.«

Natalie merkte, wie ihre Erregung zunahm. Ihre Blicke trafen sich, und sie bekam ein seltsames Gefühl in der Magengrube, einen plötzlichen Schwindel, der sie immer überkam, wenn sie einen Mann erblickte, den sie unbedingt wollte. Auch über Simons Gesicht ging ein seltsamer Ausdruck, als verspüre auch er mehr als professionelles Interesse an ihr. Doch sofort wurde seine Miene wieder undurchdringlich. »Ich denke, wir sollten anfangen«, sagte er. Dann öffnete er den Reißverschluss der Tasche, die er aus seinem Unterrichtsraum mitgenommen hatte.

Bedächtig begann er, ihr Kleid aufzuknöpfen, und strich dabei mit den Fingern wie zufällig über ihre weiche Haut. So entblößte er von oben nach unten ihren schlanken, nackten Körper. Am liebsten hätte sie das Kleid ganz ausgezogen und von sich geworfen. Aber da sie gefesselt war, musste sie sich mit dem begnügen, was Simon tat.

Nachdem sie in voller Länge hingestreckt vor ihm lag, nahm er einen großen Pinsel aus seiner Tasche und begann, sie von den Füßen aufwärts zentimeterweise ganz zart zu streicheln. Das fühlte sich herrlich an: Natalie war so erregt, dass sie heftig zu zittern begann, als er ihre Kniekehlen und die Innenseiten ihrer Schenkel erreichte. Sie hob ihre Hüften vom Bett und versuchte instinktiv zu erreichen, dass der Pinsel sie weiter oben berührte.

»Wie ich sehe, gefällt Ihnen das«, murmelte Simon. »Sie haben einen sehr empfänglichen Körper, wissen Sie. Da ist es wirklich eine Schande, dass Sie nicht lernen wollen, das Maximum an Lust daraus zu ziehen.«

»Aber das will ich doch lernen«, sagte Natalie atemlos. »Darum bin ich hier.«

»Dann halten Sie sich an die Regeln.«

»Warum hören Sie auf?«, stöhnte sie.

»Weil ich Sie nicht zu rasch zu weit bringen will.«

Natalie hätte ihn vor Wut am liebsten angeschrien. Stattdessen drehte sie nur den Kopf zur Seite. Sie war entschlossen, ihn nicht sehen zu lassen, wie frustriert sie war. Nach ein paar Minuten war ihr Körper runtergekommen, und Simon begann, sie wieder mit dem Pinsel zu streicheln. Diesmal fuhr er mit den weichen Borsten über Hüftknochen und Taille, was dafür sorgte, dass ihre Bauchmuskeln hart wurden. Sie dachte, sie müsse den Verstand verlieren, weil sie inzwischen ein schrecklich heftiges Verlangen zwischen ihren Beinen spürte. Das konnte nur eine Berührung stillen, doch sie wusste, dass Simon sie genau dort nicht berühren würde – jedenfalls noch nicht.

»Das fühlt sich gut an, nicht wahr?«, flüsterte er.

»Es ist himmlisch«, stöhnte sie. Dann spürte sie, wie der Pinsel abwechselnd ihre Brüste umkreiste, bis das zarte Gewebe anschwoll und sie sich prall und schwer anfühlten. Natalie hörte sich selbst unzusammenhängende Worte ausstoßen. Ihre Arme rissen an den Fesseln, so dringend meinte sie sich bewegen und ihre Brustwarzen in Kontakt mit dem Pinsel bringen zu müssen. Doch Simon hatte sie zu gut fixiert, und da er ganz offensichtlich wusste, wonach sie sich verzehrte, sorgte er mit grausamer Sorgfalt dafür, dass ihre Nippel keinerlei Stimulation abbekamen. Stattdessen standen sie so starr und schmerzend in die Höhe, dass Natalie vor Enttäuschung aufjaulte.

»Was ist denn los?«, fragte er mit gespielter Besorgnis.

»Nichts.«

Simon nickte anerkennend. »So ist es brav. Vielleicht beginnen Sie langsam, es zu lernen. Jetzt können wir uns, denke ich, eine Veränderung erlauben.«

Als Natalie ein leises Summen hörte, überkam sie eine Welle der Erleichterung, denn anscheinend würde er als Nächstes einen Vibrator an ihr benutzen. Das war genau das, was sie brauchte, eine festere Berührung, die sie zum Orgasmus brächte. Doch Simon hatte andere Vorstellungen.

Er verwendete den schlanken, bleistiftgroßen Vibrator mit dem Geschick eines Folterers, denn er berührte und erregte sie permanent, allerdings nie an einer Stelle, die es ihr erlaubt hätte, zu kommen. Er strich an den Innenseiten ihrer Schenkel hinauf und um die Höfe ihrer Brustwarzen, dann sogar ihre Leisten entlang, aber nie kam er auch nur zufällig an ihre Nippel oder ihre Klitoris.

Bald war Natalie vor lauter Frust ganz außer sich. Ihr heißer, angespannter, gieriger Körper wand und verkrampfte sich in dem verzweifelten Bemühen, endlich die erlösende Berührung zu bekommen, nach der sie so lechzte.

»Sie sehen wunderschön aus«, sagte Simon, nachdem er den Vibrator wieder ausgeschaltet hatte. »Ich wünschte, Sie könnten sich sehen.«

»Ich bin froh, dass mir das erspart bleibt«, knurrte sie.
»Wann lassen Sie mich endlich kommen?«

»Noch nicht.«

Er trat für ein paar Minuten von ihr weg. Natalie war klar, dass er wartete, bis ihr Körper so weit wieder runtergekommen war, dass nicht die nächste Berührung zu einem plötzlichen Orgasmus führte. Noch nie zuvor hatte jemand sie so nah an den Höhepunkt gebracht, um sie dann hilflos am Rande der Erlösung hängen zu lassen. Als Simon endlich mit einer Pfauenfeder in der Hand zurückkehrte, gab sie ein verzweifeltes Stöhnen von sich.

Ganz leicht und tückisch berührte er sie mit der zarten Spitze. Er kreiste damit in ihrem Bauchnabel, bis sie ihre Hüften hochriss und ihre Klitoris pochte. Träge strich er am Ansatz ihrer Oberschenkel entlang und erlaubte der Federspitze sogar, über ihre geschwollenen Schamlippen zu gleiten. Doch es gelang ihr selbst damit nicht, zum Orgasmus zu kommen. Sie hätte nicht sagen können, wie lange er die Feder benutzte. Doch als sie sich gerade sicher war, dass die nächste Berührung, egal wo, ihren Körper explodieren lassen und eine Flut der Lust freisetzen würde, da ließ er die bunte Feder auf ihren Bauch fallen, stand auf und schaute auf sie herab.

»Schön. Ich werde nach meiner Teepause wieder nach Ihnen sehen.«

Natalie traute ihren Ohren nicht. »Sie können mich doch nicht so zurücklassen!«, rief sie.

»Warum nicht?«

»Weil ich kommen muss.«

»Das Warten wird es umso schöner für Sie machen.«

»Nein, wird es nicht!«, schrie sie, als er sich bereits anschickte, das Zimmer zu verlassen. »Kommen Sie zurück! Sie haben keine Ahnung, was ich durchmache. Bitte berühren Sie mich wieder.«

»Wo denn?«, fragte er mit offensichtlicher Neugier.

»Egal, wo«, stöhnte sie.

»Tut mir leid, das war zu vage. Dabei hätte ich erwartet, dass eine Frau wie Sie genau weiß, was sie will«, sagte er grinsend. Und bevor sie darauf noch etwas erwidern konnte, war er verschwunden und hatte die Tür leise hinter sich geschlossen.

Erst als Simon weg war, wurde Natalie klar, in welch hilfloser Lage sie sich befand. Er hatte nicht einmal ihre Fesseln gelockert, sodass sie unfähig war, Arme oder Beine zu bewegen. Nicht zu wissen, wann er zurückkäme, machte ihr ein bisschen Angst. Dann fiel ihr wieder ein, was er über seine Arbeit als Journalist gesagt hatte, und da verwandelte sich ihre Furcht in Zorn. Sie spürte, das hier war seine Rache. Damit zahlte er ihr all die Absagen heim, die Redakteurinnen ihm zweifellos erteilt hatten. Ihre Wut bewahrte sie davor, sich allzu sehr zu fürchten, aber sie wirkte auch wie ein Aphrodisiakum. Obwohl er nicht mehr stimuliert wurde, blieb ihr Körper erregt. Die Empfindungen schwächten sich ein wenig ab, aber ihre Sinne verlangten immer noch vehement nach Befriedigung.

Natalie versuchte, ihre Knie zu beugen, vor und zurück zu schaukeln und irgendwie Druck auf ihren Venushügel auszuüben, aber ihre Fesseln hatten nicht genug Spiel. Ihre Brustwarzen prickelten weiter, und sie verspürte ein Stechen in der Magengrube, das nicht vergehen wollte. Je länger sie über Simon und seine Arbeit nachdachte, desto genauer erinnerte sie sich daran, was er mit ihr gemacht hatte, bevor er gegangen war. Das war, als könne sie alles noch einmal spüren: das sanfte Streicheln des Pinsels, den aufreizenden Druck des Vibrators und die köstlichen Striche der Pfauenfeder, die nun nutzlos auf ihrem Bauch lag. Sie sah aus, als wolle sie Natalie verspotten, indem sie an die Lust gemahnte, die sie eben noch gespendet hatte.

Sie wusste nicht genau, wie lange sie so dalag. Aber sie schätzte, dass fast eine Stunde vergangen sein musste, bevor die Tür wieder aufging und Simon eintrat. Sie hob den Kopf vom Kissen und funkelte ihn an. »Sie haben sich Zeit gelassen!«

»Das ist keine Art, mich zu begrüßen. Sie sollten eher dankbar sein, dass ich mir überhaupt die Mühe gemacht habe, wiederzukommen.«

»Sie könnten mich ja wohl kaum so hier liegen lassen. Selbst Rob Gill dürfte seine Kunden zum Abendessen erwarten.«

»Rob käme nicht im Traum auf die Idee, sich in meine Trainingsmethoden einzumischen«, entgegnete Simon selbstgefällig. »Allerdings wäre das Abendessen ohne Sie auch nicht dasselbe. Noch dazu wird heute Abend ein interessantes Spiel stattfinden, das ich Ihnen nicht vorenthalten möchte.«

Er durchquerte das Zimmer und schaute auf ihren Körper hinunter. Dann beugte er sich über sie und blies sachte auf ihre Brustwarzen, die sich sofort zu harten, steilen Spitzen aufstellten. »Meine Güte, Sie sind ja immer noch sehr erregt«, murmelte er wie zu sich selbst.

»Was haben Sie erwartet?«

»Ich habe keine Ahnung, was ich von Ihnen erwarten soll.«

»Na, ich hoffe, dass Sie jetzt zumindest –«

Simon richtete sich auf und sah sie staunend an. »Ich glaube es einfach nicht. Sie versuchen ja immer noch, mir Befehle zu erteilen, was?«

Er sah auf einmal so wütend aus, dass Natalie aus der Fassung geriet. »Nein«, protestierte sie heftig. »Das tue ich natürlich nicht.«

»Nun, für mich hat es sich so angehört«, sagte er leise. Mit einem rätselhaften Gesichtsausdruck riss er sich die Kleider vom Leib. Dann legte er sich ohne jegliches Vorspiel auf sie und war mit einem einzigen Stoß seiner Hüften in sie eingedrungen.

Natalie schrie vor Wonne. Simon war so groß und hart, und endlich war diese schreckliche schmerzende Leere in ihr gefüllt, als er begann, heftig in sie hineinzustoßen. Sie starrte ihn an, aber seine Augen waren geschlossen, seine Lippen konzentriert zusammengepresst. Er kümmerte sich kein bisschen mehr um ihr Vergnügen, sondern nur um seinen eigenen Höhepunkt. Sie merkte ihm an, dass er wütend, aber auch sehr erregt war – und das machte wiederum sie an. Bald spürte sie, wie ihr Körper sich sammelte, als der so lange hinausgezögerte Orgasmus näher kam, und es störte sie auch nicht, dass er sie nirgends sonst berührte. Das hier war es, was sie wirklich brauchte, was sie wollte, ihn tief in sich spüren. Sie hob die Hüften von der Matratze und schloss ihre Muskeln fest um ihn. Sofort schossen die ersten winzigen Pfeile vororgastischer Lust durch ihren Körper.

»Ja! Ja!«, schrie sie, und endlich spürte sie die Lust heiß durch ihren Körper fluten, als ihre überreizten Sinne durch das köstliche Pulsieren ihres Orgasmus besänftigt wurden. Als Natalie kam und sich ihre Muskeln unwillkürlich um Simon schlossen, spürte sie ihn erschauern. Dann stöhnte er noch einmal auf und entlud sich in sie.

Erst danach öffnete er die Augen wieder. Aber in seinem Blick lag keinerlei Zärtlichkeit. Womit Natalie, wenn sie auch nicht wusste, warum, jedoch gerechnet hatte. Er hatte sie zwar geradezu gewalttätig und rücksichtslos genommen, aber sie hatte geglaubt, er ärgere sich darüber, Gefühle für sie zu empfinden. Wenn sie nun in seine dunklen, unergründlichen Augen schaute, war sie sich dessen nicht mehr so sicher.

»Ich hoffe, das hat Sie befriedigt«, sagte Simon und zog sich aus ihr zurück.

Ihre Vagina zuckte, als sie ihn aus sich herausgleiten

spürte, und am liebsten hätte sie ihn gebeten, noch bei ihr liegen zu bleiben, um Nähe zu fühlen. Aber sie wusste, dass sie damit nicht nur gegen die Gehorsamsregeln verstoßen hätte. Für ihn wäre das unprofessionell. Zum ersten Mal war sie dankbar dafür, am nächsten Wochenende zurückkehren zu können, weil sie entschlossen war, den wahren Simon besser kennenzulernen.

»Nun, hat es funktioniert?«, beharrte Simon.

»Ja, vielen Dank«, sagte Natalie und bemühte sich um eine devote Stimme.

»Meine Güte, keinerlei Beschwerden?«

»Nein.«

»Dann werde ich Sie jetzt losbinden müssen.«

Natalie schaute zu ihm hoch, während er ihre Handgelenke befreite. »Sie klingen ja regelrecht enttäuscht.«

»Unsinn. Überrascht vielleicht, aber nicht enttäuscht.«

»Haben Sie denn gar nichts empfunden?«, flüsterte Natalie.

Simon lag völlig regungslos. »Wie meinen Sie das?«

»War es nichts Besonderes für Sie?«

»Ich habe meinen Job gemacht.«

»Ach, wirklich?«

»Tut mir leid, Ihnen das so sagen zu müssen, aber: Ja. Ich bin mir sicher, dass es Ihrem Ego ungemein schmeicheln würde, wenn ich in Ihnen etwas Besonderes sähe, aber Sie sind wie die allermeisten Frauen, die hierherkommen. Wahrscheinlich etwas eigensinniger, aber das ist auch schon der einzige Unterschied.«

»Ich verstehe.«

»Nehmen Sie es nicht persönlich«, sagte er forsch, während er die letzten Fesseln löste und ihr half, sich aufzusetzen. »Selbst wenn ich an Ihnen interessiert wäre, was ich – und das möchte ich noch mal betonen – nicht bin, würde es gegen unsere Vorschriften verstoßen. Ich wäre sofort meinen Job los, wenn ich mich mit einem Gast einließe.«

»Und der Job bedeutet Ihnen viel?«

»Ja. Ich ziehe daraus mehr Befriedigung als aus allem, was ich sonst so mache.«

»Wie traurig«, meinte Natalie.

Simon war ehrlich erstaunt. »Wie meinen Sie das, ›traurig‹?«

»Nun, Sie können, was das Eingehen einer Beziehung angeht, keinen Deut besser sein als wir alle, wenn Ihnen das hier mehr Vergnügen bereitet als alles andere.«

»Wir sind ja nicht hier, um über mein Liebesleben zu diskutieren, sondern um Ihres in Ordnung zu bringen. Ich sehe Sie dann beim Abendessen.«

Sie merkte ihm an, wie gern er von ihr wegwollte, aber das spielte keine Rolle. Wenigstens war sie zu ihm durchgedrungen, hatte ihn ein wenig aus der Fassung gebracht, und genau das war nötig, wenn sie irgendwelche Fortschritte erzielen wollte. »Was haben Sie gemeint, als Sie vorhin vom Abendprogramm sprachen?«, fragte sie.

»Heute Abend sollen Sie eine ganz neue Erfahrung machen. Dabei werden Männer und Frauen gleichzeitig

119

unterwiesen. Die Frauen bilden untereinander Paare und lieben sich dann, während einige der Männer dabei zuschauen. Die Idee dahinter ist, dass Frauen Gelegenheit bekommen sollen zu erleben, wie es ist, andere Frauen zu befriedigen oder von ihnen befriedigt zu werden. Und die Männer lernen hoffentlich durchs Zuschauen, was Frauen wirklich wollen.«

»Ich werde nicht mit einer anderen Frau schlafen!« Natalie schockierte der bloße Gedanke daran.

»Warum denn nicht? Schließlich scheinen Sie ja zu glauben, Ihren Körper am besten zu kennen, wenn Männer mit Ihnen schlafen. Da sollte eine Frau sich doch auskennen, ohne dass Sie es ihr erklären müssen.«

»Das kann ich nicht«, protestierte Natalie und versuchte, sich das Szenario auszumalen, das Simon ihr geschildert hatte.

»In dem Fall müssen Sie abreisen. Diese Lektion ist keine Wahlveranstaltung.«

»Aber ich will nicht abreisen.« Natalie hörte die Furcht in ihrer Stimme und verachtete sich dafür, doch Simon brachte sie damit zum Innehalten. Er setzte sich neben sie aufs Bett.

»Hören Sie, Natalie. Als Sie sich entschieden haben, hierherzukommen, war das sehr mutig. Sie haben festgestellt, dass Sie unzufrieden mit Ihrem Liebesleben sind, und wollten das ändern. Das Problem ist nur, alte Gewohnheiten abzulegen erfordert, dass Sie Neues ausprobieren, weil Ihnen sonst ja gar nichts bleibt.«

»Aber ich interessiere mich nicht für Frauen.«

»Sie haben nicht verstanden, worum es hier überhaupt geht. Ob Sie ein Faible für Frauen haben oder nicht, spielt keine Rolle. Wichtig ist, dass Sie an den zwei Wochenenden hier Lust erleben, aber Lust, die Ihnen auf völlig neue Weise verschafft wird. Und es wird nicht so sein, dass man Sie mit einer anderen Frau in ein Zimmer sperrt und sich selbst überlässt. Da werden viele Männer zugegen sein. Ich hätte gedacht, das müsste Ihnen gefallen.«

»Warum?«

»Überlegen Sie mal, welche Macht Ihnen das gibt. Die Männer werden sich alle nach Ihnen verzehren. Das muss Sie doch anmachen, oder nicht?«

»Ich möchte ja alles ausprobieren«, sagte Natalie wahrheitsgemäß. »Aber ich weiß nicht, wie ich den Mut dafür finden soll.«

Zu ihrem Erstaunen legte Simon ihr seine rechte Hand auf den Nacken und fuhr ihr sanft durchs Haar. »Ich werde bei Ihnen sein«, versicherte er ihr. »Betrachten Sie es einfach als eine weitere meiner Lektionen. Sobald Sie fürchten, die Nerven zu verlieren, denken Sie an mich – das sollte Sie anspornen. Sie glauben, ich wünsche mir, dass Sie scheitern, also sollte meine Anwesenheit doch Ihren Widerspruchsgeist wecken. Schließlich möchten Sie doch nicht, dass ich am Schluss recht behalte.«

»Ich möchte nicht, dass Sie mich wieder bestrafen«, sagte Natalie.

»Wirklich nicht?« Er lachte. »Dabei dachte ich, das hätte Ihnen gerade Spaß gemacht.«

Seine Ausgelassenheit dauerte nur einen kurzen Moment. Aber in diesem hatte er sich in die Karten schauen lassen. Natalie wusste das, selbst wenn Simon es gar nicht bemerkt hatte. »Nun, so muss ich wohl einfach das Beste hoffen«, meinte sie.

»Genau so sollten Sie an die Sache rangehen. Vielleicht gelingt es Ihnen am Ende ja doch.«

»Ja, vielleicht«, erwiderte Natalie. »Das wäre dann hoffentlich keine zu große Enttäuschung für Sie.«

»Nein, ich würde mich sehr für Sie freuen.«

»Und staunen?«

Simon schüttelte den Kopf. »Nein, Frauen wie Sie bringen mich längst nicht mehr zum Staunen.«

Während Natalie duschte und sich zum Abendessen umzog, dachte sie unablässig über seinen letzten Satz nach. Es gefiel ihr nicht, einer Gruppe zugeordnet zu werden – »Frauen wie Sie«. Sie nahm sich vor, dass Simon sie nach diesen zwei Wochenenden als Individuum wahrnehmen würde. Und zwar als eines, das er hoffentlich begehrte.

9. Kapitel

Als Natalie am Abend den Speisesaal betrat, wurde sie an einen großen, runden Tisch geführt, an dem bereits vier Männer und drei junge Frauen saßen. Weil sie noch im Ohr hatte, was Simon ihr angekündigt hatte, musterte sie Letztere sorgfältig. Eine von ihnen war eine kleine, quirlige Blondine mit kurzen Locken. Eine andere besaß glatte, dunkle Haare und sanfte, braune Augen – sie erinnerte Natalie an Winona Ryder. Die dritte war eine Inderin mit wunderschönem Gesicht und zierlicher Figur, deren Haare wie ein dichter, schwarzer Vorhang über ihren Rücken fielen.

Natalie setzte sich auf den freien Stuhl. »Hallo, ich bin Natalie.«

»Ich heiße Juliette«, sagte die Blonde. »Das sind«, fuhr sie fort und zeigte auf das Winona-Double, »Victoria und ...«

»Und ich bin Sajel«, ergänzte die Inderin lächelnd.

Natalie erwartete, dass auch die Männer sich vorstellen würden, aber das taten sie nicht. Sie nickten ihr nur höflich zu und setzten ihre Unterhaltung über die Köpfe der Frauen hinweg fort. Der Männertalk schien ihnen sichtlich lieber zu sein.

»Unhöflich, was?«, sagte Juliette.

»Ich glaube, sie sind einfach verunsichert«, meldete sich Victoria. Ihre Stimme war leise, aber anziehend. »Und wegen heute Abend wahrscheinlich nervös.«

»Sind wir das nicht alle?«, meinte Natalie.

»Ich freue mich darauf«, gestand Sajel. »Was machst du beruflich?«, fuhr sie fort. »Ich bin Anwältin, und mein Verlobter Anil, der dir direkt gegenübersitzt, ist Berater für Kliniken. Unsere Eltern erwarten, dass wir heiraten. Aber er findet mich zu selbstbewusst, und ehrlich gesagt ist er mir zu dominant. Wir hoffen beide, dass dieser Kurs uns zu mehr Gleichgewicht in unserer Beziehung verhelfen wird, denn wir wissen, dass wir unsere Eltern nicht enttäuschen dürfen. Irgendwie müssen wir also dafür sorgen, dass es funktioniert.«

Natalie schnitt eine Grimasse. »Das ist ja schrecklich. Es muss doch furchtbar sein, jemand zu heiraten, den du nicht liebst.«

»Nicht unbedingt. In vielerlei Hinsicht haben wir auch Glück. Wir stammen aus ähnlichen Verhältnissen, und unsere Familien sind seit Jahren befreundet. Außerdem sind Leute, die aus Liebe heiraten, in ihren Beziehungen auch nicht unbedingt erfolgreich. Anil und ich wissen zumindest, dass wir einige Gemeinsamkeiten haben.«

»Aber wenn es im Bett nicht stimmt ...«

»Wir finden einander attraktiv«, sagte Sajel leise. »Es ist nur so, dass Anil nicht mit einer Ehefrau gerechnet hat, die so eigensinnig ist wie ich. Von daher glaube ich, dass es ihm gutgetan hat, herzukommen, denn nun sieht er, dass das nichts Außergewöhnliches ist.«

Als sie Anil betrachtete, konnte Natalie verstehen, was Sajel an ihm anziehend fand. Er hatte ein hübsches Gesicht und schmelzende, braune Augen. Allerdings besaß er auch einen harten Zug um den Mund, der darauf schließen ließ, dass er sturer war, als man nach einem flüchtigen Blick vermutet hätte.

»Wer sind die anderen Männer?«, fragte sie Juliette.

»Ich kenne auch nur ihre Namen: Toby, Mark und Adam. Ich glaube, die drei haben heute Nachmittag eine negative Erfahrung gemacht, denn ich hörte Toby zu Adam sagen, er sei nur deshalb hiergeblieben, weil er wusste, dass die Kosten nicht zurückerstattet werden.«

Natalie lachte. »Das klingt nicht gerade vielversprechend. Anscheinend tun sie sich genauso schwer wie ich.«

»Es ist schon hart«, stimmte Sajel ihr zu. »Wer ist dein persönlicher Lehrer?«

»Simon Ellis.«

»Ist das der Große mit den dunklen Augen und dem blassen Teint?«

»Genau.«

»Er sieht sehr gut aus. Wie ist er so als Lehrer?«

»Sehr anspruchsvoll.«

»Aber auch aufregend?«

Natalie beschloss, vorsichtig zu sein. »Nein. Und wir sollen unsere Lehrer ja auch nicht aufregend finden, oder?«

»Nein, wir *sollen* es nicht«, sagte Juliette. »Aber das bedeutet schließlich nicht, dass wir keine Gefühle entwickeln. Es bedeutet nur, dass wir sie verbergen sollen. Ich steh jedenfalls insgeheim auf meinen Lehrer. Sein Name ist Shaun, und er glaubt schon, ich hätte dieses Seminar eigentlich gar nicht nötig, weil ich mich ihm so leicht hingeben kann!«

In diesem Moment tauchten die Kellner mit der Lachsmousse auf. Als sie mit dem Servieren begannen, wurden die Gespräche weniger, weil die Gäste sich dem köstlichen Essen und dem ausgezeichneten Wein widmeten. Nach der Vorspeise gab es Lammkarree mit Rosmarinsoße und zum Dessert eine zitronige Crème brulée. Der Wein dazu war ein leichter, trockener Italiener, der perfekt mit dem Menü harmonierte und Natalie angenehm entspannte. Zum ersten Mal hatte sie das Gefühl, Kurzurlaub zu machen und nicht eine dreitägige Prüfung durchzustehen.

Alle im Speisesaal blieben nach dem Essen noch fast eine Stunde lang sich selbst überlassen, bevor die Lehrer auftauchten, um ihre Schüler abzuholen. Als Simon auf Natalie zuging, war sie gespannt, welche andere Frau von ihrem Tisch er mitnehmen würde. Zu ihrer Erleichterung winkte er ihr und Sajel, ihm zu folgen. Irgendwie hatte sie das Gefühl, die Inderin, die sichtlich weniger verlegen war als die anderen, würde ihr das, was vor ihr lag, erleichtern.

Simon hatte zwei Taschen mit Kleidung bei sich und

gab jeder von ihnen eine davon. »Sie können meinen Übungsraum zum Umziehen benutzen. Wenn Sie fertig sind, lassen Sie Ihre eigenen Kleider dort und gehen den Flur hinunter. Es ist das zweite Zimmer zu Ihrer Linken. Dort erwarte ich Sie.«

»Wie viele Leute werden anwesend sein?«, fragte Natalie besorgt.

»Ich weiß es noch nicht genau. Aber einige. Und keine Sorge, Sie werden nicht die einzigen Frauen sein. Juliette und Victoria kommen auch dorthin.«

»Aber werden noch mehr als die vier Männer da sein, die an unserem Tisch saßen?«, forschte Natalie weiter.

»Ich fürchte, Sie müssen sich gedulden, bis Sie sich umgezogen haben, und es selbst herausfinden«, sagte Simon und klang nicht im Geringsten mitleidig.

Sajel hatte ihre Tasche bereits genommen und ging davon, also beschloss auch Natalie, Simon nicht weiter auszufragen. Offensichtlich sollten die Ereignisse des Abends eine Überraschung für sie darstellen, auch wenn sie noch nie ein großer Fan von Überraschungen gewesen war. Sie hatte es schon immer gemocht, wenn die Dinge geplant vonstattengingen. Genau diese Ungewissheit war wohl ein wichtiger Teil ihrer Erziehung zur Unterwerfung.

»Was sollst du anziehen?«, fragte sie Sajel, die bereits dabei war, ihre Tasche auszupacken.

»Dinge, die ich noch nie im Leben getragen habe«, sagte Sajel und lächelte jetzt nicht mehr. Natalie sah ihr dabei zu, wie sie ein weißes Mieder mit reichlich Spitze, ein passendes Höschen, einen Strumpfbandgürtel und lange weiße Strümpfe anzog. Vervollständigt wurde das Outfit noch durch ein Paar weiße High Heels. Als sie alles anhatte, erkannte Natalie, wie klug diese Dessous ausgewählt waren, um Sajels Hautfarbe perfekt zur Geltung zu bringen. Das Korsett betonte ihre schlanke Figur und presste ihre Brüste ein wenig zusammen und nach oben.

»Vermutlich habe ich das Gleiche bekommen«, sinnierte Natalie. Aber sie irrte sich. Ihr Outfit war ganz anders: ein hellblaues Abendkleid mit Spaghettiträgern und über Kreuz laufenden Bändern vorn, das sich unmittelbar unter ihrem Schritt in zwei Hälften teilte. So waren bei jedem Schritt ihre langen Beine komplett zu sehen. Der offene Rock war mit hellblauer Spitze eingefasst. Außerdem gab es ein passendes durchsichtiges Jäckchen, das ihre Schultern verhüllte. Zu ihrer Erleichterung fand sie noch einen winzigen hellblauen Slip in der Tasche, der ihren Venushügel nur knapp bedeckte. Es gab keine Strümpfe für sie, aber auch ein Paar hochhackiger weißer Pumps.

»Was ist das denn?«, fragte sie, als sie noch etwas Kühles auf dem Grund der Tasche ertastete. Sie zog eine kleine Kette hervor.

»Ein Fußkettchen«, erklärte Sajel.

»Schau doch mal, ob in deiner Tasche nicht auch eines ist«, empfahl Natalie ihr. »Ich schätze, das soll ein Symbol der Unterwerfung oder so was Ähnliches sein.« Tatsächlich entdeckte auch Sajel ein silbernes Kettchen. Schnell legten sie die kleine Zugabe an und betrachteten einander.

»Müssen wir wirklich so über den Flur gehen?«, fragte Natalie.

»Ich weiß nicht, was Anil von mir denken wird«, murmelte Sajel. »Er ist sehr besitzergreifend, und bis jetzt war er noch bei keiner meiner Lektionen anwesend. Es wird ihm sicher nicht gefallen, wenn andere Männer mich so sehen.«

»Vielleicht gefällt es ihm vor allem, dass *er* dich so sieht«, scherzte Natalie, um Sajel aufzumuntern.

Die Inderin wirkte nervös. »Ich kann da so nicht reingehen«, flüsterte sie kaum hörbar.

»Aber natürlich kannst du«, sagte Natalie entschieden. »Du bist Anwältin und eine intelligente, elegante Frau. Du weißt, warum du hier bist, und wenn das Teil unseres Seminars ist, machen wir das jetzt eben. Wir dürfen uns nicht anmerken lassen, dass wir Angst haben.«

Sajel drückte den Rücken durch. »Du hast recht. Lass uns gehen.« Zu Natalies Erleichterung schien der Flur leer zu sein. Doch dann trat Simon aus einer Tür, und ihr Mut sank. Er nickte anerkennend, bevor er zur Seite trat, um sie hereinzulassen. »Sie sehen beide sehr hübsch aus. Alle werden begeistert sein«, meinte er in sanftem Ton.

Weil Sajel ein Stück zurückgeblieben war, betrat Natalie den Raum als Erste. Es war ein ansehnliches Zimmer, mit hoher Decke, großen Fenstern und einer Reihe antiker Sessel, die in einem großen Kreis arrangiert waren. Am Boden lag ein dicker, blassgrüner Teppich, und in dem Zirkel waren eine Menge bunter Kissen verteilt. Der Kreis der Sessel war groß, weil es so viele Männer waren. Natalie hörte Sajel nach Luft schnappen, sobald das indische Mädchen sah, wie viele Männer ihnen zuschauen würden. Es waren mindestens ein Dutzend, Rob Gill und seine Assistenten nicht eingerechnet.

Als die Mädchen durch den Raum gingen, erhoben sich zwei der Männer von ihren Sesseln, um sie in die Mitte treten zu lassen. Dort standen bereits Juliette und Victoria.

Victorias Outfit verdiente diese Bezeichnung kaum. Sie trug ein knappes, hochgeschnittenes Höschen aus schwarzer Spitze und dazu einen schwarzen Spitzen-BH, dessen Körbchen allerdings fehlten. Ihre erstaunlich schweren Brüste waren also lediglich rundherum von Spitzen umgeben, sodass es fast aussah, als trüge sie ein Geschirr.

Juliette bildete einen irritierenden Kontrast. Sie trug einen scharlachroten Jumpsuit aus Lackleder, dessen Beine so knapp geschnitten waren, dass man ihre nackten Hüften sah. Der tiefe Neckholder-Ausschnitt ließ provozierend viel von ihren Brüsten hervorblitzen. Unterhalb des Busens war ein langer Reißverschluss eingearbeitet, der bis zwischen ihre Beine hinunterreichte. An den

Handgelenken trug sie passende rote Bänder, die an Handschellen erinnerten, ihre Hände jedoch nicht fesselten. Im Vergleich zu Victoria, die sich ganz offensichtlich genierte und die Augen gesenkt hielt, wirkte sie präsent und sehr selbstbewusst.

Sobald alle vier Mädchen sich in dem Zirkel befanden, stand auch Rob Gill auf, der sie bis dahin eingehend gemustert hatte. »Unsere vier hübschen jungen Mädchen werden einander jetzt Lust bereiten«, erklärte er der Männerrunde. »Und ich möchte, dass Sie alle sehr genau aufpassen und aus dem, was Sie sehen, lernen. Viele von Ihnen beklagen ja, Frauen würden unentwegt behaupten, Männer verstünden nicht, wie ein Frauenkörper funktioniert. Ihrer Ansicht nach klappt es mit der Befriedigung nicht, weil Sie tun, wovon Sie *glauben*, eine Frau würde es genießen, anstatt zu tun, was diese wirklich will. Sehr wahrscheinlich kennen Frauen ihre eigenen Körper am besten, daher sollte es ihnen auch gelingen, einander rascher zu befriedigen, noch dazu mit Techniken, an die Sie noch gar nicht gedacht haben oder für deren Anwendung Ihnen bisher die Geduld fehlte. Gibt es dazu irgendwelche Fragen?«

Toby, der beim Abendessen an Natalies Tisch gesessen hatte, hob die Hand. »Wie wollen Sie herausfinden, ob wir bei dieser Sache irgendetwas gelernt haben?«

»Weil Sie später noch Gelegenheit bekommen werden, es für uns unter Beweis zu stellen.«

»Mit diesen Mädchen?«

»Die Antwort darauf möchte ich noch nicht geben«, sagte Rob. »Also, meine Damen, auf dem Tisch dort drüben finden Sie diverse Öle und verschiedene Utensilien, die Sie vielleicht zur Steigerung Ihrer Lust nutzen wollen. Fangen Sie an, wann immer Sie möchten. Zwei hier auf der rechten Seite des Kreises, zwei auf der linken. Das Licht werden wir noch ein wenig dämpfen – allerdings nicht zu sehr, denn ich will ja, dass die Herren genau sehen, was vor sich geht. Versuchen Sie, wenn möglich, die Zuschauer zu vergessen. Konzentrieren Sie sich ganz darauf, Lust zu spenden und zu empfangen, dann wird es Ihnen allen leichter fallen.«

Nachdem er mit seiner Ansprache fertig war, wurde das Licht gedimmt, und aus dem Augenwinkel sah Natalie, dass Juliette Victoria bereits in die Kissen gedrückt hatte, neben der Dunkelhaarigen kniete und ihre Hände über deren Körper gleiten ließ. Natalie stand verunsichert da – sie wusste nicht, was sie tun sollte.

Da bemerkte sie, dass Sajel sich in der Männerrunde umsah. Nachdem sie Anils Blick begegnet war, kam sofort Leben in sie. »Setz dich, Natalie«, sagte sie leise. »Ich werde mit einer indischen Kopfmassage dafür sorgen, dass du dich entspannst.« Sie legte Kissen übereinander, bevor sie Natalie bedeutete, sich darauf niederzulassen. Dann stellte sie sich hinter sie, sodass Natalie sich an ihren Körper lehnen konnte.

Kurz darauf spürte Natalie die Finger von Sajels rechter Hand leicht durch ihr Haar fahren. Sie bewegte die

Hand zentimeterweise über die ganze Kopfhaut, und ihre Berührung war ungemein zart, ihre Fingerspitzen federleicht. Das war ein überaus angenehmes Gefühl, und Natalie begann langsam, sich zu entspannen. Nun verwendete Sajel beide Hände, setzte die ausgestreckten Finger auf die Kopfhaut, führte sie zusammen, bevor sie sie anhob und an anderer Stelle ausgestreckt wieder auflegte. So bearbeitete sie den gesamten Kopf, bis Natalie ein angenehmes Prickeln verspürte.

Als Nächstes veränderte Sajel den Rhythmus und verlangsamte ihre Bewegungen. Sie legte eine Hand flach auf den Kopf, mit den Fingerspitzen Richtung Haaransatz, und zog sie langsam über den Oberkopf bis zum Nacken hinunter. Dabei folgte eine Hand der anderen so rasch, dass es sich für Natalie anfühlte, als schwappten Wellen über sie hinweg. Sie hätte nicht sagen können, wo ein Streicheln endete und das Nächste begann. Sie schloss die Augen, fühlte sich träge und fast schläfrig. Dann bekam sie Sajels Fingernägel zu spüren, mit denen sie in der gleichen wellenförmigen Bewegung über Natalies Kopfhaut fuhr. Sie ließ den Kopf in den Nacken fallen und gab sich ganz den sanften Zärtlichkeiten hin. Das hätte ewig so weitergehen können, doch sobald sie ganz gelöst war, hielt Sajel inne.

Als Nächstes streifte sie Natalie die Träger ihres Abendkleids von den Schultern, löste die verschnürten Bänder und sorgte dafür, dass das Kleid herunterglitt. Mit den Händen an ihren Schultern drückte sie Natalie behutsam nach unten in die Kissen, die sie ihr zu einer Art Lager bereitet hatte.

»Ich hole nur ein wenig Öl«, flüsterte sie Natalie zu. Nach ihrer Rückkehr verteilte sie mit ihren zarten Händen Öl auf Natalies Schultern, ließ sie sich auf den Bauch drehen, strich an ihrem Rückgrat entlang und massierte ihren unteren Rücken, bis Natalie vor Erregung zu zappeln begann. Als sie sich dabei an den Kissen rieb, stimulierte das unwillkürlich ihre Klitoris, woraufhin sie ein leises Stöhnen ausstieß. Kleine Blitze schossen durch ihren Unterleib.

Sajels geschickte Finger zogen ihr den hellblauen Slip herunter und massierten anschließend jede ihrer Pobacken, wodurch Natalie sich noch heftiger wand. Nun spürte sie bereits ein beharrliches Verlangen, ein lustvolles Pochen zwischen ihren Schenkeln, und erschauerte unter den zarten Berührungen.

Am Rande bekam sie mit, dass Victoria auf der anderen Seite des Kreises scharfe, gutturale Lustschreie von sich gab, aber es interessierte sie nicht wirklich. Für sie zählte allein das Vergnügen, das Sajel ihr bereitete und von dem sie nie geglaubt hätte, es von einer anderen Frau annehmen zu können.

»Dreh dich jetzt um«, murmelte Sajel. Sobald Natalie auf dem Rücken lag, goss Sajel etwas Öl auf ihre Brüste und begann, es in ihre überaus empfängliche Haut einzumassieren. Sie bewegte ihre Hände zunächst in großen Kreisen um die Brüste, die sie nach und nach immer enger zog. Natalie stöhnte vor Lust und ersehnte den köstlichen Moment, wenn Sajels Hände ihre Brustwarzen erreichen würden. Als das geschah – die Inderin benutzte ihre Fingerspitzen, um sie mit Öl zu benetzen und anschließend behutsam daran zu zupfen –, kam Natalie ohne Vorwarnung zu einem Höhepunkt, der all ihre Muskeln erzittern ließ.

Von der Heftigkeit des Orgasmus erschrocken, wandte sie den Kopf. In dem schwachen Licht sah sie, dass Simon sich auf seinem Sessel vorgebeugt hatte und sie aufmerksam beobachtete. Ihre Blicke trafen sich, und sie schaute rasch weg. Es war ihr peinlich, dass sie so prompt auf die Zärtlichkeit einer Frau reagierte, nachdem sie bei fast jedem Mann, der im Laufe des Wochenendes versucht hatte, ihr Lust zu bereiten, das Gefühl gehabt hatte, das Kommando übernehmen zu müssen.

Inzwischen atmete auch Sajel heftig, beendete ihre Massage und zog Mieder und Slip aus. Dann legte sie sich auf Natalie und rieb ihre makellose dunkle Haut an Natalies sahnig weißem Körper. Natalie erschauerte, als ihre Brüste gegen die der Inderin gepresst wurden. Sajel bewegte sich so auf ihr, dass ihre Venushügel aneinanderrieben. Natalie war schon fast außer sich, weil sie sich nach intimeren Berührungen sehnte. Ihre zwischen den Schamlippen pochende Klitoris verlangte nach Aufmerksamkeit und Liebkosung.

Sajel schien instinktiv zu wissen, was Natalie brauchte. Ohne ein Wort glitt sie am Körper ihrer blonden Partnerin entlang nach unten, spreizte erst ihre Beine und dann mit einer Hand ihre Schamlippen, bevor sie mit ihrer Zunge die feuchte, sehnsüchtig wartende Vagina berührte. Sie tat das ganz leicht und zart, aber auch ausgesprochen kundig. Sie leckte von unten nach oben und verharrte einen Moment lang neckend, nachdem sie Natalies Kitzler erreicht hatte.

»Bitte hör nicht auf!«, stöhnte Natalie und warf den Kopf auf den Kissen hin und her.

»Keine Sorge«, murmelte Sajel. »Ich weiß genau, was du gerade empfindest. Gleich wirst du kommen.« Ihre Worte genügten schon fast, um Natalie zum Orgasmus zu bringen, und als die Zungenspitze den Ansatz von Natalies Klitoris antippte, schrie Natalie auf. Die Lust erfasste ihren Körper wie eine heiße, brodelnde Flutwelle, die sie mit einem Kribbeln bis in die Finger- und Zehenspitzen spürte.

Während Natalie von dem intensiven Orgasmus geschüttelt wurde, ließ Sajel sie ganz in Ruhe. Doch als ihr Körper wieder stillhielt, senkte sie den Mund erneut zwischen Natalies gespreizte Schenkel. Diesmal saugte und leckte sie begierig an Natalies Genitalien, bis die köstlichen Ranken der Lust sich wieder zu winden begannen und sie erstaunlich rasch zu einem neuerlichen Crescendo der Erregung kam, das sich in einem ebenso wunderbaren Orgasmus entlud.

Erschöpft sah Natalie Sajel an. »Das war so gut«, flüsterte sie.

»Dann bin jetzt ich an der Reihe«, sagte Sajel lächelnd und bettete sich selbst auf den Kissen. Natalie musste sich zwingen, aus dem Meer der Lust aufzutauchen, das sie umfangen hatte. Noch halb benommen schaute sie auf Sajel herab und war sich nicht sicher, was sie tun sollte.

Offensichtlich war Sajel sehr erregt. Ihre dunklen Brustwarzen standen hervor, und ihre Brüste waren prall; ihre Haut war von einem dünnen Schweißfilm überzogen. Als Natalie die Inderin ganz zart zwischen den Schenkeln streichelte, zuckten deren Hüften, und Natalie spürte Tropfen von Feuchtigkeit auf dem seidig glänzenden, dunklen Schamhaar.

Während sie noch überlegte, was sie tun könnte, um Sajel ebenso viel Lust zu bereiten, wie sie von ihr empfangen hatte, hörte Natalie, wie Victoria einen schrillen Schrei, gefolgt von erregtem Keuchen, ausstieß. Als sie den Kopf wandte, sah sie Juliette breitbeinig über der dunkelhaarigen jungen Frau stehen, eine Latexpeitsche in der Hand. Victorias Brüste und Rippen waren von feinen roten Linien überzogen, aber die Geräusche, die sie von sich gab, ließen keinen Zweifel daran, dass die Peitsche einen Orgasmus ausgelöst hatte, und zwar einen, der sehr lang anhielt. Nachdem sie Victoria betrachtet hatte, wurde Natalie klar, dass sie sich für Sajel etwas anderes einfallen lassen sollte. Sie ging zu dem Tisch hinüber, um zu sehen, ob sich dort etwas Passendes fand.

Sie stieß auf eine verwirrende Vielzahl von Fläschchen,

Tüchern, seidenen Handschuhen, Liebeskugeln und Vibratoren, doch sie hatte keine Vorstellung davon, was Sajel die größte Befriedigung verschaffen würde. Dann fiel ihr Blick auf einen Vibrator in Form einer Pistole. Zu dem Vibrator, unter dessen Latexoberfläche sich unzählige kleine Kügelchen befanden, die sich bewegten, sobald man das Gerät einschaltete, gehörte noch ein gut zehn Zentimeter langer Stimulator für die Klitoris. Dessen weiche, gelartige Spitze rotierte in zwei unterschiedlichen Geschwindigkeiten. Natalie versuchte sich vorzustellen, wie sich das in ihr anfühlen würde, und sofort zog sich ihr Beckenboden zusammen. Sie kam zu dem Schluss, es müsse himmlisch sein. Also kehrte sie damit zu Sajel zurück, die immer noch auf dem Rücken lag.

Ein Blick auf die Inderin verriet ihr aus eigener Erfahrung, dass Sajel zwar nach wie vor erregt war, es aber dennoch besser wäre, sie noch ein wenig mehr zu erregen, bevor sie den Vibrator einführte. Rasch verteilte sie ein wenig Öl in ihren Handflächen und massierte damit Sajels Bauch. Sie grub ihre Fingerspitzen tief in die angespannte Muskulatur. Als eine ihrer Hände tiefer rutschte und sich gegen Sajels Venushügel presste, winselte Sajel vor Lust.

Als ihre Hüften sich zu bewegen begannen, wusste Natalie, dass sie nun den seltsam geformten Vibrator zum Einsatz bringen konnte. Behutsam schob sie die latexüberzogene Spitze in die weit geöffnete Vagina. Sie drückte kontinuierlich weiter, ließ dabei jedoch ihr Handgelenk kreisen. Da Sajel offenbar nach Befriedigung gierte, umschlossen ihre Muskeln den Vibrator ganz fest, und schon nach wenigen Sekunden war er tief in ihr. Nachdem sie sich versichert hatte, dass der weiche Stimulator genau auf Sajels Klitoris auflag, schaltete Natalie das Sexspielzeug ein.

Während sie den pistolenförmigen Vibrator in der einen Hand hielt, benutzte Natalie ihre andere Hand, um Sajels Brüste zunächst sanft, dann fester zu massieren. Dabei wurde Sajels lustvolles Stöhnen immer lauter, und Natalie konnte beobachten, wie sich ihr Körper stärker und stärker anspannte und auf den Orgasmus zusteuerte.

Auf der anderen Seite des Kreises wurde Juliette nun von Victoria befriedigt. Sie hatte den Reißverschluss des roten Bodys geöffnet und kniete zwischen den Beinen der Blondine. Offensichtlich wusste sie ihre Zunge dort sehr gekonnt zu bewegen, denn Juliette stieß mehrmals ekstatische Schreie aus, und ihr Körper erschauerte unter einer Reihe von Orgasmen.

Einige Minuten lang befand Sajel sich am Rande der Erlösung, war jedoch eindeutig von der Anwesenheit so vieler Männer, die sie beobachteten, gehemmt. Nachdem sie das Problem erkannt hatte, erhöhte Natalie die Geschwindigkeit des Vibrators. Da Sajels Kitzler nun von dem weichen Pulsieren des Extrastimulators umfangen wurde und das sensible Innere ihrer Vagina von den erregenden Bewegungen der winzigen Perlen liebkost wurde, siegte die pure Intensität der Empfindung über ihre Hemmungen. Schließlich wurde sie von einem köstlichen, süßen Höhepunkt mitgerissen. Anders als die anderen Mädchen blieb Sajel im Moment größter Ekstase stumm.

Natalie war sehr stolz auf sich. Sie hätte sich nicht vorstellen können, dass sie in der Lage wäre, solche Lust von einer anderen Frau zu empfangen und sie ihr zu bereiten: Das war eine echte Offenbarung für sie gewesen. Ihr war allerdings völlig klar, dass sie einen beträchtlichen Teil ihrer Erregung den Zuschauern verdankte. Zwischendurch hatte sie diese zwar fast vergessen, doch in einem Winkel ihres Bewusstseins waren sie stets präsent geblieben. Sie hatte sich gefühlt wie auf dem Präsentierteller, wo sie einerseits zeigen sollte, wie gut ihr Körper darauf reagierte, befriedigt zu werden, und andererseits ihre eigenen Fähigkeiten und ihr Wissen um Sajels Reaktionen unter Beweis stellen musste. Gewissermaßen war sie zur Schau gestellt worden, und ihr Erfolg war Simons Erfolg.

Plötzlich stieß Juliette einen finalen Schrei aus, während sie sich heftig auf den Kissen wand und Victoria ihren Mund noch fest zwischen ihre gespreizten Schenkel presste. Dann waren auch diese beiden Mädchen fertig, und alle vier erhoben sich. Fragend sahen sie Rob an und warteten auf weitere Anweisungen.

Im Aufstehen klatschte Rob dreimal leise in die Hände. »Gut gemacht, meine Damen. Das hat allen Männern hier sicherlich eine Menge Stoff zum Nachdenken gegeben. Ich bin mir sicher, dass Sie sich jetzt gern ein wenig frisch machen möchten. Wenn Sie damit fertig sind, kommen Sie bitte hierher zurück, denn es folgt der letzte Teil dieser abendlichen Lektion.«

Natalie warf Sajel einen Blick zu und flüsterte: »Ich hätte nicht gedacht, dass wir noch mal zurückkommen sollen.«

»Ich frage mich, was uns wohl erwartet«, antwortete Sajel ebenso leise.

Ihnen blieb keine Zeit, mehr dazu in Erfahrung zu bringen, denn Simon machte ihnen einen Durchgang im Kreis frei. Sie hoben rasch ihre Kleider und Schuhe auf, bevor sie zu viert den Raum verließen. Natalie bemerkte, wie hemmungslos sie sich nackt bewegte, doch nach allem, was gerade passiert war, spielte es schlicht keine große Rolle mehr. Trotzdem bemühte sie sich um eine gute Haltung und war stolz auf ihre festen Brüste, ihre schlanke Taille und die langen Beine. »Ich glaube, ich werde noch zur Exhibitionistin«, gestand sie Sajel, während sie zu ihren Zimmern eilten.

»Ich nicht. Ehrlich gesagt, mache ich mir Sorgen, wie Anil auf das reagieren wird, was wir getan haben.«

»Na ja, ihm muss doch klar sein, dass du gar keine Wahl hattest«, meinte Natalie. »Immerhin hat er zugesehen. Wenn es ihn zu sehr getroffen hätte, hätte er ja auch gehen können. Außerdem habt ihr gemeinsam entschieden, dieses Seminar zu besuchen, um euch zu verändern und eine bessere Ausgangsbasis zu schaffen, falls ihr heiraten solltet. Und schließlich macht nicht ihr die Regeln hier, sondern Rob Gill.«

»Das weiß ich alles«, sagte Sajel und ließ ihre Hand auf dem Türknauf ihres Zimmers ruhen. »Wenn man es nur rational und logisch betrachtet, dann sollte Anil keinen Grund haben, zornig zu sein. Aber er ist ein sehr stolzer Mann, und es wird ihm nicht gefallen haben, dass andere Männer mir zusehen konnten.«

»Jedenfalls hat es ihm gefallen zuzuschauen, wie Juliette Victoria mit der Latexpeitsche bearbeitet hat«, sagte Natalie.

Sajel wirkte ehrlich erstaunt. »Hat es das wirklich?«

»Ja.«

»Na schön, so bleibt mir nur, das Beste zu hoffen, nicht wahr? Klopf bei mir an, wenn du geduscht hast, dann gehen wir zusammen wieder zurück. Ich frage mich wirklich, was um Himmels willen jetzt noch kommen mag.«

»Keine Ahnung«, gestand Natalie. »Aber zum ersten Mal freue ich mich auf eine Lektion, anstatt mich davor zu fürchten.«

Sajel lächelte. »Das ist doch vielleicht ein Fortschritt.«

»Ja, vielleicht ist es das.«

10. Kapitel

Du hast also auch entschieden, dich wieder anzuziehen«, sagte Natalie lachend, als sie und Sajel sich eine halbe Stunde später auf dem Flur trafen. Beide trugen jetzt elegante Abendkleider.

Sajel nickte. »Ich dachte mir, das wäre eine nette Abwechslung für die Herren«, scherzte sie.

Als sie in den Raum zurückkehrten, in dem die Männer sie wieder erwarteten, waren Juliette und Victoria bereits da. Im Gegensatz zu Natalie und Sajel hatten die beiden ihre Kostüme noch einmal angezogen. »Ich bin gespannt, was jetzt kommt«, sagte Victoria leise.

»Keine Ahnung, aber es wird sicher interessant«, sagte Juliette grinsend.

Rob Gill erhob sich. Er ließ den Blick über den Kreis der Männer schweifen. Diese saßen gespannt da, und jeder schien zu hoffen, für den letzten Teil der Lektion ausgewählt zu werden. Den Ersten, den Rob aussuchte, kannte Natalie gar nicht. Er war kräftig gebaut, hatte dichtes blondes Haar und war ein wenig älter als die anderen Teilnehmer, aber ohne Frage attraktiv.

»Also, Stephen«, sagte Rob forsch. »Sie können Victoria mit auf Ihr Zimmer nehmen. Dort können Sie sie lieben und dabei nutzen, was sie im ersten Teil des heutigen

Abends gelernt haben, um ihr größtmögliche Lust zu bereiten. Es wird sonst niemand zugegen sein, aber Sie werden gefilmt, und einer der Lehrer wird Sie über einen Monitor beobachten. Sollten die Dinge zu irgendeinem Zeitpunkt außer Kontrolle geraten, wird das Ganze abgebrochen. Ich rechne nicht mit entsprechenden Problemen, aber ich möchte den Damen versichern, dass sie keinerlei Risiko ausgesetzt sind.«

Als Nächstes kombinierte Rob Sajel und Toby, was diesen sichtlich freute. Er nahm Sajel sogleich bei der Hand. »Das ist meine Vorstellung vom Himmel«, tönte er begeistert.

Sajel sah nicht aus, als entspräche das auch ihrer Vorstellung vom Himmel, und Natalie fragte sich, wie gut Toby zuvor aufgepasst haben mochte. Irgendwie kam er ihr nicht vor wie jemand, der sich besonders bereitwillig ändern wollte. Andererseits konnte man das von ihr wahrscheinlich auch nicht behaupten.

Auch den dritten Mann, den Rob auswählte, kannte Natalie nicht, aber es spielte keine große Rolle, da er ihn zu Juliette schickte. Aufgeregt wartete sie nun, wen er für sie aussuchen würde. Nach langem Überlegen entschied Rob sich für Anil, und ihr Bauch zog sich zusammen. Er hatte sie schon beim Abendessen fasziniert. Jetzt, da sie wusste, dass sie beide ein Paar bilden sollten, war sie sehr aufgeregt. Als er ihr eine Hand auf die Schulter legte und ihre Blicke sich trafen, hatte sie den Eindruck, dass die Faszination auf Gegenseitigkeit beruhte.

»Für alle anderen ist die Lektion hier zu Ende«, sagte Rob. »Aber natürlich möchten wir Sie nicht davon abhalten, das Gesehene an anderen weiblichen Gästen auszuprobieren, falls diese das möchten. Ich schlage vor, dass Sie sich alle in die Halle begeben, wo sich die übrigen Damen befinden. Sie haben sich inzwischen ein paar Erotikfilme angesehen, die ihnen helfen sollen, die männliche Sexualität besser zu verstehen. Mit ein bisschen Glück werden Sie alle eine erfüllte Nacht haben. Und vergessen Sie bitte nicht, Frühstück gibt es morgen früh um acht, denn wir haben noch eine lange Unterrichtseinheit zu absolvieren, bevor Ihr Wochenende vorüber ist.«

»Ich frage mich, was das wohl für Filme waren«, sagte Natalie zu Anil, als sie ihm auf sein Zimmer folgte.

»Ich kann mir nicht vorstellen, dass sie so interessant waren wie das, was ihr Mädchen uns gezeigt habt.«

»Sajel war in Sorge, du könntest dich darüber ärgern«, sagte Natalie.

»Anfangs war es tatsächlich so. Aber dann habe ich mich daran erinnert, dass wir beide sexuell anspruchsvolle Menschen sind, die sich aus freien Stücken für dieses Seminar entschieden haben. Es ist schwer, Vorstellungen abzulegen, die einem von Kindheit an vermittelt wurden, aber wenn wir heiraten wollen, müssen wir uns beide ändern. Ich will Sajel besser verstehen können, und ich denke, der heutige Abend hat mir bereits dabei geholfen.«

Anils Zimmer befand sich ganz am Ende des gleichen

Korridors wie Natalies. Es sah allerdings vollkommen anders aus. Die Einrichtung war ziemlich opulent: ein großes Doppelbett mit dicken Kissen über dem Plumeau und einem verzierten Kopfteil. Oberhalb des Kopfteils waren außerdem Vorhänge befestigt, die man links und rechts des Bettes drapiert hatte. Daneben stand ein schöner weißer Sessel mit runder Lehne und üppiger Polsterung. Außerdem registrierte sie einen Nachttisch, eine Kommode und einen Schrank. Im Raum verteilt standen Duftkerzen, die Anil nun anzündete, bevor er die Vorhänge vor die Fenster zog.

»Wo ist die Kamera?«, flüsterte Natalie.

»Welche Kamera?«

»Rob hat doch gesagt, dass wir die ganze Zeit über gefilmt werden.«

»Keine Ahnung. Vielleicht hinter dem Spiegel an der Wand dort drüben. Aber das ist doch egal, oder?«

»Ja, vermutlich.«

»Du kannst doch, nach dem Schauspiel, das du und Sajel uns geboten habt, nicht verlegen sein.«

»Ehrlich gesagt«, gestand Natalie, »bin ich das trotzdem. Ich weiß auch nicht, warum, aber das war etwas anderes. Wir waren zu viert, und es fiel mir nicht schwer, euch Männer auszublenden.«

»Du meinst, du lässt dich lieber von vierzig Männern beobachten, als mit einem Einzigen zu schlafen?«

Natalie schüttelte den Kopf. »Nein, so meine ich das nicht. Es fühlt sich nur eigenartig an, mehr nicht.«

»Ich kann das verstehen. Versuch, dich zu entspannen. Ich sag dir was, wir werden gemeinsam duschen. Das sollte dir helfen.«

Natalie wusste selbst nicht, warum sie so angespannt war. Einerseits wohl, weil es ihr vorkam, als würden Anils dunkle Augen bis auf den Grund ihrer Seele blicken, und weil sie ein schlechtes Gewissen hatte, weil sie sich zu ihm hingezogen fühlte, obwohl er und Sajel wahrscheinlich heiraten würden. Andererseits merkte sie ihm, als er so dicht bei ihr stand, deutlich an, dass auch er bereits erregt und ihr Verlangen also eine Sache auf Gegenseitigkeit war. Wenn er nicht den Eindruck hatte, Sajel in irgendeiner Weise zu hintergehen, dann war es albern, wenn Natalie so dachte. »Soll ich mich gleich hier ausziehen?«, fragte sie.

»Ich werde dich ausziehen«, sagte er. Seine Finger schoben ihr ganz langsam das kurze Bolerojäckchen von den Schultern, und seine Hände streichelten einige Sekunden lang ihre nackten Arme. Als Nächstes trat er hinter sie. Während er den Reißverschluss ihres Kleides öffnete, küsste er ihren Nacken. Langsam schob er es herunter und legte dann seine Hände an ihren Rücken, damit sie sich leicht vorbeugte und das Kleid ganz zu Boden glitt.

Sie trug ein cremefarbenes Spitzenmieder und einen passenden Slip. Anil kniete sich vor sie hin und zog ihr quälend langsam das Höschen über Hüften und Beine herab. Seine Zunge verfolgte den Weg, den das bisschen Stoff genommen hatte. Nach dem seidigen Streicheln des

Stoffes spürte sie so auf der bereits sensibilisierten Haut einen zweiten Reiz. Schließlich zog er ihr noch die Schuhe, die halterlosen Strümpfe und zuletzt das Mieder aus.

»Du bist schon bereit«, sagte er. »Jetzt will ich, dass du mich ausziehst.« Sie zögerte kurz. »Beeil dich«, drängte er.

Natalies Mund wurde trocken. »Tut mir leid«, entschuldigte sie sich, weil ihr wieder eingefallen war, dass sie sich unterordnen sollte. Sie begann, sein dunkelrotes Hemd aufzuknöpfen, doch ihre Hände zitterten so stark, dass es ihr kaum gelang und er ihr am Ende helfen musste. Nachdem sie seinen Gürtel und seine Hose geöffnet hatte, wuchs Natalies Verlangen nach diesem großen, schlanken Inder so stark, dass sie spürte, wie sie zwischen den Schenkeln feucht wurde. Er hatte sich demonstrativ im Griff, aber ohne die übliche Prahlerei, die so viele Männer an den Tag legten, um ihre Überlegenheit zu demonstrieren.

Als auch er endlich nackt war, saugte sie seinen Anblick in sich auf, den schlanken Körper, die samtige Haut, aber vor allem seinen erstaunlich großen Schwanz. Er war zwar nicht besonders dick, aber zweifellos der längste, den sie je gesehen hatte. Dabei war er noch nicht einmal zur Gänze erigiert, und sie fragte sich, wie um Himmels willen sie ihn ganz in sich aufnehmen sollte.

»Du bist so schön«, murmelte Anil. »Warum fällt es dir so schwer, dich zu ergeben?«

»Das tut es ja nicht mehr«, versicherte sie ihm.

»Doch. Ich kann den Konflikt in deinen Augen sehen, genau wie ich ihn immer bei Sajel sehe. Komm, lass uns jetzt duschen. Vielleicht fällt es dir danach leichter.«

Anils Bad war klein, aber luxuriös. Es gab einen dicken hellblauen Teppich, ein hellblaues Waschbecken und eine große Duschkabine mit reichlich Platz für zwei Leute. Anil öffnete die Schiebetür und bedeutete ihr, als Erste hineinzusteigen. Dann folgte er ihr, schloss die Türen und drehte das Wasser an. In der Kabine mit ihm eingeschlossen, befiel Natalie plötzlich Angst. Sie konnte sich nicht vorstellen, dass hier drin gefilmt würde, und fragte sich, wie man sie im Fall eines möglichen Übergriffs schützen wollte.

Zum Glück ließ ihr Anil kaum Zeit, sich zu sorgen. Er legte seine Rechte unter ihr Kinn und hob ihren Kopf ein wenig an, sodass das Wasser ihr übers Gesicht rieselte. Da schloss sie unwillkürlich die Augen und ließ sich vom Wasserstrahl Augenlider, Mund und Hals streicheln.

Anil stand nun hinter ihr, und während er sie mit Duschgel einrieb, lehnte sie den Kopf an seine Brust. Der cremige Schaum duftete nach Jasmin. Als seine Hände zwischen ihren Schulterblättern die Wirbelsäule entlang bis zu ihrem Po glitten, spürte Natalie, wie sich ihre verkrampften Muskeln langsam entspannten.

Anil ging in die Hocke, um die Rückseiten ihrer Beine einzuschäumen, und hob nacheinander ihre Füße, wo er die sahnige Seife auf den zarten Innenseiten und zwischen den Zehen verteilte, bevor seine Hände sich ihrer

Vorderseite zuwandten. Sie zitterte vor Erregung, als seine Hände langsam über ihre Beine nach oben glitten, vom Bauch über die Rippen bis zu ihren Brüsten. Sie wünschte, er hätte sie auch im Schritt berührt und sie mit seinen weichen, seifigen Fingern erregt, aber ganz offensichtlich hatte er im Sinn, sie auf dieses Vergnügen noch warten zu lassen.

Er umfasste ihre Brüste fest, aber nicht unangenehm. Anders als die meisten anderen Männer schien er zu wissen, wie sie dort angefasst werden wollte. Während er seine Handflächen gegen die pralle Wölbung presste, umspielten seine Fingerspitzen ihre Nippel, sodass sie vor Lust aufkeuchte.

Als nach einer Weile ihre Haut prickelte und sie schon ganz atemlos war, drehte er sie so, dass sie mit dem Rücken zur Wand und er vor ihr stand. Seine Hände lagen an ihren Seiten. Mit unendlicher Langsamkeit spürte sie schließlich, wie sich seine Erektion zwischen ihre Schamlippen schob. In dem verzweifelten Verlangen, ihn in sich zu haben, schob sie schwungvoll ihre Hüften nach vorn, doch sogleich zog er sich zurück.

»Vertrau mir«, murmelte Anil. »Glaub mir, du bekommst, was du willst, aber du musst mir vertrauen.«

»Ich wollte dich tiefer in mir spüren«, stöhnte Natalie. Aber sie wusste, er hatte recht. Sie musste sich seinem Tempo beugen, sonst fiel sie in ihr altes Verhaltensmuster zurück und wiederholte die Fehler, die sie in der Vergangenheit bei ihren Liebhabern begangen hatte.

Sobald sie aufhörte, ihre Hüften zu bewegen, fing Anil wieder an, in sie einzudringen. Diesmal erlaubte sie ihm, das Tempo zu bestimmen, und obwohl er sie neckte, indem er seine Penisspitze mehrmals hineinschob und wieder zurückzog, bis er sie endlich ganz penetrierte, beklagte sie sich nicht, denn all ihre Sinne waren alarmiert. Es fühlte sich an, als balle sich eine Faust in ihrem Leib, die alle Muskeln hochzog. Ein süßer pochender Schmerz breitete sich in ihrem Inneren aus.

Anil beugte die Arme, presste seinen ganzen Körper gegen den ihren und rieb sich an ihrer seifigen Haut. Wenn er sich außen bewegte, spürte sie die Bewegung auch tief in sich.

Sein Mund war an ihrem Ohr, und während er heftig in sie stieß, spielte seine Zunge mit ihrem Ohrläppchen. Dann flüsterte er: »Ich will, dass du jetzt kommst. Ich will spüren, wie du unter mir erschauerst und mich umklammerst. Lass dich gehen. Erlaube der Lust, dich zu überfluten.«

Seine Worte kamen so unerwartet, dass sie bei Natalie, die sich ohnehin schon am Rand eines Höhepunktes befand, bewirkten, dass sie sich tatsächlich gehen ließ. Gehorsam umklammerte sie ihn, während die köstliche Lust sie überkam.

Zu ihrer Überraschung kam Anil jedoch nicht. Stattdessen löste er sich von ihr und wusch allen Seifenschaum von ihren Körpern, bevor er das Wasser abstellte und die Duschtür öffnete. Als Nächstes trocknete er sie mit einem flauschigen, vorgewärmten Handtuch ab. Und obwohl sie sich ihm völlig ergeben hatte, fühlte Natalie sich seltsam aufgehoben. Er hatte alles unter Kontrolle, aber er beschützte sie auch, und noch nie war sie sich so weiblich und begehrt vorgekommen.

Nachdem er jeden Zentimeter ihrer Haut, jedes Fältchen trocken gerubbelt hatte, fühlte sie sich bereits wieder erregt und sehnte sich nach neuerlicher Befriedigung. Er war nach wie vor voll erigiert, und sein Schwanz sah so schön aus, dass sie, ohne lange zu überlegen, die Hand ausstreckte, um ihn zu berühren. Sofort schlossen sich Anils Finger wie ein Schraubstock um ihr Handgelenk, aber selbst als er sie tadelte, klang seine Stimme sanft: »Nein, erst, wenn ich es dir sage.«

»Ich habe es vergessen«, flüsterte Natalie.

Dann hob Anil sie auf und trug sie zurück ins Schlafzimmer.

Er legte sie auf das große Bett, schob Kissen unter ihren Po und sorgte dafür, dass auch ihr Kopf bequem gebettet war, bevor er nach einem Fläschchen mit duftendem Massageöl griff. »Ich werde dich von oben bis unten damit einreiben, aber ich will nicht, dass du dabei kommst. Ich will, dass du dir den nächsten Orgasmus aufsparst, bis ich wieder in dir bin.«

»Ich weiß nicht, ob es mir gelingen wird, so lange zu warten«, gestand sie.

»Ich hoffe es, denn sonst könnte der Abend schneller zu Ende sein, als ich es mir erhofft habe.«

Natalie sah erstaunt zu ihm auf. Seine Stimme war so leise, seine Bewegungen so behutsam, aber ganz offenbar meinte er, was er gesagt hatte. Doch auch wenn er an diesem Abend gelernt hatte, wie er ihren Körper erregen konnte, glaubte sie nicht, dass er sein Verlangen, alles im Griff zu haben, die ganze Zeit über bezähmen könnte. Sie machte sich darüber keine allzu großen Sorgen, aber sie fragte sich doch, was sein Lehrer dazu sagen würde, wenn er sich das Filmmaterial ansah.

Während Anils Hände über ihren vor Lust schmerzenden Körper glitten, versuchte Natalie, an etwas anderes zu denken, um die wachsende Spannung in ihrem Körper zu vergessen. Als er allerdings ihre Beine spreizte und ihre äußeren Schamlippen liebkoste, wusste sie, es würde ihr extrem schwerfallen, nicht zu kommen. »Das gefällt dir, nicht wahr?«, sagte er, und zum ersten Mal umspielte ein kleines Lächeln seine Lippen.

»Es ist himmlisch«, stieß sie hervor.

»Gut.« Nun wanderten seine Finger endlich zum Zentrum ihrer Lust, dem festen kleinen Nervenknoten, der schon, während er sie massiert hatte, die ganze Zeit über so heftig gepocht hatte. Als er den Ansatz ihrer Klitoris mit der Kuppe seines Ringfingers berührte, zuckte ihr ganzer Körper, und sie spürte die ersten unmissverständlichen Blitze präorgastischer Ekstase durch ihren Venushügel zucken. »Pass sehr gut auf«, warnte Anil sie.

»Dann fass mich dort nicht an«, keuchte sie.

»Ich *möchte* dich aber dort anfassen. Du fühlst dich

wunderbar an, so feucht und bedürftig. Und jetzt werde ich dich lecken.«

»O nein!«, rief Natalie. »Bitte nicht! Ich werde kommen, wenn du das tust.«

»Das wäre schade«, erwiderte Anil. Und da spürte sie auch schon seinen Kopf zwischen ihren Schenkeln und spannte voller Vorfreude auf seine Zunge ihren Körper an. Er bearbeitete sie zunächst mit kleinen, flüchtigen Strichen. Doch als seine Zunge auf ihre pulsierende Knospe trommelte, wurde ihr heiß, und ihr Unterleib verkrampfte sich. Sie war gefährlich nah an einem Orgasmus und wusste, wenn er nicht bald aufhörte, gäbe es nichts mehr, was sie tun könnte, um die anbrandende Lust noch aufzuhalten. Zum Glück entging das auch Anil nicht, denn gerade, als sie meinte, den Point of no Return zu überschreiten, hob er den Kopf. Er schloss ihre Beine wieder und hob sie bis auf die Höhe seiner Brust.

Natalie stieß ein lustvolles Stöhnen aus, als sie spürte, wie er in sie hineinglitt. Ihre Füße ruhten an seiner Brust, und er schob die Hände unter ihren Po, um sie im von ihm gewünschten Rhythmus auf und ab zu bewegen. Vorsichtig, langsam, aber mit zunehmender Heftigkeit begann Anil, immer wieder in sie hineinzustoßen, während Natalies Schenkel sich hoben und senkten. Seine schmelzenden braunen Augen beobachteten sie aufmerksam, bis sie einen kleinen Lustschrei von sich gab, als sein Schwanz mit unfehlbarer Präzision ihren G-Punkt traf.

»Du kannst jetzt kommen, wann immer es dir beliebt«, sagte er, und es freute sie zu hören, dass er endlich auch vor Erregung atemlos klang.

Sie hatte so lange auf diesen Höhepunkt gewartet, dass ihr Körper einen Moment zögerte, als er ihr die Erlaubnis gab; fast, als könne sie sich die Lust, die ihr so lange vorenthalten worden war, selbst nicht gestatten. Daraufhin veränderte Anil ihre Position ein wenig. Weil sein Schwanz so lang war, stieß er an ihren Gebärmutterhals. Als er auch noch seine Hüften kreisen ließ, sorgte diese zutiefst befriedigende Liebkosung dafür, dass sich alle aufgestaute Spannung entlud.

»Ja!«, schrie Natalie und kam in einer Reihe konvulsivischer Schauer, die schon fast schmerzhaft waren. Anils Selbstkontrolle war so groß, dass er sich immer noch zurückhielt: Erst als ihr Körper wieder ruhig wurde, dachte er an sein eigenes Vergnügen.

»Umschließ mich ganz fest«, befahl er ihr. Eilfertig gehorchte sie, denn sie wollte ihn so lange wie möglich in sich spüren und sich die Erinnerung an seinen langen, geschickten Schwanz möglichst unauslöschlich einprägen.

Als sie ihn fest umklammerte und ihre Schenkel auf und ab bewegte, legte Anil den Kopf in den Nacken, und sie sah, wie sich die Muskeln und Sehnen an seinem Hals anspannten, bevor auch er von heftigen Wellen herrlicher Lust erschüttert wurde.

Langsam und zögernd lockerte Natalie ihre Umklammerung. Behutsam zog er sich aus ihr zurück und lag dann so dicht neben ihr, dass ihre Gesichter sich fast berührten. »Hast du es genossen?«

»Es war wundervoll«, schwärmte sie. »Sajel kann sich sehr glücklich schätzen.«

»Ich bin noch nicht fertig«, murmelte Anil und streichelte ihre Ohrläppchen und ihren Hals. Sie blieben eine Weile so liegen, doch Anils Hände waren dabei nie untätig. Er streichelte jeden Zentimeter ihrer Haut, ließ seine Finger ihre Kurven entlanggleiten. Während er sie so verwöhnte, spürte sie, wie sich sein Schwanz erstaunlich schnell wieder zu regen begann.

»Mach es mir mit dem Mund«, befahl er ihr, und sie gehorchte ihm voller Eifer. Sobald sie die Lippen um den Kopf seiner wieder hart werdenden Erektion schloss, kitzelte sie ihn mit der Zunge direkt unterhalb der Eichel, Sie genoss es zu spüren, wie er in ihrem Mund steif wurde. Und sie genoss das Gefühl von Macht, als seine Hüften zu zucken begannen und sein Atem schneller ging. Sie war so begeistert, dass sie zu heftig begann, an ihm zu saugen und zu lecken.

»Das genügt«, sagte er rasch. »Ich will noch nicht wieder kommen.« Er fasste nach unten und zog sie an den Schultern hoch, bis ihre Gesichter wieder auf gleicher Höhe waren. Dann küsste er sie leidenschaftlich und presste dabei seinen Mund fest auf ihren.

»Setz dich auf den Sessel«, flüsterte Anil, nachdem der Kuss zu Ende war. Sie sah ihn verständnislos an, denn in Gedanken war sie meilenweit fort und hatte sich gerade vorzustellen versucht, wie er und Sajel zusammen aussahen. Weil er merkte, dass sie nicht begriff, hob Anil Natalie mühelos auf und setzte sie in den Sessel neben dem Bett. Sie hatte das Möbelstück schon beim Hereinkommen bemerkt.

Sobald sie dort saß, zog er sie am Po nach vorn bis ganz an die Kante, sodass sie sich mit den Armen abstützen musste. Rasch kniete er sich vor sie. Dann fasste er ihre Beine und legte sie sich auf die Schultern. Dadurch war er genau auf der Höhe ihrer hungrigen, weit geöffneten Vagina.

Als er in sie glitt, fiel ihr Kopf in Ekstase nach hinten, denn nun ruhte er wieder auf ihrem G-Punkt, und geradezu quälende Lust ließ sie aufstöhnen. Er blieb lange Zeit reglos, bis das Gefühl sich fast in Schmerz verwandelte und sie begann, vor Ungeduld zu wimmern. Sie sehnte sich nach Erlösung.

»Was ist los?«, fragte Anil, und sie sah seinem Blick an, dass er sie necken wollte.

»Ich ... ich muss kommen«, erklärte sie zögernd, da sie fürchtete, er könne diese Bitte als Versuch auffassen, die Kontrolle an sich zu reißen.

Zum Glück für Natalie schien ihm das jedoch nichts mehr auszumachen. »Ich weiß, dass du das musst«, antwortete er. Doch anstatt tiefer in sie hineinzustoßen, packte er sie fest bei den Pobacken und zog sie zu sich heran, während er sich selbst gleichzeitig auf die Bettkante setzte.

Für einen Augenblick fürchtete Natalie, auf den Boden zu fallen, doch Anils Hände waren kräftig, sein Griff sicher. Sie stützte sich also mit den Ellbogen auf die Sitzfläche. So konnte sie ihren Oberkörper selbst halten, während ihr Hintern auf dem Bett und in Anils Händen lag.

Sie schob die Beine unter seinen Achseln hindurch und stellte die Füße flach auf die Matratze. Bei dem gesamten Manöver war Anil in ihr geblieben, was sie nur noch weiter stimuliert hatte, sodass ihre aufs Höchste erregten Nerven nun nach Befriedigung schrien.

Der Sessel stand im genau richtigen Abstand zum Bett, sodass Anil Natalie auf seinem Schwanz vor und zurück schieben konnte. Diesmal bewegte er sie schneller, in einem viel rascheren Rhythmus als zuvor. Sie spürte, wie sich die Lust in ihrem Unterleib ausbreitete, und ihre Klitoris begann zu pochen. Anil beugte sich ein wenig über sie, schob seinen linken Arm noch ein Stück weiter unter ihren Po und bekam somit die rechte Hand frei, um sie genau dort zu stimulieren. In dem Moment, als sein Daumen den Ansatz ihrer Klitoris berührte, wurde Natalie am ganzen Körper heiß, und alle Muskeln spannten sich an. Dann geriet sie geradezu beschämend schnell in eine Aufwärtsspirale zu den schwindelerregenden Höhen der Lust, wo sie erneut kam. Als ihre Muskeln rund um Anils Schwanz kontrahierten, rechnete sie damit, dass auch er kam, doch das tat er nicht. Stattdessen begann er sie, nachdem sich ihr Körper wieder beruhigt hatte, von Neuem mit seinen Fingern zu bearbeiten.

»Ich glaube nicht, dass ich noch einmal kommen kann«, gestand sie.

»Natürlich kannst du.«

»Kann ich nicht«, protestierte sie. Doch er tauchte bereits die Finger in sie ein und verteilte ihr eigenes Nass überall auf dem zarten, hochempfindlichen Gewebe. Jedes Mal, wenn er mit einem Finger in sie eindrang, erschauerte sie, weil sie sich von seinem Schwanz und dem Finger dazu derart ausgefüllt fühlte.

Natalie hatte gedacht, Anils Behauptung zu widerlegen, weil sie ihrem erschöpften Körper einfach keinen weiteren Höhepunkt zutraute. Doch als er mit einer Fingerspitze über die unglaublich empfindliche Öffnung ihrer Harnröhre strich, schnappte sie nach Luft, weil eine ungekannte, bohrende Lust sie durchdrang. Ihr Unterleib füllte sich prall an und wie unter Druck, als könne sie jeden Moment explodieren. Als er fortfuhr, die winzige Öffnung zu reizen, breitete sich eine durchdringende Hitze in ihr aus. Sie hörte sich selbst Jammerlaute ausstoßen, ihre Hüften zuckten rastlos, und ihr Körper kämpfte darum, mit diesen neuartigen Empfindungen fertigzuwerden.

Ihr Oberkörper lag inzwischen fast flach auf dem Sessel. Sehnsüchtig verlangte sie nach der Lust, die ihr ermüdeter Körper anscheinend nicht mehr spenden konnte. Da endlich begann Anil, mit einem Finger an ihrer Klitoris entlangzustreichen, und sie spürte die heiße Anspannung in sich wachsen, bis selige Wonne sie erfasste und ihr ganzer Körper heftig unter einem weiteren Orgasmus erzitterte.

»Und nun bin ich an der Reihe«, sagte Anil und zog sie hoch, bis ihre Brüste sich an seinem Brustkorb rieben. »Leg deine Beine fest um meine Taille«, fügte er noch hinzu. Als ihre Hände auf seinen Schultern lagen, hob er sie auf und ab. Zunächst war die Bewegung langsam, aber er steigerte das Tempo kontinuierlich. Dabei blickte sie in seine Augen und konnte sehen, wie sie sich weiteten, als er sich schließlich zum zweiten Mal in sie ergoss.

Natalie konnte sich nicht daran erinnern, dass ihr irgendein Mann jemals so viel Lust verschafft hätte. Sie erwog, ihm das zu sagen, doch etwas hielt sie zurück. Sie spürte, dass Anil es nicht hätte hören wollen. Er musste es schon dadurch wissen, dass er ihr zugesehen hatte. Jedes Wort darüber konnte seine Beziehung zu Sajel gefährden.

»Ich hoffe, wir haben beide bestanden«, sagte er leichthin und in dem offensichtlichen Bemühen, die vertraute Atmosphäre zu zerstreuen, die sie beide erzeugt hatten.

»Was bestanden?«, erkundigte sich Natalie, die sich noch nicht richtig konzentrieren konnte, weil ihr Körper sich derart gesättigt anfühlte, dass ihr Gehirn noch nicht wieder funktionieren wollte.

»Den Kameratest.«

Natalie hatte die Kamera völlig vergessen. Erst jetzt fiel ihr wieder ein, dass Simon sie über den Monitor beobachtet hatte. Dass er gesehen haben musste, wie sie sich Anil vollkommen ausgeliefert hatte. Sie fragte sich, wie er jetzt wohl über sie dachte.

»Ich bin mir sicher, dass du bestanden hast«, sagte sie, beugte sich vor und küsste ihn auf die Stirn.

»Das hoffe ich, denn im Gegensatz zu dir habe ich kein weiteres Wochenende mehr vor mir, um noch dazuzulernen.«

»Also, wie ich schon sagte: Sajel ist zu beneiden.«

»Nett von dir. Aber da du ja nicht Sajel bist, kann ich mir nicht sicher sein, genug gelernt zu haben, um sie glücklich zu machen, oder?«

»Ich glaube, das hast du.«

»Aber du hast losgelassen«, bemerkte Anil. »Sajel empfindet das als sehr schwer.«

»Mir ist das bisher auch immer sehr schwergefallen.«

»Dann trägt das Seminar bei dir schon Früchte.«

»Das hoffe ich.«

Er betrachtete sie nachdenklich. »Ja, Natalie, das ist der Kurs, es lag nicht an mir. Ich bin nichts Besonderes. Außerdem denke ich, dass deine Absichten ohnehin anderswo liegen.«

»Wie meinst du das?«

»Das muss ich dir nicht näher erläutern.«

Natalie spürte, wie sie errötete, denn sie wusste, er hatte recht. Da sie sich bereits vorzustellen versuchte, welche Wirkung der Sex mit Anil auf Simon gehabt haben mochte, musste sie sich wohl eingestehen, dass sie auf diesen Mann fixiert war, selbst wenn das eigentlich verboten war.

»Ich habe keine Ahnung, wovon du redest«, log sie. Dann ließ sie Anil auf dem Bett zurück und ging sich duschen, bevor sie auf ihr eigenes Zimmer zurückkehrte.

Es war eine aufregende Erfahrung gewesen, und sie beneidete Sajel tatsächlich, doch nun freute sie sich darauf, am nächsten Tag Simon zu begegnen. Aber freute sie sich auch auf die letzte Lektion ihres ersten Wochenendes?

11. *Kapitel*

Um sieben Uhr am nächsten Morgen brachte ein Zimmermädchen Natalie ihr Frühstück ans Bett. Sie zog die Vorhänge zurück, stellte ein Tablett mit Kaffee, Saft, Toast und Marmelade auf den Nachttisch und verschwand wortlos. Aus Sorge vor dem, was noch vor ihr lag, hatte Natalie kaum Appetit. Sie biss nur einmal von dem Toast ab, trank aber den ganzen Kaffee.

Als sie an den vergangenen Abend und die Länge von Anils Schwanz dachte, begann ihr Unterleib zu kribbeln. Rasch schob sie die Erinnerung beiseite. Anil war nur ein Teil des Seminars gewesen, weiter nichts. Sie fürchtete, trotz ihrer Fortschritte immer noch einen weiten Weg vor sich zu haben, bevor ihr Aufenthalt nach den Maßstäben des Haven als Erfolg galt.

Sie war gerade mit Duschen und Anziehen fertig, als auch schon Simon erschien, um sie abzuholen.

»Guten Morgen. Ich muss sagen, dass Sie sich gestern Abend bei Anil ausgesprochen gut betragen haben.«

»Danke«, sagte Natalie bescheiden.

»Sie sind offensichtlich auf Ihre Kosten gekommen.«

Am Ton seiner Stimme hätte sie nicht erkennen können, ob er das guthieß oder nicht, doch ein Blick in sein Gesicht ließ sie vermuten, dass er es missbilligte. »War das nicht in Ordnung? Ich dachte, Sie würden mit meinem Verhalten zufrieden sein.«

»Das bin ich auch.«

»So sehen Sie nicht aus.«

»So sehe ich aus, wenn ich zufrieden bin.«

»So sehen Sie auch aus, wenn Sie unzufrieden sind.«

»Ich weiß. Es ist ziemlich hilfreich, ein ausdrucksloses Gesicht zu besitzen.«

»Hilfreich bei Ihrer Arbeit, das schon«, stimmte Natalie ihm zu. »Aber in Ihrem Privatleben muss das doch ein gewisses Handicap sein.«

»Wir sind nicht hier, um über mein Privatleben zu sprechen«, erwiderte Simon barsch. »Sind Sie bereit für die letzte Lektion des ersten Teils Ihres Seminars?«

»Ich denke schon. Oder hätte ich irgendetwas Spezielles anziehen sollen?«

»Nein«, sagte Simon. »Diesmal werden Sie nur zuschauen. Und passen Sie gut auf, denn wenn Sie nächstes Wochenende wiederkommen, werden Sie an der Sonntagmorgen-Lektion teilnehmen.«

»Aus Ihrem Mund klingt das wie eine Drohung.«

»Das sollte es nicht. Obwohl es natürlich nichts sein wird, das Sie gewohnt sind.«

»Ich glaube, dann möchte ich doch lieber nichts weiter darüber hören«, warf Natalie ein. »Wollen wir gehen?«

»Folgen Sie mir«, kam es knapp von Simon. Damit eilte er so rasch den Flur hinunter, dass Natalie ganz außer Atem war, als sie das Erdgeschoss erreichten.

»Wo gehen wir überhaupt hin?«, fragte sie.

»Wir nehmen den Lift.«

»Wohin?«

»Ins Untergeschoss.«

»Und was ist dort unten?«

»Das werden Sie schon sehen.«

Die schweren Türen des Aufzugs glitten auf. Natalie blieb stehen und war plötzlich ausgesprochen nervös. »Kommen Sie schon«, sagte Simon. »Sie hatten es doch so eilig, dort hinzukommen, schon vergessen?«

»Ist es im Untergeschoss dunkel?«

»Warum, fürchten Sie sich im Dunkeln?«

»Ein bisschen.«

»Keine Sorge, es gibt genug Licht, damit alle sehen können, was vor sich geht, sonst ergäbe die Übung ja keinen Sinn. Wo haben Sie bloß Ihren Mut gelassen?«

»Wie meinen Sie das?«

»Wie ich gehört habe, sind Sie in geschäftlichen Dingen auch recht mutig.«

»Woher wissen Sie das?«

Simon sah aus, als sei er wütend auf sich selbst. »Vergessen Sie es. Das war unpassend.«

»Das war es ganz sicher. Was hat mein Geschäft mit Ihnen zu tun?«

»Nichts. Wie ich schon sagte, vergessen Sie, dass ich etwas gesagt habe. Ich entschuldige mich dafür. So, fühlen Sie sich jetzt besser?«

Dem wäre so gewesen, wenn er geklungen hätte, als

165

würde er es ernst meinen, aber Natalie spürte das Gegenteil. Und das bestätigte nur, was sie bereits die ganze Zeit über vermutet hatte: Seine Gefühle ihr gegenüber waren persönlicher, als er es sie merken lassen wollte. Aber zum Glück bewirkten seine Worte wenigstens, dass sie den Mut fand, in den Lift zu steigen. Sie war entschlossen, ihm zu beweisen, dass sie privat ebenso couragiert war wie im Geschäftsleben.

Der Lift rauschte so schnell abwärts, dass Natalie meinte, ihren Magen in ihrer Kehle zu spüren. Sie schnappte erschrocken nach Luft und umklammerte instinktiv Simons Arm. »Keine Sorge, bis jetzt ist er noch nie abgestürzt«, sagte er sanft.

Rasch zog Natalie ihre Hand wieder zurück. »Es hat mich nur überrascht, das ist alles.«

»Das wird Ihnen gleich noch einmal so gehen«, murmelte Simon. Er legte die Hand auf ihren unteren Rücken und schob sie aus dem Aufzug in einen schwach erleuchteten Flur mit unverputzten Mauern. Hier unten lagen keine dicken Teppiche – und es gab, soweit sie erkennen konnte, keine Fenster. Es war so kalt und düster, dass sie erschauerte und sich wünschte, sie hätte ein langärmeliges Shirt angezogen und kein ärmelloses Kleid. Von irgendwoher hörte sie seltsame Geräusche, Stöhnen und Schreien, aber sie hätte nicht sagen können, ob sie lustvoll oder gequält klangen. Instinktiv wich sie ein wenig zurück und stieß gegen Simon.

»Sie müssen nur zusehen«, erinnerte er sie.

»Und was ist mit nächstem Sonntag?«, flüsterte sie.

»Es zwingt Sie niemand, erneut herzukommen. Natürlich bekommen Sie Ihr Geld nicht erstattet, aber abgesehen davon hat es keinerlei schlimme Folgen für Sie. Möchten Sie jetzt weitergehen und sehen, was da passiert, oder nicht?«

Sie war hin- und hergerissen. Es fühlte sich so seltsam an, dass sie sich zwar fürchtete, zugleich aber auch von einer Welt angezogen wurde, die sie faszinieren würde. Einer Welt, die sie eigentlich abstoßen sollte, die sie jedoch mit Begeisterung kennenlernen würde. Simon, der so groß und düster neben ihr stand, wirkte wie ein gefallener Engel. Der Mann, der ihr eine Welt verbotener Freuden und bislang unbekannter Lüste zeigen würde.

»Das können nur Sie entscheiden.« Simons Stimme klang unerwartet sanft.

»Können Sie mir nicht befehlen, es anzusehen?«, schlug Natalie vor.

Simon schüttelte den Kopf. »Es muss Ihre Entscheidung sein. Das ist ein großer Schritt, Natalie. Niemand kann Ihnen den Entschluss abnehmen. Wir sind nicht hier, um Menschen zu zwingen, etwas gegen ihren Willen zu tun.«

»Aber ich bin doch hier, um Unterwerfung zu lernen. Wenn Sie mir also sagen, dass ich es mir ansehen muss, dann gehorche ich, und das wäre einfach nur Teil des Seminars.«

»In diesem Fall nicht. Wovor haben Sie denn solche Angst?«

»Ich glaube, ich habe Angst vor mir selbst«, gestand sie.

»In diesem Fall lassen Sie sich eine Menge Lust entgehen. Wagen Sie es, Natalie. So eine Chance wird sich Ihnen nie wieder bieten.«

Sie wusste, dass er recht hatte. »Ich will alles sehen, was vor sich geht«, sagte sie mit fester Stimme, und im selben Augenblick hörte sie einen Mann verzweifelt aufschreien.

»Schön.« Simon klang wieder knapp und nüchtern. »In die Kammer mit der Nummer eins zu schauen bringt nichts: Das klingt, als würde sich dort erst in einiger Zeit wieder etwas Interessantes tun. Lassen Sie es uns in Kammer drei versuchen – das sollte Sie faszinieren.«

Alle Kammern hatten Türen, die an mittelalterliche Kerker erinnerten – massive, abweisende Platten aus rauchgeschwärzter Eiche, versehen mit groben Eisennägeln und breiten Bändern aus schartigem, mattem Metall. Als Simon sie aufdrückte, sah man, wie schwer sie sein musste, doch war keine ganz geschlossen, damit die Geräusche von Kammer zu Kammer und den Gang entlang zu vernehmen waren. Die dadurch erzeugte Atmosphäre war unheimlich und erotisch zugleich.

In der Kammer, die sie betraten, gab es zwar keine Fenster, aber Strahler in allen Ecken, die sich auf eine große Matratze richteten, die wiederum auf einem hölzernen Podest lag. Dort oben hatte man einen Mann mit gespreizten Extremitäten an Hand- und Fußgelenken mit Handschellen an das Gerüst gefesselt. Er kam Natalie vage bekannt vor, dann erinnerte sie sich, dass er einer der Zuschauer des Männerzirkels gewesen war, der sie am Vorabend beobachtet hatte.

Beim Zusehen hatte er ziemlich arrogant gewirkt, und trotz seiner Attraktivität war sie erleichtert gewesen, dass er nicht zu ihrem Partner für die Nacht bestimmt worden war. Jetzt hatte er nichts Arrogantes mehr an sich. Er atmete keuchend, und sein muskulöser nackter Körper war schweißbedeckt. Auf der Matratze befanden sich außer ihm noch drei nackte Frauen. Eine davon saß neben seinem Kopf, die zweite kniete zwischen seinen Beinen, während die dritte mit leichter Hand seinen Bauch streichelte.

»Was machen sie mit ihm?«, fragte Natalie Simon.

»Schscht!«, kam es von den anderen Beobachtern, die im Dunkel standen.

Simon ging mit seinem Mund ganz nah an Natalies Ohr, sodass er es ihr erklären konnte, ohne die anderen zu stören. »Ralph weiß, dass er nur in einem der Mädchen kommen darf. Sie bringen ihn permanent an den Rand des Höhepunkts, aber dann setzt sich keine auf ihn. Und nachdem er ja gefesselt ist, kann er kaum etwas dagegen tun. Kommt er trotzdem, wird er bestraft – das ist ihm heute Morgen schon zweimal passiert.«

Natalie betrachtete den hilflosen Mann und spürte, wie sich in ihrem Unterleib Erregung ausbreitete. Er war offensichtlich wieder nahe am Orgasmus. Seine Erektion ragte so steil auf, dass sie fast seinen Bauch berührte, und sie konnte die Anspannung seiner Muskeln sehen; die Sehnen an seinem Hals und den Armen waren zum Zerreißen straff.

Die Frau neben seinem Kopf setzte sich jetzt rittlings auf sein Gesicht und senkte ihren Körper ganz langsam. »Sorg mit deiner Zunge dafür, dass ich komme«, befahl sie ihm, woraufhin Ralph wie wahnsinnig an ihr zu saugen und zu lecken begann. Wohl in der Hoffnung auf ihr Erbarmen mit ihm, falls es ihm gelang, sie zu befriedigen.

Natalies eigene Vagina begannen zu pochen, als sie sah, wie das Mädchen vor Lust die Augen schloss, während Ralphs Zunge zwischen ihren Schenkeln arbeitete. Sie konnte sehen, dass er sich dabei geschickt anstellte, denn schon bald stieß die Frau kleine Lustschreie aus, und ihre Brüste ragten prall auf. Nach wenigen Minuten erzitterte sie von Kopf bis Fuß unter dem Orgasmus, den er ihr gehorsam bereitete.

Heftig atmend löste sie sich von Ralph, kniete sich über ihn und küsste ihn leidenschaftlich auf den Mund, um ihre eigenen Säfte zu schmecken. Das erregte Ralph nur noch mehr, und seine Hüften zuckten, während er sich aufbäumte und nach Erlösung für seinen harten, geschwollenen, schmerzenden Schwanz suchte. Aber es war rasch offensichtlich, dass die Damen mit ihm noch nicht fertig waren. Die mittlere liebkoste weiterhin die straff gespannte Haut seiner Lenden und umspielte zwischendurch mit ihren Fingern den empfindlichen Schaft.

Doch dann beugte sich die Frau zwischen seinen Schenkeln nach vorn, hob ihre üppigen Brüste an und legte sie um Ralphs Erektion.

»Nein!«, schrie er. »Tu das nicht.« Doch das Mädchen lachte nur. Sie legte die Hände an ihre Brüste und begann, diese an den empfindlichsten Stellen seines Schwanzes auf und ab zu bewegen, bis er mit einem verzweifelten Klagelaut ejakulierte.

Natalie beobachtete, fasziniert von Ralphs Zwangslage, wie sich sein Sperma über die Brüste des Mädchens ergoss. Obwohl er sich diese Erleichterung verschafft hatte, war offensichtlich, dass es ihm keine Lust bereitet hatte – er hatte gegen die Regeln verstoßen.

»Ach, Schätzchen!«, lachte die Frau am Kopfende des Bettes. »Armer Ralph – gerade als du dich so gut geschlagen hattest. Jetzt musst du wieder bestraft werden.«

»Wie lange soll das noch so weitergehen?«, rief Ralph.

»Bis du endlich lernst zu gehorchen«, sagte eine Stimme aus der entferntesten Ecke der Kammer. Sofort verstummte Ralph. Sogleich erhob sich das Mädchen, das bis dahin seinen Bauch gestreichelt hatte, und kehrte mit einer kurzen Reitgerte in ihrer Rechten zurück.

Natalie war jetzt so erregt, dass sie völlig vergaß, Mitleid für Ralph zu empfinden. Alles, woran sie denken konnte, war ihr eigenes Verlangen. Die Aussicht darauf, dabei zuzusehen, wie der hilflose Ralph bestraft wurde, erregte sie nur noch mehr. Die Gerte wurde geschickt geschwungen. Jedes der drei Mädchen verpasste ihm drei kurze Streiche damit, bevor es sie weiterreichte. Bald waren Ralphs Brust und Bauch von dünnen roten Linien gezeichnet. Aber obwohl er jedes Mal aufschrie, sah Natalie auch, dass er bereits wieder hart wurde.

»Er genießt das doch nicht etwa, oder?«, flüsterte sie Simon zu.

»Wie ich Ihnen bereits gesagt habe, kann Schmerz auch Lust bereiten«, flüsterte Simon zurück.

Die Bestrafung dauerte so lange, bis jede der drei zweimal an der Reihe gewesen war. Danach begannen sie den angeketteten Mann erneut zu streicheln und zu liebkosen. Während sie seine ungemein empfindlichen Hoden kitzelten, stieß er unterdrückte Protestschreie aus. Dabei wuchs seine sichtbare Erregung kontinuierlich.

Diesmal platzierte sich eines der Mädchen über seinem harten Schwanz. Sehr langsam senkte sie sich und gestattete ihm, mit der Spitze in sie einzudringen, löste sich dann jedoch schnell wieder von ihm, sodass er sich hochreckte und verzweifelt versuchte, wieder in ihre feuchte, einladende, heiße Vagina vorzustoßen.

»Kommen Sie«, sagte Simon zu Natalie. »Sie werden ihn noch lange hinhalten. Sie sind sehr gut darin. Aber es gibt noch etwas, das Sie sehen sollten. Und das passiert in Kammer Nummer vier.«

Natalie wusste, dass sie sich Simon fügen und den Raum verlassen musste, doch es fiel ihr schwer. Der Anblick eines so hilflosen und gleichzeitig so aufgegeilten

Mannes gehörte zum Erregendsten, das sie je gesehen hatte.

»Mir scheint, Sie hatten recht«, sagte Simon, während sie sich über den Gang zur vierten Kammer begaben.

»Inwiefern?«

»Sie haben Angst vor sich selbst.« Gleichzeitig drückte er auch schon die schwere Tür auf und ließ Natalie den Vortritt.

Der Raum war noch düsterer als der vorangegangene. Die Scheinwerfer leuchteten nicht so hell, und anfangs hatte Natalie Mühe, etwas zu erkennen. Anhand der herrschenden Atmosphäre merkte sie, dass etwas sehr Aufregendes vor sich ging. Außerdem vernahm sie von irgendwoher das erregte Wimmern einer Frau. Nachdem ihre Augen sich endlich an das schummrige Licht gewöhnt hatten, konnte sie sehen, was es war.

Eine große, üppige Brünette stand auf den Zehenspitzen und war mit Handschellen an einen Balken über ihrem Kopf gekettet. Sie war bis auf ein Paar schwarze Spitzenstrümpfe und Stilettos vollkommen nackt. Der neben ihr stehende Rob Gill hatte in einer scheinbar zärtlichen Geste den Arm um ihre Taille gelegt.

Doch Natalie wusste, dass Rob es nicht wirklich zärtlich meinen konnte. Offenbar erteilte er ihr irgendeine Lektion in Unterwerfung, und ihrem Ausdruck nach zu schließen, gelang ihm das fabelhaft.

»Was passiert hier?«, fragte Natalie Simon im Flüsterton.

»Es ist ganz einfach. Joanne kann so oft kommen, wie sie will – sie muss nur vorher um Erlaubnis bitten. Ihr Hauptproblem ist, dass sie das nicht über sich bringt und manchmal, das ist typisch Rob, wahrscheinlich auch gar nicht mehr dazu kommt. Wenn sie gegen diese einfache Regel verstößt, wird sie bestraft.«

»Und macht man sie los, wenn sie gehorcht?«

»Nicht sofort. Sie bleibt schon für einige Stunden hier unten.«

Natalies Mund wurde trocken. Auf einmal wurde ihr klar, dass ihr in einer Woche das Gleiche blühen konnte. Dann mochte sie auf Zehenspitzen und mit nach oben an einen Balken geketteten Armen dort stehen, während andere ihr dabei zusahen, wie sie mit ihrem eigenen Verlangen und ihrem Eigensinn rang.

»Ich weiß nicht, ob ich um Erlaubnis bitten könnte«, gestand sie Simon.

»Dann dürfte es nächste Woche wirklich sehr interessant werden«, bemerkte er nüchtern.

Offensichtlich hatten sie die Kammer in einer Ruhephase betreten, denn nun nahm Rob seinen Arm weg und kniete sich vor die Frau.

Sanft strichen seine Finger über ihre seidige Haut oberhalb der Strümpfe, woraufhin das Mädchen heftig zu zittern begann und die Ketten ihrer Handschellen leise klirrten. Sehr langsam wanderte Robs rechte Hand aufwärts und liebkoste ihre Leisten. Inzwischen keuchte sie vor Lust. Endlich, aber immer noch sehr langsam, schob er zwei Finger in sie hinein, bewegte sie in ihr und presste sie fest an die Wände ihrer Vagina.

Der ganze Körper der Brünetten begann zu zucken, und Natalie spürte, wie ihr eigener Slip nass wurde, weil sie so intensiv auf die Liebkosungen reagierte, die sie beobachtete. Rob ließ seine zwei Finger in der gefesselten Frau, schob aber gleichzeitig seinen Daumen in Richtung ihrer Klitoris nach oben. Natalie versuchte sich auszumalen, wie es sich anfühlen musste, darauf zu warten und Rob nicht antreiben zu können. Gleichzeitig musste die andere auch noch den richtigen Moment abpassen, um die Erlaubnis zum Orgasmus zu erbitten.

Ob die Brünette diese Pflicht absichtlich versäumte, hätte Natalie nicht zu sagen gewusst, aber sie ging eher nicht davon aus. Es schien vielmehr, als hätte der Körper der Frau schon in dem Moment heftig zu zucken begonnen, als die Spitze von Robs Daumen nur in die Nähe ihres Kitzlers kam, sodass ihr keine Sekunde blieb, um Erlaubnis zu fragen, bevor es sie überkam. Einen kurzen Moment lang keuchte sie vor Lust, bevor ihr auch schon klar wurde, was sie gerade getan hatte. Da begann sie ängstlich zu wimmern.

»Sie haben erneut vergessen zu fragen«, sagte Rob leise.

»Ich hatte keine Zeit dazu«, jammerte die Frau.

Rob streichelte ihre Haut, die von einem feinen Schweißfilm bedeckt war, und strich ihr das lockige Haar aus dem Gesicht. Er strich auch zärtlich über ihren Hals.

»Sie müssen lernen, sich besser im Griff zu haben«, antwortete er sanft. Während Natalie ihm fasziniert zusah, holte er ein Paar Nippelklammern hervor.

Bevor er sie der Brünetten anlegte, leckte und saugte er an ihren Brustwarzen, bis diese steif vorstanden. Dann befestigte er eine an jedem Nippel und trat einen Schritt zurück, um sein Werk zu bewundern. Das Mädchen wand sich, weil sich die Plastikzähne der Klammern in das harte, aber zarte Fleisch gruben, und Rob zog ein wenig an der Silberkette, die die beiden Klammern verband. »Ihre Brüste sind so sensibel, dass Ihnen das ein Genuss sein müsste«, sagte er zu ihr. Er strich mit den Händen über ihren erschauernden Körper, verharrte kurz auf ihren Pobacken und schien zu überlegen, was er als Nächstes mit ihr anstellen sollte.

Die Brünette bebte vor Erregung, und sie erzitterte wie von einer kühlen Brise gestreift, während sie an dem Balken hing. Natalie schämte sich dafür, wie sehr dieser Anblick sie anmachte. Ihr Verstand sagte ihr, es sei falsch, sich daran aufzugeilen, und dass sie das eigentlich ablehnen müsste, doch diese Selbstkontrolle versagte kläglich – sie konnte einfach nicht anders. Die ganze Situation hatte etwas. Die Brünette, die, wenn auch mit ihrem Einverständnis, in Handschellen gefesselt war, während Rob Gill sie befriedigte – das war einfach unglaublich scharf. Die Erregung der anderen Zuschauer heizte Natalies Empfindungen nur noch an.

Kurz stellte sich Rob hinter das angekettete Mädchen,

hob sie vom Boden hoch und hielt ihr Gewicht, bevor er ihre Füße wieder absetzte. Dann umfasste er erneut ihre perfekt geformten Pobacken und knetete sie langsam und gründlich. Die ganze Zeit über erschauerte der Körper der Brünetten, denn auch die Nippelklammern schienen ihre Wirkung auf die prallen, hochempfindlichen Brüste nicht zu verfehlen.

Endlich ließ Rob von ihrem Hinterteil ab, ging um sie herum und zog sich ebenfalls nackt aus. Spätestens da war unübersehbar, dass er genauso erregt war wie sie. Wie bereits etliche Male zuvor fragte Natalie sich, wie es sein musste, in der Haut dieses Mädchens zu stecken und nicht zu wissen, was Rob als Nächstes mit ihr machen würde.

Rob legte seine Hände unter die Brüste der Frau und presste diese hoch, bis sie aufkeuchte, ob vor Schmerz oder Ekstase, vermochte Natalie nicht zu sagen. Dann löste er die Nippelklammer von der linken Brustwarze. Sie stöhnte vor Erleichterung darüber, dass das empfindliche Gewebe nun wieder von der Geißel befreit war, doch sogleich schloss Rob seine Lippen darum. Vermutlich bearbeitete er sie mit der Zungenspitze, denn die Brünette reagierte abermals mit heftigem Zittern.

»Ich will kommen«, flüsterte sie.

»Noch nicht«, erwiderte Rob streng, nachdem er den Mund von ihr gelöst und die Nippelklammer wieder angebracht hatte. Natalie war schockiert, dass er sie immer noch nicht erlöste, obwohl sie doch ordnungsgemäß darum gebeten hatte.

Dann wiederholte Rob sein Vorgehen an der rechten Brust des Mädchens. Nur machte sie sich, als ihr Körper unter der sich steigernden Lust wieder erbebte, nicht einmal die Mühe, um Erlaubnis zum Kommen zu fragen. Offensichtlich begriff sie, dass ihr diese ohnehin verwehrt würde: So starrte sie Rob nur mit lüsternem Blick an, gab aber kein Wort von sich. Auch diese Nippelklemme kam wieder an ihren Platz, und Rob kehrte auf ihre Rückseite zurück. Er trat sehr zielgerichtet auf – seine pralle Erektion entging Natalie nicht.

Als Nächstes schob er einen kleinen Holzblock unter die Füße der Frau, um so ihre ausgestreckten Arme zu entlasten. Dann zog er ihre Hinterbacken auseinander und begann, sie dort zu liebkosen. Instinktiv spannte auch Natalie ihren Po an und malte sich aus, was die Brünette spürte.

Nach wenigen Minuten begann das Mädchen zu flehen. »Bitte tun Sie das nicht«, keuchte sie. »Ich kann nicht mehr.«

»Und ob Sie können«, sagte Rob halblaut, »Sie haben das Seminar fast abgeschlossen: Sie kennen Ihre Sexualität jetzt, und wir tun das auch. Das hier ist es, was Sie wirklich mögen, genau daraus ziehen Sie den größten Lustgewinn.«

»Nein, das stimmt nicht«, rief seine Gespielin. Doch selbst Natalie konnte ihr anhören, dass es nur ein halbherziger Protest war. Eindeutig wusste das Mädchen, wie richtig Rob mit seiner Äußerung lag. Irgendwie schien sie im Verlauf der diversen Lektionen mehr über sich selbst erfahren zu haben, als ihr lieb war. Und Rob schien entschlossen, ihr das klarzumachen, bevor sie das Haven verließ. Natalie verstand, dass es für die Brünette eine Art Befreiung sein würde, weil es ihrem Körper danach freistand, den Sex so zu genießen, wie sie es sich vor dem Seminar niemals gestattet hätte.

Noch einige Minuten lang bewegten sich die Finger von Robs linker Hand zwischen ihren Pobacken. Dann schob er ganz langsam den rechten Arm um sie herum, sodass er gleichzeitig ihre Klitoris stimulieren konnte. Nachdem seine Finger diesen magischen Punkt erreicht hatten, öffnete die Frau den Mund zu einem ekstatischen Lustschrei.

Inzwischen zitterte die Brünette so heftig, dass Natalie schon fürchtete, sie könne von dem Holzblock fallen. Rob schien diese Sorge nicht zu teilen, denn er stieß ohne Vorwarnung in den Anus der Frau und rammte seine Hüften gegen ihren Po, während sie vor Entsetzen aufkreischte. Doch die eifrigen Finger seiner rechten Hand sorgten sogleich dafür, dass jegliches anfängliche Unbehagen von den köstlichen Empfindungen aufgewogen wurde, die er durch ihren Unterleib schickte.

Mit dem linken Arm hielt er das angekettete Mädchen stabil, während er in ihre verbotene Öffnung hinein- und wieder herausfuhr. Sie begann spitze Schreie auszustoßen, denn die rauen Zärtlichkeiten erregten sie nur noch mehr.

Während sie weiter stöhnte, trat ein junger Lehrer aus dem Dunkel vor und löste die Nippelklammern, sodass ihre Brustwarzen wieder befreit waren. Als die ungehinderte Durchblutung sie in harte kleine Spitzen verwandelte, schrie das Mädchen erneut auf. Natalie wusste auch diesmal nicht, ob es ein Schmerzenslaut oder pure Lust war.

Rob folgte inzwischen nur noch seinem eigenen Rhythmus. Er bewegte sich in der geheimen Öffnung der Frau und rieb sich mit seinem tief in sie eindringenden Schwanz an den sensiblen Wänden ihres Rektums und stimulierte gleichzeitig mit seiner Rechten den weichen, feuchten Kitzler zwischen ihren Schenkeln, bis sie vor Erregung fast wahnsinnig wurde.

Natalie hatte plötzlich Angst um das Mädchen. Angst, sie könnte vergessen, was sie zu tun hatte. Doch die Brünette hatte – endlich – ihre Lektion gelernt. »Darf ich jetzt bitte kommen?«, keuchte sie, während ihr Körper sich anspannte und sich über Brust und Hals die leichte Röte des bevorstehenden Höhepunkts ausbreitete.

Rob presste seinen Mund an ihr Ohr. »Ja«, flüsterte er. Und zu Natalies Erstaunen erlebte sie, als die Brünette mit einem lauten Aufschrei kam, ebenfalls einen Orgasmus. Sie verspürte ein lustvolles Stechen in ihrer Vulva und dem gesamten Unterleib; ihre Brüste richteten sich auf, und ihre Nippel wurden hart. Sie kam ohne Vorwarnung: Ihr Körper erschauerte im selben Moment heftig, als auch die Brünette von Kopf bis Fuß erzitterte. Das

180

Klirren der Handschellen unterstrich dabei noch ihre totale Unterwerfung.

Natalies Höhepunkt war allerdings kürzer. So konnte sie die letzten erlösenden Zuckungen des Mädchens beobachten, während Simon, der hinter ihr stand, sie an den Hüften hielt. Hart spürte sie seine Erektion an ihrem Po, womit klar war, dass ihm nicht entgangen war, was sie gerade durchlebt hatte. Sie hätte sich vielleicht dafür schämen sollen, doch das tat sie nicht: Sie fühlte sich sogar befreit, und all ihre Angst schien verschwunden.

»In einer Woche werden Sie an ihrer Stelle sein«, flüsterte Simon. »Doch nicht Rob wird hinter Ihnen stehen. Das werde ich sein.«

Natalie erwiderte nichts darauf. Doch seine Worte erzeugten eine Vision von so dunkler, erregender Erotik in ihr, dass sie sich fragte, wie sie die kommende Woche durchstehen sollte.

Als die Brünette sich erschöpft entspannte und Rob sie von ihren Fesseln befreite, führte Simon Natalie aus der Kammer. »Ich denke, Sie haben genug gesehen«, sagte er mit ausdrucksloser Stimme. »Es ist an der Zeit für Sie zu packen. Wir erwarten Sie dann am Freitagabend wieder hier. Die Abschlussansprache brauchen Sie nicht abzuwarten, da Sie ja noch einmal kommen.«

Natalie drehte sich zu ihm um und sehnte sich danach, noch etwas anderes zu hören, etwas zum Beweis, dass sie eine Sonderstellung einnahm. »Ist das alles, was Sie mir noch zu sagen haben?«

»Nein«, sagte er zögernd. »Vergessen Sie nicht, den Betrag für das kommende Wochenende vor Ihrer Abreise zu bezahlen, sonst erhalten Sie keinen Zutritt.«

Seine Worte trafen sie bis ins Mark. Sie war sich so sicher gewesen, dass er sich genau wie sie ganz besonders auf den kommenden Sonntag freute. Sein Hinweis auf die Finanztransaktion wirkte da wie ein Sakrileg. Aber sie konnte rein gar nichts dagegen tun.

Ob er tatsächlich so empfand oder nicht – auf diese Weise hatte er anscheinend vor die Sache durchzuziehen. Und falls es etwas zwischen ihnen gab, das über eine normale Beziehung zwischen Lehrer und Schülerin im Haven hinausging, dann lag es an ihr, das bei ihrem nächsten Besuch unter Beweis zu stellen.

12. Kapitel

Schönes Wochenende gehabt?«, fragte Natalies Assistentin, als sie am nächsten Morgen ins Büro kam.

»Ja, danke«, sagte sie nach einer kurzen Pause.

»Hast du irgendwas Besonderes gemacht?«

Während sie sich an das Kellergeschoss des Haven erinnerte, fragte Natalie sich, was Grace wohl sagen würde, wenn sie ihr die Wahrheit erzählte. Die Szenerien, die sie dort mit angesehen und erlebt hatte, waren zweifellos besonders gewesen, aber sicher nicht in der Hinsicht, die ihre Assistentin vermutet hätte. »Ich habe nur ein freies Wochenende auf dem Land verbracht, mehr nicht.«

»Na, das ist doch schon mal eine Abwechslung«, sagte Grace fröhlich. »Ansonsten arbeitest du doch die meisten Wochenenden durch, gemessen an den Arbeitsaufträgen, die ich am Montagmorgen immer von dir bekomme. Heißt das, du hast heute früh nichts für mich?«

»Genau das heißt es«, bestätigte Natalie.

Sie wünschte, sie hätte nicht ständig weiter an die angekettete Brünette denken müssen, daran, wie ihr Körper gebebt und gezittert hatte, während Rob ihre Lust zum Explodieren gebracht hatte. Dieses Bild und genauso der auf das Bett gefesselte Mann standen ihr unglaublich klar vor Augen.

»Ich nehme die Post mit rein und sehe sie gleich selbst durch«, sagte sie in dem Versuch, zu ihrem Arbeitsmodus zurückzufinden. »Schon irgendwelche wichtigen Anrufe?«

»Nur einer von Sara. Sie wollte dich daran erinnern, dass du heute um elf einen Termin mit diesem freien Journalisten hast, den sie dir empfohlen hat.«

Natalie runzelte die Stirn. »Ich kann mich gar nicht erinnern, für heute einen Termin mit einem Journalisten vereinbart zu haben.«

»Er ist auch erst Freitagnachmittag reingekommen, kurz bevor du weg bist.«

»Wie heißt der Mann?«

»Sam Tudor.«

»Mhm.« Einen Moment lang hatte Natalie die lächerliche Hoffnung gehegt, es könne sich um Simon handeln. Aber sie erkannte sofort, wie albern das war. Er würde wohl kaum daran interessiert sein, für sie zu arbeiten, wenn er dominante Frauen sowohl im Berufsleben wie auch im Bett dermaßen verabscheute.

In den folgenden eineinhalb Stunden erledigte Natalie eine Menge längerer Telefonate, um die Artikel für die nächste Ausgabe der Zeitschrift einzufordern. Und dann meldete sich Grace auch schon mit einem internen Anruf.

»Ja?«

»Sam Tudor wäre jetzt da«, sagte Grace.

»Bring ihn herein«, sagte Natalie und versuchte sich

zu erinnern, warum sie sich überhaupt auf diesen Termin eingelassen hatte. Sara musste ihr gesagt haben, dass der Typ gut war, sonst hätte sie sich bestimmt nicht die Mühe gemacht. Aber sie konnte sich an ein solches Gespräch einfach nicht erinnern. Wahrscheinlich hatten die Eindrücke vom Wochenende alles andere verdrängt.

Als die Tür aufging, schaute sie hoch. Einen Moment lang meinte sie, ihr Herz müsse stehen bleiben, als sie Simon im Türrahmen sah.

»Mr. Tudor?«, fragte sie.

»Ganz richtig.«

»Bitte nehmen Sie doch Platz. Das wäre alles, Grace. Obwohl, vielleicht wärst du so nett, uns einen Kaffee zu bringen.«

»Ich hätte lieber Tee«, sagte Simon.

»Einen Kaffee für mich und einen Tee für Mr. Tudor.« Natalies Stimme klang eisig.

»Sie scheinen nicht sehr erfreut darüber, mich zu sehen«, bemerkte Simon und schaute sich neugierig in ihrem Büro um.

»Ich habe einen Sam Tudor erwartet. Aber das ist ja anscheinend nicht Ihr richtiger Name.«

»Nein, mein richtiger Name ist Simon Ellis.«

»Und warum nennen Sie sich dann Sam Tudor?«

»Weil ich, als Sara mir den Termin für dieses Gespräch besorgt hat, schon wusste, dass Sie zwei Wochenenden im Haven verbringen würden. Da ging ich davon aus, dass Sie vermutlich nicht sehr interessiert an einem Termin mit mir wären, wollte mir aber die Chance, Ihnen meine Arbeiten vorzustellen, nicht entgehen lassen.«

»Ich kann mir vorstellen, dass Ihre Arbeit gut ist. Das muss sie sein, wenn Sara Sie empfiehlt. Sie ist sehr anspruchsvoll.«

Simon nickte. »Das kann man wohl sagen.«

»Was soll das heißen?«

Er zuckte mit den Schultern. »Nichts Spezielles.«

»Haben Sie auch einen privaten oder nur einen beruflichen Bezug zu ihr?«

Simon lächelte. »Sie wissen ganz genau, dass ich diese Frage nicht beantworten kann.«

»Sie meinen doch nicht etwa, sie hat Sie im Haven kennengelernt?« Natalie konnte ihr Erstaunen nicht verbergen. Sara Lyons war unter allen Frauen, die ihr jemals begegnet waren, der ausgeprägteste Kontrollfreak. Die Vorstellung, dass Sara sich einem – irgendeinem – Mann unterwarf, war grotesk.

»Das habe ich nicht gesagt«, meinte Simon.

»Das mussten Sie auch nicht. Aber egal ... Warum glauben Sie, für mein Magazin schreiben zu können? Ich würde Sie nicht gerade für einen Spezialisten halten, was die Probleme anspruchsvoller Geschäftsfrauen angeht.«

»Das Gegenteil ist der Fall. Gerade wegen meiner Tätigkeit im Haven verstehe ich diese Probleme sehr gut.«

»Ich hoffe, Sie wollen nicht über das Haven schreiben!«, rief Natalie erschrocken.

»Natürlich nicht. Aber indirekt nutze ich einiges von dem, was ich dort erfahre, für meine Artikel.«

»Haben Sie einen dabei?«, fragte Natalie, während Grace gerade ihren Kaffee und Tee hereinbrachte.

»Selbstverständlich. Er heißt ›Zwei Sorten Frauen‹.«

Natalie wartete, bis Grace wieder gegangen war, bevor sie das Gespräch fortsetzte. »Es kommt mir seltsam vor, so mit Ihnen zu reden.«

»Mir nicht. Vielleicht liegt es daran, dass Sie sich nicht ganz so überlegen fühlen können wie sonst, wenn Sie daran denken, wie ich Sie schon erlebt habe. Aber darüber dürfen Sie sich keine Sorgen machen. Meine Arbeit dort und mein Schreiben sind zwei völlig voneinander getrennte Bereiche.«

»Nein, das sind sie nicht«, erwiderte Natalie. »Sie haben doch selbst gesagt, dass das Haven Ihnen Anregungen für Ihre Artikel liefert.«

»Hören Sie, ich wusste vorher, dass das für uns beide nicht leicht werden würde«, sagte Simon. »Wenn es Ihnen lieber wäre, dass ich sofort gehe, dann ist das in Ordnung. Das Ganze hier war nicht meine Idee. Sara hat den Termin vereinbart, ohne mich vorab zu informieren. Als ich davon erfuhr, war es zu spät. Außerdem fiel mir kein guter Grund ein, um mir die Gelegenheit entgehen zu lassen, für eine so angesehene Zeitschrift zu schreiben.«

»Ich verstehe das jetzt mal als Sarkasmus«, warf Natalie ein.

»So meine ich das überhaupt nicht. Ihr Magazin ist

eine der großen Erfolgsgeschichten dieses Jahres. Ich würde wirklich sehr gern für Sie schreiben.«

Natalie wünschte sich, dieses Bewerbungsgespräch so locker nehmen zu können, wie das Simon anscheinend gelang. Das Problem war: Er hatte recht. Ihr ging die Erinnerung an die Dinge, bei denen er sie beobachtet, und die Kontrolle, die er über sie ausgeübt hatte, einfach nicht aus dem Kopf. Sie fühlte sich, als würde sie nackt vor ihm sitzen, und das machte es ihr extrem schwer, geschäftsmäßig aufzutreten.

Als sie den Artikel überflog, den er ihr ausgehändigt hatte, verstand sie, inwiefern seine Arbeit im Haven dabei eine Rolle gespielt hatte. Der Text war ausgesprochen gut formuliert und schilderte das Ringen mächtiger Frauen mit Political Correctness und den wahren eigenen Wünschen.

»Das ist sehr gut«, sagte sie schließlich, hob den Blick und sah Simon direkt an.

»Aber?«

»Aber was?«

»Ich sehe Ihnen an, dass es ein Aber gibt. Worin besteht das Problem?«

»Ich glaube, es eignet sich nicht für mein Magazin.«

»Nun, das ist interessant«, sagte Simon nachdenklich. »Würden Sie mir wohl noch ein paar Minuten Ihrer Zeit schenken, um das genauer zu erklären?«

Natalie wollte, dass er ging, aber ihr fehlte der Mut, das auszusprechen. Er benahm sich tadellos, und sein Anliegen war absolut vernünftig. Total unvernünftig war dagegen ihre Antwort, und sie wusste es. »Ich stehe im Moment ein wenig unter Zeitdruck«, zog sie sich aus der Affäre.

Simons Gesicht nahm einen verschlossenen Ausdruck an. »Verstehe«, sagte er kurz angebunden und stand auf. »Nun gut, dann vielen Dank, dass Sie sich trotzdem Zeit für mich genommen haben.«

»Warten Sie«, rief Natalie.

»Warum das?«

»Ich *sollte* es Ihnen genauer erklären. Setzen Sie sich bitte noch einmal. Sie haben ja ohnehin den Tee, den Sie unbedingt haben wollten, noch nicht getrunken.«

Simon griff nach der Tasse. »Was ist also das Problem an diesem Artikel?«

»Er ist zu chauvimäßig. Ich habe kein Problem damit, dass Männer für uns schreiben. Das tun einige. Aber die Textinhalte müssen darauf abgestimmt sein, wie unsere Leserschaft sich fühlt.«

»Ich bin darauf eingestimmt, wie Ihre Leserinnen sich fühlen. Ich sehe jedes Wochenende im Haven welche von ihnen. Oder glauben Sie etwa, der Wahrheitsgehalt meines Artikels ändert sich, nur weil Sie ihn nicht veröffentlichen?«

Natalie fühlte sich ein wenig in die Enge getrieben. »Nein. Ich weiß, dass er stimmt. Ich weiß nur nicht, wie unsere Leserinnen darauf reagieren würden. Ich fürchte, sie würden sich verraten fühlen.«

»Verraten durch wen?«

»Durch unsere Zeitschrift natürlich. Das ist eigentlich nicht unser Thema.«

»Ich dachte, Sie wollten sich mit den Herausforderungen beschäftigen, die sich erfolgreichen Karrierefrauen stellen? Nun, das ist eine davon. Diese Frauen sind unglücklich, weil sie sich nicht trauen, ihre wahren Wünsche zu äußern.«

»Ich hatte noch keinen Artikel in meinem Heft, der sich so explizit mit Sex beschäftigt«, gestand Natalie.

»Es geht auch nicht explizit um Sex. Es geht um Beziehungen, und zwar um Beziehungen der Sorte, nach denen ihre Leserschaft sich verzweifelt sehnt.«

»Würde es Ihnen etwas ausmachen, mir den Artikel einfach dazulassen?«, schlug Natalie vor. »Ich würde gern noch ein wenig länger darüber nachdenken.«

»Klar, das ist kein Problem.«

»Ich sehe Sie ja sowieso am Freitag, dann kann ich Ihnen Bescheid geben.«

»Auf keinen Fall«, wehrte Simon heftig ab. »Die Art von Beziehung, die wir im Haven miteinander haben, wäre nur sehr schwer fortzusetzen, wenn Sie mir bei Ihrer Ankunft mitteilten, ob Sie möchten, dass ich für Sie arbeite oder nicht. Meinen Sie nicht?«

»Wahrscheinlich«, gestand sie ihm zu. Insgeheim hatte sie gehofft, er würde sich aus genau diesem Grund darauf einlassen. Dann hätte sie zumindest ein klein wenig Macht über ihn, und das würde ihr über die Demütigungen hinweghelfen, die sie sich ausmalte.

»Wenn Sie ihn nicht wollen, sagen Sie mir einfach Bescheid«, meinte Simon.

»Ich entscheide mich bis Mittwoch«, versprach Natalie.

»Also dann, vielen Dank, dass Sie sich die Zeit für mich genommen haben. Die Sache mit dem falschen Namen tut mir leid, aber sie war berechtigt, nicht wahr? Hätten Sie meinen richtigen Namen gehört, hätten Sie mich sicher nicht empfangen.«

»Hat Sara denn nicht Ihren richtigen Namen genannt?«

»Doch, das muss sie getan haben, denn zu dem Zeitpunkt hat er Ihnen ja ohnehin noch nichts gesagt. Aber als ich zurückrief, um die Uhrzeit zu bestätigen, habe ich mich als Sam Tudor ausgegeben.«

»Und Sie hätten wirklich kein Problem damit, für mich zu schreiben, wenn ich mich entschließe, den Artikel doch zu nehmen?«

»Nicht das geringste. Ich bin gut in meinem Job, Sie sind gut in Ihrem. Und um nichts anderes geht es doch in diesem Business.«

»Schön«, sagte Natalie, erhob sich und streckte ihm die Hand hin. »Grace wird Sie hinausbegleiten.«

»Ja«, sagte Simon und lächelte. »Grace wirkt nicht wie jemand, der jemals ins Haven kommen müsste. Ist sie im Moment solo oder in einer Beziehung?«

»Ich habe keine Ahnung«, log Natalie. In Wirklichkeit wusste sie, dass Grace sich erst kürzlich von ihrem Freund getrennt hatte, aber das würde sie Simon bestimmt nicht auf die Nase binden. Allein der Gedanke daran, dass er Grace um ein Date bitten könnte, machte sie eifersüchtig. Wenn es nach ihr ginge, würde das einzige Redaktionsmitglied, mit dem er je ausging, die Eigentümerin und Herausgeberin sein.

Simons Besuch beunruhigte Natalie, und sie konnte sich für den Rest des Tages nur sehr schwer auf die Arbeit konzentrieren. Am Ende resignierte sie und beschloss um siebzehn Uhr, es für heute gut sein zu lassen und sich Simons Artikel mitzunehmen.

»Alles in Ordnung bei dir?«, fragte Grace.

»Mir geht's gut – nur ein bisschen müde, das ist alles. Ich nehme mir ein wenig Arbeit mit nach Hause.«

»Könnte ich vielleicht den Artikel lesen, den Sam Tudor dagelassen hat?«

»Nein, tut mir leid«, sagte Natalie. »Der gehört zu den Sachen, die ich mir mitnehmen und erst einmal selbst anschauen will.«

»Dann würde ich ihn mir morgen gern anschauen.«

»Woher kommt dieses Interesse? Bist du etwa nicht ausgelastet? Ich muss ja wirklich nachgelassen haben, wenn dir schon die Arbeit ausgeht.«

»Das ist es nicht.« Grace lachte. »Aber da wir morgen Abend zum Essen ausgehen, dachte ich, es wäre nett, seinen Artikel gelesen zu haben.«

»Er hat dich um eine Verabredung gebeten?«

Grace schien von Natalies Ton irritiert. »Ja. Und gibt es irgendeinen Grund, warum ich das hätte ablehnen sollen?«

Natalie zwang sich zu einem Lächeln. »Natürlich nicht. Ich dachte nur nicht, dass er dein Typ wäre, das ist alles.«

»Ich fand ihn schlichtweg umwerfend«, gestand Grace.

»Er ist ein ziemlicher Macho.«

»Ach ja?« Graces Augen leuchteten. »Das ist ja mal eine nette Abwechslung. Ich muss zugeben, dass ich auf die neue Sorte Mann sowieso nicht besonders scharf bin. Auch wenn man das eigentlich nicht zugeben soll. Anfangs gefallen mir diese Typen natürlich irgendwie, aber später langweilen sie mich. Bei dir ist das selbstverständlich etwas anderes.«

»Warum ist das bei mir etwas anderes?«

»Na ja, du brauchst niemand, der dich beschützt«, erklärte Grace. »Ich wünschte, ich wäre mehr wie du, aber das bin ich eben nicht.«

»Nur weil er ein Macho ist, heißt das noch lange nicht, dass er dich beschützen wird«, giftete Natalie. »Wahrscheinlicher ist, dass er dich ausnutzt.«

»Wir gehen doch nur zusammen essen«, sagte Grace leise. »Ich kann mir nicht vorstellen, wie er mich bei einem Restaurantbesuch ausnutzen soll. Wenigstens scheint er einer von der Sorte zu sein, die danach die Rechnung übernehmen, was ja auch mal eine nette Abwechslung darstellt.«

»Wie war John denn so?«, fragte Natalie neugierig und erleichtert, dass ihr immerhin der Name von Graces Exfreund eingefallen war.

»Ach, eindeutig der Typ neuer Mann.«

Natalie musterte ihre Assistentin nachdenklich. »Meinst du, die Message unserer Zeitschrift hat Auswirkungen auf dein Leben, Grace?«

»So viel oder wenig wie auf das Leben jeder anderen Frau.«

Natalie staunte über die Antwort der jungen Frau. »Wie meinst du das?«

Grace wirkte verunsichert. »Also, ich möchte hier überhaupt nichts kritisieren. Ich halte es für ein tolles Magazin, und wenn nicht massenhaft Frauen der gleichen Meinung wären, hätte es sich bis jetzt nicht so gut verkauft. Aber auch wenn alles, was an Tipps und Ratschlägen darin steht, theoretisch richtig ist, gilt das für die praktische Anwendung nicht immer.«

»Aber wir sprechen Themen an, mit denen Frauen wie wir konfrontiert sind. Eines davon sind doch genau solche Machotypen, oder?«

»Ich denke, es hängt davon ab, wie man Machos definiert.«

»Ja, da hast du sicher recht«, stimmte Natalie ihr zu. »Wir sehen uns morgen früh.«

Auf dem Heimweg kochte sie vor Zorn und konnte sich einfach nicht vorstellen, was Simon an Grace finden mochte. Nicht dass sie unattraktiv gewesen wäre – im Gegenteil –, aber sie wirkte kein bisschen raffiniert und würde für ihn nicht die geringste Herausforderung darstellen. Und für den Fall, dass Simon so für Natalie empfand wie sie für ihn, war es einfach unglaublich, dass er sich in diesem Stadium mit einer anderen verabredete. Insgesamt hatte sein Besuch im Büro also ihren kompletten Tag versaut, und das, wo der Tag an sich schon eher bescheiden gewesen war.

Am Mittwoch war Natalie klar, dass sie Simons Artikel veröffentlichen musste. Er war sehr gut: klug, präzise, und er würde eine Reaktion provozieren, was durchaus nicht unwichtig war. Dennoch war Simon nicht annähernd so begeistert, wie sie es erwartet hatte, als sie ihn anrief und ihm die Neuigkeit mitteilte.

»Das ist toll«, meinte er lässig.

»Ist das alles, was Sie dazu zu sagen haben?«

Einen Moment lang herrschte Schweigen. »Was hätte ich denn sagen sollen?«

»Ich weiß nicht. Ich schätze, ich hatte erwartet, dass Sie sich mehr freuen.«

»Es ist nicht das erste Mal, dass ein Artikel von mir in einer Zeitschrift veröffentlicht wird. Aber natürlich freut es mich sehr, dass Sie ihn für gut genug für *Ihr* Magazin befinden. War es das, was Sie hören wollten?«

»Ich wollte überhaupt nichts Bestimmtes hören«, giftete Natalie zurück und knallte den Hörer auf.

Der Rest der Woche verlief zäh. Nach einer gefühlten Ewigkeit war sie endlich wieder auf den Landstraßen von Sussex Richtung Haven unterwegs. Diesmal war sie, falls das überhaupt möglich sein sollte, noch nervöser als beim ersten Mal. Damals hatte sie nicht gewusst, was ihr bevorstand. Nun wusste sie, dass sie nicht nur strenger geprüft würde als beim ersten Besuch, sondern sie würde am Schluss auch im Untergeschoss landen und dort eine Lektion erteilt bekommen, bei der andere Gäste zusehen und von ihr lernen sollten.

»Du kannst jederzeit umkehren«, sagte sie laut zu sich selbst und umklammerte dabei das Lenkrad. »Niemand zwingt dich, das hier zu tun.«

Das Problem war, dass es jetzt nicht mehr nur um den Reiz ging, ihre eigene Sexualität besser kennenzulernen. Es ging um Simon. Sie hatte nicht gewagt, Grace nach ihrer Verabredung mit ihm auszufragen, und Grace hatte das Thema von sich aus nicht angeschnitten. Natalie hielt es für möglich, dass sie das Mädchen mit ihrer ersten Reaktion abgeschreckt hatte. Daher hatte sie nun keinen Schimmer davon, was zwischen den beiden vorgefallen war. Grace hatte ab der Wochenmitte ausgesprochen fröhlich gewirkt, aber eigentlich war sie grundsätzlich ein fröhlicher Mensch. Natalie wusste nicht, ob sie sich das lediglich einbildete oder ob ihre Assistentin auf einmal besonders beschwingt auftrat.

Auch diesmal war das Wetter bei ihrer Ankunft prächtig, und die Seminarteilnehmer spazierten bereits über das Gelände. Sie sah niemand, den sie von ihrem ersten Wochenende erkannte, aber sie vermutete, ein oder zwei mussten darunter sein. Immerhin hatte sie erfahren, dass sich fast die Hälfte der Gäste für zwei Wochenenden anmeldete.

Das Mädchen an der Rezeption erkannte sie sogleich.

»Guten Abend, Miss Bowen. Hatten Sie eine angenehme Fahrt?«

»Sehr angenehm, danke. Bin ich im selben Zimmer untergebracht wie letztes Wochenende?«

»O nein, diesmal haben Sie ein größeres Zimmer.«

»Bedeutet das einen Aufstieg?«, fragte Natalie lächelnd.

»Sie dürften es brauchen«, erklärte das Mädchen. »Wenn es Ihnen nichts ausmacht, möchte ich Sie bitten, hier einen Moment auf Ihren Lehrer zu warten, der gleich kommen wird, um Sie abzuholen.«

»Sie meinen Simon Ellis?«, fragte Natalie und fürchtete plötzlich, für dieses Wochenende einen neuen Lehrer zugeteilt zu bekommen.

»Selbstverständlich. Wir achten darauf, dass unsere Gäste bei jedem Besuch denselben Lehrer haben.«

»Sie meinen, falls ich mich in, sagen wir, einem Jahr zu einem Auffrischungskurs einfinden würde, bekäme ich ihn wieder?«

»Sofern es sich um eine Auffrischung handeln würde, ja. Nur wenn Rob Gill meinen würde, Sie hätten an Ihren ersten beiden Wochenenden nicht genug gelernt, würde er Sie einem anderen Tutor zuteilen. Wir möchten schließlich nicht, dass Sie Ihr Geld vergeuden. Wobei ich mir das ehrlich gesagt nicht vorstellen kann. Bei Simon fällt niemand durch.«

»Nein, das kann ich mir auch nicht vorstellen«, sagte Natalie leise.

»Wie schön, Sie wiederzusehen, Miss Bowen«, sagte

in dem Moment Simon, der gerade durch die Eingangstür trat. »Wie war Ihre Woche?«

»Interessant«, antwortete sie.

»Gut. Ich glaube, es ist wirklich wichtig, einen interessanten Job zu haben.«

»Na, den haben Sie hier ja auf alle Fälle.«

»Ja, in der Tat. Ist es Zimmer siebzehn?«, fragte er die Rezeptionistin. Diese nickte. »Gut, darum hatte ich ja auch gebeten. Wenn du mir den Schlüssel gibst, werde ich Natalie sofort hinaufbegleiten.«

Als Natalie Simon den mit dickem Teppich ausgelegten Flur entlang und die Treppe nach oben folgte, begann ihr Herz heftig zu klopfen. Sie nahm all ihren Mut zusammen und wagte eine Frage: »Ist an diesem Zimmer irgendwas Besonderes?«

»Es ist sehr komfortabel.«

»Das habe ich nicht gemeint.«

»Nun, da wären wir – sehen Sie doch einfach selbst.«

Er stieß die Tür auf und machte einen Schritt zur Seite, um ihr den Vortritt zu lassen. Der Raum war mindestens doppelt so groß wie ihr Zimmer beim ersten Besuch, und sogar noch edler eingerichtet, was Vorhänge und Teppiche betraf. Doch das war es nicht, was ihre Aufmerksamkeit erregte. An einer Seite des Raumes hing jedoch zwischen Bett und Fenster eine hölzerne Barrenstange von der Decke – die erinnerte sie ein wenig an die Turngeräte in ihrer Schule.

»Wozu dient die da?«, fragte sie.

»Das werden Sie morgen erfahren. Sobald Sie sich frisch gemacht haben, können Sie jederzeit nach unten kommen und zu Abend essen. Ihre erste Lektion findet heute Abend um neun Uhr statt. Und zwar nicht hier, sondern im Zimmer eines anderen Gastes.«

Natalie hütete sich zu fragen, was um neun passieren würde. »Und wo treffe ich Sie?«

»In dem kleinen Nichtrauchersalon. Sie können sich dort nach dem Essen einen Drink servieren lassen. Und selbst wenn es Sie nicht nach einem Drink verlangt, ist das dort ein sehr angenehmes Ambiente.«

»Gut, dann bis später.«

Simon streckte die Hand aus und strich mit den Fingern durch ihr blondes Haar. »Sie sind sehr nervös, nicht wahr?«

»Ja«, gestand sie.

»Das brauchen Sie nicht zu sein. Sie werden sich bald wieder in alles einfinden. Und vergessen Sie nicht, wir sind alle nur hier, um Ihnen zu helfen.«

»Haben Sie Grace auch geholfen?«, platzte sie heraus und bereute es sofort, denn Simons Gesicht wurde dunkel vor Zorn.

»Wie oft muss ich Sie noch daran erinnern, dass jeder, der die Tore des Haven passiert, sein alltägliches Leben hinter sich lässt? Ich denke, Sie sollten sich entschuldigen.«

Natalie war nicht danach zumute, sich zu entschuldigen, vor allem, nachdem er ihre Frage nicht einmal beantwortet hatte, doch ihr Verstand sagte ihr, dass es der einzig gangbare Weg war. »Tut mir schrecklich leid«, murmelte sie.

»Es würde mir besser gefallen, wenn es auch so klänge, als ob Sie es ernst meinten«, sagte Simon. »Aber ich nehme Ihre Entschuldigung trotzdem an.«

»O Gott«, seufzte Natalie, nachdem sie die Tür hinter ihm geschlossen hatte. »Was habe ich bloß getan?«

13. Kapitel

Natalie fand sich aus Angst, zu spät zu erscheinen, schon um zehn vor neun in dem kleinen Salon ein. Sie hatte nur ein leichtes Abendessen zu sich genommen, da sie vor Aufregung kaum Appetit hatte. Sie hatte mit zwei anderen Frauen und drei Männern an einem Tisch gesessen, doch da alle anderen zum ersten Mal hier waren, gestaltete sich die Konversation etwas problematisch. Sie hätte sich gewünscht, Sajel, Juliette oder Victoria wiederzusehen.

Es fiel ihr schwer, sich mit den Neuankömmlingen zu unterhalten, da diese noch keine Ahnung davon hatten, wie sehr das Wochenende sie verändern würde. Außerdem wusste Natalie, dass sie aufpassen musste, um nichts zu verraten. Wenn sie zurückdachte, staunte sie über ihre eigene Naivität vor nur einer Woche und das Ausmaß ihrer Verwandlung. Gleichzeitig war ihr bewusst, dass sie noch viel zu lernen hatte.

»Wie schön«, sagte Simon beim Hereinkommen. »Ich liebe pünktliche Frauen.«

»Ich war sogar überpünktlich«, gab sie zu.

»Wieso das? Konnten Sie es nicht erwarten?«, fragte er amüsiert.

»Ich bin schon so neugierig auf die nächste Lektion.«

»Dann lassen Sie uns keine Zeit verlieren. Heute Abend werde ich Sie lehren, einem Mann Lust zu bereiten, und obwohl ich mir sicher bin, dass Ihnen das gefallen wird, erwarte ich, dass Sie dabei nicht zum Orgasmus kommen. Haben Sie das verstanden?«

Natalie war ziemlich verärgert. »Ich denke, ich weiß, wie man einem Mann zu Gefallen ist. Um das zu lernen, bin ich nicht hergekommen.«

»Sie sind hergekommen, um zu tun, was man Ihnen befiehlt«, sagte Simon streng. »Abgesehen davon bezweifle ich, dass Sie sich schon jemals ausschließlich um die Lust Ihres Partners gekümmert haben, oder?«

Natalie überlegte kurz. »Nein, aber das hat auch noch kein Mann von mir erwartet.«

»Trotzdem hätte aber vermutlich keiner etwas dagegen einzuwenden gehabt. Ich werde Sie währenddessen anleiten. Halten Sie sich wortwörtlich daran. Ich glaube ja nicht, dass das in dieser speziellen Situation ein Problem für Sie darstellen wird, aber ich sollte Sie wohl noch einmal daran erinnern, dass Gehorsam nach wie vor das oberste Gebot ist.«

»Ist der Mann ein Teilnehmer am Seminar?«

»Nein, er ist ein freiwilliger Assistent, der sich nur zu gern dafür zur Verfügung stellt«, erwiderte Simon lachend. »Aber genug gefragt, wir benutzen übrigens diesen Raum.«

Er brachte sie in einen kleinen Übungsraum, der sparsam möbliert, aber gut beheizt war. Mitten im Zimmer stand ein Doppelbett, auf dem bereits ein völlig nackter Mann lag. Natalie schätzte ihn auf etwa dreißig. Er hatte hellbraune Locken, einen kompakten, aber durchtrainierten Körper und wirkte, als habe er so etwas schon öfter gemacht. Sein Blick schien Natalie daraufhin zu beurteilen, ob sie sich als gelehrige Schülerin erweisen würde oder nicht.

»Auch Sie müssen nackt sein«, erklärte Simon. »Und bevor Sie anfangen, möchte ich, dass Sie sich Hände, Bauch, Schenkel und Vagina einölen.«

Natalie sah ihn fragend an. »Warum das?«

Simon seufzte. »Weil ich es sage.«

»Tut mir leid«, entschuldigte sie sich. Nachdem sie sich ihrer Kleider entledigt hatte, nahm sie das Fläschchen mit dem parfümierten Öl, das er ihr hinhielt. »Wo soll ich hingehen, um es aufzutragen?«

»Sie gehen nirgendwohin, sondern machen das hier. Und zwar so langsam und sinnlich, wie Sie können. Das soll Craig einen Vorgeschmack auf die Freuden geben, die ihn noch erwarten.«

Der Mann auf dem Bett stützte sich auf einen Ellbogen. Seine grünen Augen sahen Natalie neugierig an. Ihre Verlegenheit war größer, als sie erwartet hatte, allerdings nicht wegen Craig, sondern weil Simon so dicht bei ihr stand. Obwohl er sich nicht anmerken ließ, ob der Anblick ihres nackten Körpers ihn auch nur im Geringsten anmachte, wusste sie, dass es so sein musste. Sie wusste auch, ihr Körper würde in dem Moment anfangen zu

203

prickeln, in dem sie begann, das Öl auf ihrer Haut zu verteilen. Ihre Erregung würde dadurch wachsen, dass Simon ihr dabei zusah, doch dieses Gefühl würde sie unterdrücken müssen, denn er hatte ihr ja deutlich zu verstehen gegeben, dass es bei dieser Lektion ausschließlich um Craigs Lust ging, nicht um ihre.

»Stimmt irgendwas nicht?«, fragte Simon.

Hastig goss Natalie etwas Öl in ihre rechte Hand und verstrich es auf ihrem Bauch. Etwas davon rann ihr in den Schritt, und sie erschauerte, als sie es dort spürte. Daraufhin fiel es ihr leicht, mit der Hand tiefer zu gehen und ihre Vulva sowie die Innenseiten ihrer Oberschenkel mit der sinnlichen Flüssigkeit einzureiben. Zuletzt ölte sie ihre Brüste ein und zog an ihren Brustwarzen, während sie das Öl in die Haut einmassierte. Als sie damit fertig war, hatten ihre Nippel sich aufgestellt und kitzelten sie aufs Angenehmste. Sie bemerkte, dass Craigs Schwanz sich zu regen begann.

Simons halblaut gesprochenen Anweisungen folgend begab sie sich aufs Bett und setzte sich rittlings über Craig, der nun wieder auf dem Rücken lag, Kopf und Schultern auf einem Berg Kissen gebettet. Ihre Oberschenkel ruhten auf seinem Unterleib, und so begann sie das Öl von ihrer Haut auf seiner Brust, seinen Schultern und Armen zu verteilen.

Zunächst benutzte sie ihre eingeölten Handflächen, mit denen sie über Craigs Haut glitt. Sobald Craigs Augenlider schwer wurden, begann sie, seine Muskeln zu kneten und ihre Finger tiefer in sein Fleisch zu graben.

Nach einer Weile und immer noch auf Simons Unterweisung hin massierte sie auch Craigs Unterbauch auf diese Weise, bis sie spürte, wie sich seine Erektion gegen sie presste. Sie schob sich dank des Öls auf ihrer Haut mühelos ein Stück auf seinen Oberschenkeln zurück. Als sein Penis daraufhin weiter wuchs, begab sie sich vorsichtig zur Unterseite seiner Erektion.

Sie spürte, wie Craigs Hüften unter ihr zuckten, als sie sich mit ihrer Vulva leicht an der Unterseite seines Penis rieb. Danach beugte sie sich über ihn, packte seine Handgelenke und drückte die Hände über seinem Kopf gegen die Kissen. In dieser Position konnte sie ihre eingeölten Brüste an seinem Brustkorb reiben, bis auch seine Nippel hart wurden. Sie erschauerte, als der süße Schmerz des Verlangens tief in ihrem Unterleib zu wachsen begann.

Natalie hatte sich streng an Simons Vorgaben zu halten, doch für Craig schien es keinerlei Beschränkungen zu geben. Um seinen Lustgewinn zu steigern, stellte er die Knie auf, sodass sie mit ihren öligen Schenkeln besser an seinen auf und ab gleiten konnte. Sie balancierte auf seinen Knien, strich mit den Händen über seine festen Beinmuskeln und berührte schließlich die Unterseite seines Hodensacks. Sofort beschleunigte sich seine Atmung noch weiter, und die Hoden schwollen spürbar an.

Simons Hinweise wurden immer präziser, während er die Fortschritte des Paares auf dem Bett genau beobachtete. Natalie rutschte jetzt an Craigs Schenkel auf und ab, während sie ihre Genitalien an seine presste, bis er den Mund öffnete und ekstatisch zu keuchen begann. Da erhielt sie den Befehl, sich wieder aufzurichten und erneut seinen Oberkörper zu massieren, bis die Gefahr, sofort zu kommen, abebbte. Erst danach durfte sie sich wieder an ihm reiben.

Natalie staunte darüber, wie sehr Craigs offensichtliche Erregung sie anmachte. Dabei ging es nicht nur um die köstlichen Empfindungen, die sie verspürte, wenn sie sich an ihn presste, sondern auch darum zuzusehen, wie sein Verlangen wuchs, und zu wissen, dass sie diese Lust bewirkte. Zum ersten Mal begriff sie, dass es ebenso viel Vergnügen bereiten konnte, Lust zu spenden, wie sie zu empfangen, selbst wenn sie selbst nach einem Orgasmus lechzte. Sie hoffte wider besseres Wissen, dass Simon Mitleid haben und ihr gestatten würde, diese unglaubliche Spannung zu entladen, die sich in ihr aufgebaut hatte, während sie Craig stimulierte.

»Ich komme bald«, stöhnte Craig, während Natalie, die sich einen Moment lang vergessen hatte, mit dem Becken schaukelnd an ihm rieb, sodass ihre Klitoris stimuliert wurde und sich ihre Brüste vor Verlangen ganz schwer anfühlten.

»Ich will, dass er zwischen Ihren Brüsten kommt, Natalie«, sagte Simon. »Wie Sie das anstellen, bleibt Ihnen überlassen.«

Natalie schaute sich kurz zu ihm um und konnte kaum

glauben, dass ihr eigenes Vergnügen so abrupt enden sollte, um Craig zu befriedigen. Doch Simons Miene blieb unerbittlich. Offensichtlich würde es so laufen, wie er es angekündigt hatte – sie würde heute Abend leer ausgehen. Obwohl sie sich redlich bemühte, konnte sie nicht verhindern, dass ihr ein kleiner Seufzer der Verzweiflung entkam, als sie von Craig herunterstieg. Dann spreizte sie seine Schenkel, kniete sich zwischen seine ausgestreckten Beine, beugte sich in der Taille nach vorn und presste seinen maximal erigierten Penis zwischen ihre weichen, pochenden Brüste.

Als sie sie auch noch rieb und um den Schaft seines steinharten Schwanzes bewegte, begann sie zu zittern. Doch Craig war so kurz davor zu kommen, dass keine Gefahr bestand, ihr würde genug Zeit bleiben, selbst einen Orgasmus zu entwickeln. Alle Muskeln in seinem Körper spannten sich an, seine Hüften zuckten geradezu wütend, und dann verkrampfte er sich in Spasmen der Lust, während die heiße, weiße Flüssigkeit aus ihm herausquoll und über ihre Brüste floss.

Nachdem Craig einen Seufzer der Erlösung von sich gegeben und sein Körper sich wieder entspannt hatte, spürte Natalie Ärger in sich aufwallen, weil sie so voller Anspannung und Verlangen war. Doch Simon erlaubte ihr nicht, lange darüber nachzudenken. »Du kannst jetzt gehen, Craig«, sagte er. »Zieh dir einen Bademantel an und nimm deine Kleider mit. Ich bin mit Natalie noch nicht ganz fertig.«

»Sie waren sehr gut«, meinte Craig anerkennend zu Natalie, während er Simons Aufforderung nachkam. »Sollten wir uns je außerhalb des Haven begegnen, müssen Sie mich daran erinnern, wer Sie sind. Dann könnten wir bestimmt noch eine Menge Spaß zusammen haben.«

»Das reicht«, sagte Simon, von den Bemerkungen des anderen sichtlich verärgert. »Du kennst die Regeln, Craig. Keine Verabredungen mit einem unserer Gäste.«

»Wir leben in einer freien Welt«, bemerkte Craig und warf einen letzten bewundernden Blick auf die nackte Natalie, bevor er verschwand.

»Und, wie war ich?«, fragte sie.

»Sehr gut. Hat es Ihnen gefallen?«

»Ja«, gestand sie. »Es fühlte sich gut an, ihm zuzusehen, wie er angeturnt wurde.«

»Und hat es Sie auch angeturnt?«

Natalie nickte. »Das muss ich Ihnen doch nicht ausdrücklich bestätigen, oder?«

»Nun, es macht nicht alle Frauen an. Nur die wirklich sinnlichen. Daher schätze ich, dass Sie jetzt gerade ziemlich frustriert sind.« Es kam Natalie vor, als klänge seine Stimme sanfter als sonst.

»Ja«, gab sie zu und schöpfte erneut Hoffnung.

»Mir geht es genauso.«

»Wie meinen Sie das?«, fragte sie.

»Ich meine, dass es mich auch angemacht hat, Ihnen und Craig zuzusehen. Der einzige Unterschied ist, dass ich Sie dazu bringen kann, mir Abhilfe zu verschaffen.«

Natalie starrte ihn an. »Das würden Sie nicht wagen!«

»Und ob ich das würde. Sogar auf der Stelle. Hier, wollen wir doch mal sehen, ob Sie das Gelernte auch hier anwenden können.«

Während er seine Hose öffnete, stand Natalie zitternd vor ihm, allerdings nicht vor Angst, sondern vor Zorn. Es war schlimm genug gewesen, Craig Lust zu spenden, ohne selbst in irgendeiner Form befriedigt zu werden. Aber zu wissen, dass sie Simon scharfgemacht hatte und dass sie diesen Raum als einzige Person frustriert verlassen sollte, das erschien ihr beinah unerträglich.

Aber auch wenn sie den Verdacht hegte, dass Simon sich diesen Teil der Lektion als seine eigene inoffizielle Belohnung gönnte, wagte sie nicht, sich ihm zu widersetzen. Denn wenn es nicht Teil des offiziellen Seminarprogramms war, bewies es in gewisser Hinsicht ja auch, dass er ihr stärker zugetan war, als er es eigentlich hätte sein dürfen. Wie auch immer, sie sehnte sich danach, ihn in den Mund zu nehmen und auszulutschen.

Er brauchte kein weiteres Wort mehr zu verlieren, da kniete sie auch schon vor ihm. Ein paar Sekunden lang legte sie nur die Hände um den festen Schaft seines Schwanzes, bevor sie die Unterseite seiner beinharten Erektion mit ihren Daumen zu streicheln begann. Dann schloss sie ihre Lippen um ihn.

Sie kreiste mit der Zunge um seine Eichel, kitzelte das empfindliche Gewebe ein wenig mit den Zähnen, bevor sie ihre Zungenspitze in den Spalt an seinem Penis schob.

209

Als Natalie das tat, packte Simon sie fest bei den Schultern, und seine Beine begannen zu zittern. Er versuchte offensichtlich, sich zu bremsen, um sein Vergnügen zu verlängern, aber dafür war sie zu schlau. Sie schloss die Finger ihrer rechten Hand um seinen Schaft, bewegte sie rhythmisch auf und ab und saugte gleichzeitig an der violett verfärbten Spitze. Noch dazu schob sie die Finger ihrer Linken unter seinen Hoden durch, um ihm den Damm zu massieren. Diese Kombination setzte ihn schachmatt.

Nach beachtlich kurzer Zeit stieß Simon einen Schrei aus, der halb nach Missfallen, halb nach Lust klang. Anschließend saugte sie ihn so aus, wie sie es sich vorgenommen hatte. Auch wenn ihr eigenes verzweifeltes Verlangen nach wie vor nicht gestillt war, verschaffte es ihr doch immerhin Genugtuung zu wissen, dass er viel zu schnell gekommen war.

Langsam ließ Natalie Simons schrumpfende Erektion aus ihrem Mund gleiten und erhob sich wieder. Ihr angespannter, nackter Körper war immer noch ein stummer Verräter ihrer eigenen Erregung.

Simon nickte kaum merklich, und ihr war klar, dass er es wusste: Sie hatte sich absichtlich so beeilt, ihn zum Orgasmus zu bringen, weil er ihr keinen gestattet hatte. Aber er durfte sich darüber nicht beschweren, denn er hatte ihr nicht aufgetragen, langsam vorzugehen oder dafür zu sorgen, dass er lange aushielt. Trotzdem spürte sie, dass ihr Tun sie am morgigen Tag noch teuer zu stehen kommen würde.

»Ausgezeichnet«, sagte er höflich. »Sie haben sich in der Befriedigung von Männern wirklich viel Geschick angeeignet. Morgen werden wir sehen, wie meisterhaft Sie damit umgehen, wenn jene, mit denen Sie schon verkehrt haben, Ihnen auf verschiedenste Weise Lust bereiten.«

»Was wird da passieren?«, fragte Natalie.

»Morgen werden Sie vollkommen ausgeliefert sein«, sagte Simon. »Allerdings nicht so wie das Mädchen im Kellergeschoss am letzten Sonntag, sondern insofern ausgeliefert, als Sie keinerlei Kontrolle darüber haben werden, wie Ihre Lust sich entwickelt und entlädt.«

Natalie spürte ihre Nervosität zurückkehren. »Wird das Ganze in einer Gruppe stattfinden?«

»Nein, nur zwischen Ihnen und einem Mann.«

»Ist es jemand, den ich bereits kenne?«

»Aber ja«, sagte Simon, und sie hörte eine gewisse Genugtuung in seiner Stimme. »Sie kennen ihn sogar sehr gut.«

»Ist also Anil für ein zweites Wochenende hier?«, erkundigte sie sich erfreut.

Simon runzelte die Stirn. »Anil?«

»Ja, Sie müssen sich doch an ihn erinnern. Wir wurden einander am letzten Samstag zugeteilt, nachdem –«

»Ach ja, natürlich, Anil. Nein, da muss ich Sie leider enttäuschen. Anil ist an diesem Wochenende nicht hier.«

»Wer wird dann dieser Mann sein?«

»Nun, ich natürlich«, sagte Simon. »Gute Nacht.« Damit war er auch schon zur Tür hinaus und ließ Natalie zurück, die sich anzog und ihren erschauernden, frustrierten Körper zurück in ihr eigenes Zimmer schleppte.

Sie wusste, dass sie beim Duschen bis zum Höhepunkt masturbieren würde, weil sie sonst nie in den Schlaf fände. Aber die Erlösung würde nicht so sein, als ob Craig oder Simon sie ihr bereitet hätten. Noch dazu hatte Simon mit seiner letzten Bemerkung jegliches Vergnügen am heutigen Abend getrübt, das sie sich selbst verschaffen mochte.

Ausgesprochen nervös erwartete sie ihre nächste Lektion.

14. Kapitel

Am nächsten Morgen erwachte Natalie davon, dass ihre Zimmertür krachend aufflog. Sie fuhr im Bett hoch, und ihr Herz raste. »Was ist passiert?«, fragte sie erschrocken, als Simon rasch an ihr Bett trat.

»Nichts«, erwiderte er barsch, und bevor sie noch ein Wort sagen konnte, hatte er ihr die Augen mit einem weichen Tuch verbunden. Angst überfiel sie, und sie wollte schon die Hand danach ausstrecken und es herunterziehen.

»Fassen Sie die Augenbinde nicht an«, warnte er sie. »Sollten Sie sie entfernen, müssen Sie gehen. Sie ist Teil Ihrer heutigen Lektion.«

»Was werden Sie mit mir machen?« Dabei ärgerte sie sich über das leichte Zittern in ihrer Stimme.

»Keine weiteren Fragen mehr.«

Gleichzeitig zog er sie aus dem Bett hoch und streifte ihr das Nachthemd über den Kopf, bevor er ihr die Handgelenke vor dem Körper mit einem weichen Band fesselte. Sogleich fühlte sie sich hilflos und verletzlich. Auch wenn ihre Hände nicht straff gefesselt waren und sie wusste, dass sie sich selbst hätte befreien können, war ihr klar, dass es das Ende ihres Aufenthalts bedeuten würde, wenn sie die Fesseln abstreifte. Das Band war ein Symbol ihrer Unterwerfung.

Obwohl sie also den Grund für das kannte, was mit ihr geschah, fürchtete Natalie sich. Und ihre Furcht wuchs, als Simon sie ziemlich unsanft aus dem Zimmer herausbugsierte. Sie hörte Stimmen auf dem Flur, die wohl von anderen Gästen stammten, die gerade zum Frühstück gingen. Als Simon seine Hände von ihren Schultern nahm und sich entfernte, begann sie aus lauter Demütigung zu zittern.

Natalie machte sich klar, wie sie für die anderen aussehen musste, so vollkommen bloßgestellt. Aber während sie sich einerseits erniedrigt fühlte, erregte sie die Situation andererseits auch. Sie konnte spüren, wie ihre Nippel hart wurden und es zwischen ihren Schenkeln sanft zu pochen begann – dieses dumpfe Ziehen, das ihr unmissverständlich anzeigte, wie ihr Verlangen wuchs.

»Dürfen wir sie anfassen?«, hörte sie einen Mann fragen.

»Natürlich«, antwortete Simon.

Instinktiv wich Natalie einen Schritt zurück, doch sie stieß unmittelbar an eine Wand des langen Flurs. Da berührten die Hände des fremden Mannes auch schon ihre Brüste und streichelten sie einige Minuten lang. Danach spürte sie eine Zunge über ihre harten, schmerzenden Brustwarzen lecken, aber nur ein paar quälende Sekunden lang, dann entfernte sich der Mann leise lachend.

»Bleiben Sie genau da, wo Sie jetzt sind«, befahl Simon ihr. »Ich werde in etwa zehn Minuten zurück sein.«

»Zehn Minuten!«, rief Natalie. »Ich kann doch nicht

zehn Minuten nackt hier herumstehen!« Doch sie protestierte vergebens, erhielt nicht einmal eine Antwort. Nun stand sie also allein und zitternd da und konnte nur auf Simons Rückkehr warten.

Um sie herum hörte sie Türen auf- und zu- und Leute an sich vorübergehen. Gelegentlich streichelte eine Hand sie, manchmal eine weibliche, dann wieder eine männliche, aber alle Berührungen waren nur flüchtig. Sie genügten allerdings, um ihr Verlangen aufflackern zu lassen. Gekonnt und erfahren bewirkten sie trotz allem nicht mehr, als ihre Erregung konstant zu halten. Begonnen hatte dieser Zustand, wenn sie ehrlich war, in dem Moment, als Simon sie aus ihrem Bett gezerrt hatte.

Nach einer Weile schienen sich alle zum Frühstück begeben zu haben, denn sie hörte keine Tür mehr und wurde auch von niemand mehr angefasst. Natalie begann, wütend zu werden – wütend auf Simon, weil er ihr das hier antat, und wütend auf sich selbst, weil es sie erregte. Als noch mehr Zeit verging, wurde sie immer unsicherer.

Während die verschiedensten Gefühle sie überfielen, wuchs ihre Erregung. Sie sehnte sich danach, dass Simon zurückkehrte und sie zwischen den Beinen berührte, um dieses tiefe, pochende Verlangen zu stillen, das sie langsam wahnsinnig machte. Doch sie wagte nicht, sich zu rühren. Sie vermutete, dass eine Kamera sie filmte und Simon irgendwo vor einem Bildschirm saß und sie beobachtete.

Als sie schon meinte, sich die Augenbinde doch herunterreißen zu müssen, spürte sie endlich zwei Hände an ihrer Taille, sodass sie vor Schreck zusammenzuckte. »Ich bin es bloß«, sagte Simon ruhig. »Tut mir leid, dass es so lange gedauert hat, ich musste ein Telefonat führen.«

»Das glaube ich Ihnen nicht«, fauchte sie.

»Warum?«, fragte er leichthin.

»Ich weiß, dass Sie mich damit demütigen wollten«, sagte sie ärgerlich.

»Warum sollte ich das tun?«

»Weil Sie wegen Ihres Bewerbungsgesprächs in meinem Büro wütend auf mich waren.«

Einen Moment lang herrschte Schweigen. Dann kniff Simon sie viel fester, als er es je getan hatte, in die rechte Brustwarze. Sie schrie in einer Mischung aus Schmerz und Lust auf. »Das war wirklich ungezogen«, sagte er tadelnd. »Ich vermenge meinen Alltagsjob nicht mit meiner Tätigkeit hier im Haven, und das sollten Sie auch nicht tun.«

»Das nehme ich Ihnen nicht ab.«

»Das bleibt Ihnen unbenommen. Kommen Sie jetzt, oder wollen Sie etwa den ganzen Tag hier herumstehen? Bald werden die Leute vom Frühstück zurückkehren. Ich möchte Sie vorher in meinem Unterrichtsraum haben.«

»Sie werden mich doch nicht nackt dort hinbringen«, protestierte sie.

»Ich wüsste nicht, wer oder was mich davon abhalten

sollte.« Damit ergriff Simon das Band, das sie fesselte, und begann, sie durch den Flur und die Treppe hinaufzuführen. Natalie hatte ihre Schwierigkeiten, ihm zu folgen. Es war schrecklich, nicht zu sehen, wohin sie trat, außerdem bewegte sie sich gehemmt, da sie fürchtete, gegen irgendetwas zu prallen. »Hier gibt es, wie Sie wissen, keine Klippenvorsprünge«, sagte Simon. »Sie können nirgendwo herunterfallen.«

»Nehmen Sie mir die Augenbinde ab.«

»Ich fürchte, das kann ich erst, wenn die Lektion zu Ende ist. Passen Sie auf, wo Sie hintreten. Es sind nur noch zwei Stufen, dann haben Sie den Treppenabsatz erreicht.«

Endlich hörte sie ihn eine Tür öffnen. Sie wusste, dass er sie in einen Unterrichtsraum führte. Allerdings hätte sie nicht sagen können, ob es der war, den sie schon kannte.

Abrupt packte Simon sie und stieß sie zu Boden, sodass sie auf einen Haufen Kissen fiel. Sie versuchte, sich mit ihren gefesselten Händen abzufangen, und spürte dabei den seidigen Stoff der Polster. Da sie nichts sehen konnte, war ihr Tastsinn sensibler als sonst.

Simon rückte die Kissen so zurecht, dass sie ihren Oberkörper abstützten, spreizte ihre Beine und entfernte sich wieder von ihr.

»Wo wollen Sie hin?«, fragte sie verunsichert, da sie fürchtete, erneut sich selbst überlassen zu werden.

»Schon gut, ich bin immer noch hier«, beruhigte er

sie. Ein paar Sekunden später spürte sie seine Hände an ihren Schenkeln. Dann war er mit dem Kopf zwischen ihren Beinen und zog ihre Schamlippen auseinander, bevor er mit der Zunge den Ansatz ihrer Klitoris berührte.

Seine Zunge war eiskalt, und so stieß sie einen kleinen Schreckenslaut aus. Nach wenigen Sekunden ließ die intensive Kälte nach, er verschloss ihre Vagina mit seinem Mund und tauchte mit der Zunge tief in sie hinein, bis sie sich vor Erregung heftig wand. Als ihr Körper schon begann, auf einen Höhepunkt zuzusteuern, hörte er auf und drückte ihre Beine wieder zusammen. Frustriert jammerte Natalie laut auf.

»Warten Sie einen Moment«, befahl Simon ihr, und als seine Hände ihre Beine erneut spreizten, war sie auf seine kalte Zunge gefasst. Doch diesmal war sie ganz heiß, als hätte er soeben einen Schluck Tee oder Kaffee getrunken. Ihr Kitzler reagierte wieder irritiert, diesmal aufgrund der unerwarteten Hitze.

Sie konnte spüren, wie sie am ganzen Leib zu zittern begann und sich erneut einem schwindelerregenden Orgasmus näherte. Als er seine Zunge in sie schob, verspürte sie schon die ersten kleinen Wellen der Lust.

»Das wäre viel zu früh«, murmelte Simon wie zu sich selbst. Natalie gab einen weiteren Verzweiflungslaut von sich, als er ihre Beine schloss und sie erregt, aber frustriert und ruhelos auf dem Kissenberg liegen ließ.

Noch einmal entfernte sich Simon von ihr, nach ihrer

Einschätzung dauerte es etwa zehn Minuten. Als sie mit ihrer Geduld schon fast am Ende war, kehrte er zurück. Wortlos drehte er sie auf den Bauch, und seine kräftigen Hände begannen, ihre Nackenmuskeln zu massieren, bevor er sich ihrem Hinterteil widmete. Bald wand sie sich in den Kissen und versuchte um jeden Preis, ihre Klitoris zu stimulieren, denn seine Finger weigerten sich, ihre schwellende, pochende Knospe zu berühren.

»Halten Sie still«, wies er sie an. »Ich werde Sie kein zweites Mal warnen.«

»Ich kann nicht anders, es fühlt sich so gut an«, stöhnte sie.

»Hüten Sie sich bloß davor zu kommen, bevor ich es Ihnen sage.«

Eine längere Weile massierte und liebkoste Simon Natalies Rücken und Po. Dann wanderte er mit seiner Zunge quälend langsam von ihren Fußsohlen aus aufwärts, über ihre Waden und Kniekehlen, bis er sie schließlich in die kleine Vertiefung am Ende ihres Rückgrats schob. Sie konnte ihn schwer atmen hören. Offensichtlich steigerte sich seine Erregung im gleichen Maß wie die ihre. Doch das verschaffte ihr keinen Trost: Ihr Körper fühlte sich vor Verlangen wie geschwollen an, ihre Haut zu eng, und immer noch gestattete er ihr keine Erlösung aus dieser unglaublichen Anspannung.

Er hatte sie so langsam und vorsichtig erregt, dass ihr ganzer Körper vor Lust prickelte, und als er einen Moment

219

lang von ihr abließ, war sie sich sicher, dass er ihr bald einen Orgasmus gewähren würde. Doch als er wieder bei ihr war und ihre Pobacken auseinanderzog, wurde ihr klar, dass seine Vorstellung davon, ihr Lust zu bereiten, sich ein wenig von ihrer unterschied.

Nervös verkrampfte sie sich. Dann spürte sie, wie er ein zähflüssiges Gleitgel zwischen ihren Pobacken und von dort aus nach unten verteilte, sodass auch ihre kleinen Schamlippen und ihr Kitzler bald von der kühlen Flüssigkeit überzogen waren. Er erregte sie schon allein dadurch noch weiter, und sie stöhnte auf, als ein köstliches, heißes Prickeln ihren Unterleib durchdrang.

»Sie sind so nass, dass Sie das hier kaum brauchen«, murmelte er und schob seine Finger kurz in ihre Vagina. Sie erbebte von Kopf bis Fuß, als er ihren G-Punkt leicht berührte, und einen schrecklichen Augenblick lang fürchtete sie, bereits zu kommen. Doch mit schier übermenschlicher Anstrengung gelang es ihr, sich von dieser herrlichen Empfindung abzulenken, die er ihr verschaffte, und dann war der gefährliche Moment wieder vorüber.

»Sehr gut«, lobte er sie. »Wollen wir mal sehen, wie Ihnen das hier gefällt.«

Seine Hände wanderten von ihrer Vorderseite zurück zu ihrem Po, und sie spürte, wie etwas gegen ihr Rektum drückte, etwas Großes, vorn Zugespitztes. Da stieß sie einen Protestschrei aus.

Simon massierte daraufhin ihre schwellende Klitoris,

bis Natalie sich wieder entspannte. »Sie müssen wirklich lernen, das hier zu genießen«, flüsterte er. »Es wird am Sonntag eine wichtige Rolle spielen.« Bevor sie etwas erwidern konnte, hatte er seine rechte Hand von ihr gelöst und damit einen Vibrator in ihren Anus geschoben. Sobald er sich in ihr befand, schaltete Simon ihn ein. Er begann zu pulsieren und die Nerven unter ihrer Haut zu stimulieren. Sehr langsam verschwand das anfängliche Unbehagen, was sich jedoch verschlimmerte, war das heftige Verlangen zwischen ihren Schenkeln, sodass sie am liebsten vor Enttäuschung losgeheult hätte. Sie war einem Orgasmus so nah, aber mit den gefesselten Händen konnte sie sich nicht einmal selbst befriedigen.

»Sagen Sie mir, was Sie wollen«, flüsterte Simon.

»Ich will kommen«, stöhnte Natalie.

»Dann kommen Sie.«

»Ich kann nicht! Ich brauche mehr als das hier.«

»Sagen Sie mir, was ich tun soll, und ich tue es. Während ich es tue, dürfen Sie kommen.«

Sie wollte es ihm aber nicht sagen, weil sie sich dadurch noch hilfloser und von ihm dominiert gefühlt hätte. Nach ein paar weiteren Minuten ununterbrochener Stimulation durch den Vibrator in ihrem Po hielt sie es nicht länger aus.

»Ich möchte, dass Sie meine Klitoris anfassen«, murmelte sie.

»Reden Sie laut und deutlich«, sagte Simon.

»Warum tun Sie mir das hier an?«, rief sie da.

»Was tue ich Ihnen denn an?«

»Sie quälen mich!«

»Das geschieht alles im Rahmen des Seminars. Glauben Sie mir, das ist nichts Persönliches. Ich würde das gar nicht wagen, wenn es nicht zum Seminarprogamm gehören würde.«

»Bitte, lassen Sie mich doch einfach kommen«, schrie sie.

»Sie müssen mir erst sagen, was ich tun soll«, erinnerte er sie.

»Fassen Sie meinen Kitzler an«, rief Natalie mit sich überschlagender Stimme. »Ich möchte, dass Sie ihn ganz leicht berühren und mit dem Finger antippen, bis ich komme.«

Sogleich schob Simon seine rechte Hand unter sie, während seine linke weiter den Vibrator festhielt. Endlich, nach der ganzen bittersüßen Qual, die sie erduldet hatte, spürte Natalie, wie er über ihr hungriges Fleisch bis zu dem kleinen, harten Mittelpunkt ihrer Erregung hinauffuhr. Als sie scharf Luft holte, begann er sehr zart den Schaft ihrer Klitoris zu massieren, um sie dann, wie von ihr gewünscht, mit der Kuppe seines Ringfingers anzutippen.

Sofort jagten Schockwellen der Ekstase durch ihren nach Erlösung lechzenden Körper. All ihre Muskeln spannten sich zu einem finalen Aufbäumen, und sie spürte, wie sie unkontrolliert auf den Kissen zuckte.

Während des Höhepunkts stimulierte der Vibrator weiterhin die empfindlichen Nerven in ihrem Rektum, und das schien den Orgasmus zu verlängern – sie konnte sich nicht erinnern, je zuvor so lang und heftig gekommen zu sein.

Irgendwann wurde ihr erschöpfter Körper ruhig. Simon zog die Hand unter ihr hervor und schaltete gleichzeitig den Vibrator aus. »Na bitte, das klang doch gut. Nun lassen Sie uns sehen, wie schnell Sie erneut kommen können. Ich denke, fünf Minuten sind eine faire Frist, um Sie neu zu starten.«

»Wie meinen Sie das? Neu starten?«, keuchte Natalie. »Sie können doch nicht erwarten, dass ich auf Kommando komme.«

»Und ob ich das kann. Ich gönne Ihnen eine zweiminütige Pause, dann fangen wir von vorn an. Nur dass ich diesmal keinen Vibrator benutzen werde.«

Sie wusste nicht, wie er das meinte, was er vorhatte. Sie wusste nur, dass sie sich im Moment nicht vorzustellen vermochte, in so kurzer Zeit erneut erregt zu werden.

Nachdem sie immer noch nicht sah, was um sie herum vorging, lag sie einfach abwartend da. Die zwei Minuten verstrichen unglaublich schnell, und ihr kamen sie vor wie Sekunden, als sie Simons Hände auf ihren Brüsten spürte. Er streichelte sie kurz. Obwohl sie zunächst nicht reagierte, merkte sie, wie ihre Nippel doch hart wurden, nachdem er begonnen hatte, an ihnen zu lecken und zu saugen.

»Sehen Sie?«, murmelte er mit dem Mund an ihrem Ohr. »Es wird Ihnen leichtfallen.«

Natalie wusste, dass er sich täuschte. Nur weil ihre Brustwarzen hart wurden, würde sie nicht zu einem Orgasmus in der Lage sein. Doch während sie so dalag und darauf wartete, dass er sie an anderen Stellen berührte, packte er sie und zog sie an den Handgelenken von den Kissen hoch.

Sie stolperte und fiel gegen ihn, sodass sie seinen schlanken, durchtrainierten Körper spürte. Er legte die Arme um sie und fing sie auf, und für einen Moment spürte sie Zuneigung in dieser Umarmung und dass sie ihm nicht gleichgültig war. Als wolle er diesen Eindruck möglichst rasch wieder zerstreuen, packte Simon sie grob und zog sie über den Teppich, sodass ihre Zehen durch das dicke Gewebe fuhren und sie sich davor fürchtete, was als Nächstes geschehen würde.

»Sträuben Sie sich nicht«, warnte er sie. »Bisher haben Sie es sehr gut gemacht.«

»Ich wünschte, ich könnte etwas sehen.«

»Es ist besser so. Dann sind die Eindrücke intensiver.«

Es stimmte. Ihr Körper hatte sich noch nie lebendiger angefühlt, auch wenn es ihr nicht gefiel, derart hilflos zu sein. Dass ihre Hände immer noch gefesselt waren, verstärkte das Gefühl von Verletzlichkeit. Für Simon war es ein Leichtes, sie durchs Zimmer zu bewegen und mit dem Rücken an die Wand zu schieben. Ihre Hände hielt er über ihrem Kopf fest.

Sein ganzer Körper presste sich jetzt gegen sie, und sie konnte seine Erregung spüren. Er bewegte sich zunächst zögerlich, warf dann sein Becken gegen sie, sodass er in ihrem müden Körper erste Funken des Verlangens erzeugte. Die Tatsache, dass Simon das hier mit ihr machte, dass Simon sie befriedigte, ließ sie triumphieren, denn genau das wollte sie. Natalie wollte ihn in sich spüren, von ihm genommen werden, nicht aus Pflichtgefühl, sondern aus Begierde.

»Ihnen bleiben noch drei Minuten«, flüsterte er. Sie stieß ihre Hüften gegen ihn, in dem Versuch, ihren Orgasmus zu beschleunigen. »Aber es ist Ihnen nicht gestattet, sich zu bewegen«, murmelte Simon. »Sie müssen warten, bis ich Ihnen Lust bereite.«

»Aber das ist nicht fair. Nicht, wenn ich in drei Minuten kommen soll.«

»Hören Sie auf, sich mir zu widersetzen. Hören Sie auf zu glauben, Sie könnten das hier besser. Ich habe wirklich noch niemanden erlebt, der so widerspenstig war«, tadelte er sie halblaut. Sie spürte seinen Mund an ihrer Halsbeuge. Er knabberte an der Haut unter ihrem linken Ohr und begann, sich heftig an ihr zu reiben, während ein tiefes Stöhnen aus seiner Kehle drang.

Natalie stieß wimmernde Laute aus und spürte Wellen der Erregung durch ihren Körper fluten. Sie merkte, wie ihre Schamlippen sich öffneten, um ihn aufzunehmen, begierig danach, dass er die schmerzliche Leere zwischen

ihren Schenkeln ausfüllte. Als er abrupt in sie hineinstieß, schrie sie vor Lust laut auf.

»Das gefällt Ihnen, oder?«, fragte er.

»Ja«, stöhnte sie.

Sofort hielten Simons Lenden in der Bewegung inne,
sodass sie ihn zwar in sich spürte, aber keine sonstige
Stimulation erhielt. Am liebsten hätte sie vor Enttäuschung
geheult, so nah war sie dem Höhepunkt gewesen, ganz
nah an der heißen, köstlichen Erlösung.

»Es tut mir leid«, keuchte sie, »ich wusste nicht, dass
es falsch war, Sie in mir spüren zu wollen.«

Zu ihrer Erleichterung schienen diese Worte genau
das gewesen zu sein, was Simon hatte hören wollen, damit er weitermachte, denn sobald sie sie ausgesprochen
hatte, stieß sein Schwanz wieder zu.

Sie konnte ihn keuchend atmen hören. Während er
sich aus ihr zurückzog und wieder in sie hineinfuhr,
steigerte die Spannung zwischen ihren schweißüberströmten Körpern die Erregung bei ihnen beiden, sodass
sie sich komplett in der Intensität ihres Liebesspiels verloren.

Natalies Schultern stießen gegen die Wand. Ihre Position war alles andere als komfortabel, aber das kümmerte
sie nicht. Simon nahm sie so heftig und so offensichtlich
von aufgestautem Verlangen getrieben, dass sie mit absoluter Sicherheit wusste, sich in ihm nicht getäuscht zu
haben. Er empfand etwas für sie, mehr als für jede andere
Frau im Seminar. Diese Erkenntnis und die Tatsache, dass

er gerade die Kontrolle über seinen eigenen Körper verlor, brachte Natalie dazu, ihre Vaginamuskeln um ihn herum anzuspannen. Noch dazu hatte sie ihr Zeitlimit bestimmt bereits erreicht. Sofort brach sich die Lust, die tief in ihr gelodert hatte, Bahn und explodierte in einem ihren ganzen Körper erfassenden Zucken.

Simon kam nur Sekunden später. Sie rangen beide nach Luft und erzitterten, während ihre Muskeln sich in einer ekstatischen Welle nach der anderen zusammenzogen, bis sie endlich beide ganz stillhielten. Natalie lehnte sich zurück an die Wand und wünschte sich, Simons Gesicht sehen zu können.

Er blieb an sie gelehnt stehen, bis sein Atem sich beruhigt hatte. Dann zog er sich fast widerstrebend aus ihr zurück und ließ ihre Hände los. Sie spürte, wie seine Finger die Fessel lösten. »Sie können die Augenbinde jetzt abnehmen«, sagte er, und sie hörte mit Genugtuung, dass seine Stimme dabei nicht sehr fest klang.

Rasch zog sie sich das breite Band aus dunklem Samt von ihrem Kopf. Doch sie war nicht schnell genug, denn während sie noch blinzelte und ihren Blick zu schärfen versuchte, wandte Simon sich ab, sodass sie seinen Gesichtsausdruck nicht sah.

»Habe ich es rechtzeitig geschafft?«, fragte Natalie.

»Natürlich haben Sie das.« Jetzt hatte er seine Stimme wieder unter Kontrolle. »Sie haben erstaunliches Geschick in der Kunst der Unterwerfung entwickelt. Hoffen wir, dass Ihnen das morgen auch zugutekommen wird.«

Natalie starrte ihn an, und die ganze Erfüllung der letzten Minuten zerstob, als sie sich den Keller des Hauses in Erinnerung rief. »Werde ich dort morgen wirklich vorgeführt?«, fragte sie.

Simon starrte zurück. Zum ersten Mal sah sie auch in seinem Blick Besorgnis. »Ich fürchte, ja«, sagte er leise.

15. Kapitel

Simon erklärte Natalie, dass sie ihn für den Rest des Tages zu all seinen anderen Lektionen begleiten sollte. Einerseits war sie erleichtert, weil ihr demnach nichts Großes mehr abverlangt würde. Andererseits enttäuschte es sie aber auch, weil es bedeutete, keine Gelegenheit mehr für Intimitäten mit Simon zu haben.

Im Verlauf des Vormittags beobachtete sie ihn dabei, wie er Frauen unterwies, die ihr erstes Wochenende hier verbrachten. Die meisten hatten anfangs mit der Zurückhaltung zu kämpfen, die ihnen auferlegt wurde, und einige kamen kaum damit zurecht, sich fesseln und erregen zu lassen, ohne die geringste Kontrolle über die ganze Situation zu haben. Während sie den Frauen dabei zusah, wie sie gegen ihr Naturell ankämpften, erinnerte Natalie sich daran, wie sie sich bei ihrem ersten Besuch gefühlt hatte. Am liebsten hätte sie ihnen gesagt, was Rob Gill behauptete, sei richtig, und wenn sie sich nur unterwerfen würden, könnten sie mehr Lust genießen, als sie sich jetzt vorzustellen vermochten. Aber sie wusste, dass jeder diese Lektion für sich selbst lernen musste.

Am Nachmittag wurde sie zusammen mit ein paar anderen Frauen in den Park geführt. Dort zeigte Simon ihnen einen Mann, der mit einem dünnen Seil an einen Baum gefesselt war. Sie alle durften ihn berühren, streicheln und dafür sorgen, dass er permanent äußerst erregt war. Offensichtlich war er ein Typ von der Sorte, die sich ihr Vergnügen ganz nach Belieben nimmt, denn anfangs reagierte er noch schrecklich wütend, weil er ständig so nah an den Höhepunkt gebracht und immer im letzten Moment im Stich gelassen wurde. Im Laufe der Zeit wurde aus seiner Wut jedoch Demut: Als Natalie seine prall geschwollenen Eier streichelte und mit ihren Händen über seine Schenkel und seinen Po fuhr, flehte er sie an, doch seinen harten Schwanz zu drücken und ihn kommen zu lassen.

»Das ist jetzt das erste Mal, dass ich Sie um etwas bitten höre«, stellte Simon fest, während Natalie sich zögernd zurückzog, um die süße Qual des gefesselten Mannes einem anderen Mädchen zu überlassen. »Vielleicht fangen Sie langsam doch an, etwas dazuzulernen.«

»Ich wünschte, ich wäre nie hierhergekommen«, schrie der Mann.

»Wollen Sie damit sagen, dass Sie abreisen möchten?«, fragte Simon.

Einen Moment lang war es ganz still, weil alle darauf warteten, ob er der erste Schüler sein würde, an dem Simon scheiterte. Doch schließlich schüttelte der Mann den Kopf. »Ich habe eine Menge Kohle dafür hingeblättert – da werde ich das jetzt auch durchstehen«, murmelte er grimmig.

Simon lächelte. »Ich glaube sogar, Sie fangen an, es zu genießen.«

Natalie vermutete, dass Simon recht hatte, denn der Mann, der sichtlich nach sexueller Erlösung lechzte, bebte vor Erregung am ganzen Körper. Als eine der Frauen sich an seinem Bein bis zum Orgasmus rieb, schüttelte es ihn regelrecht, obwohl ihm der Höhepunkt weiterhin versagt blieb.

Erst eine Stunde vor dem Abendessen kam der Gepeinigte endlich zu seinem Vergnügen. Natalie sah mit vor Aufregung trockenem Mund zu, wie eines der Mädchen ihn in den Mund nahm und seinen prallen Penis geschickt mit Lippen und Zunge bearbeitete. Laut stöhnend ließ er seine Hüften heftig zucken. Nachdem sich sein ganzer Körper angespannt hatte, erschauert er noch einmal heftig, zuckte ein letztes Mal und wurde dann vollkommen still.

Die Frauen ließen ihn an den Baum gebunden zurück und begaben sich zum Haus, um sich fürs Abendessen umzuziehen. »Nach dem Abendessen komme ich noch einmal auf Ihr Zimmer«, sagte Simon zu Natalie und hielt sie am Arm fest. »Es gibt noch ein paar letzte Kleinigkeiten, die ich Ihnen vor morgen noch beibringen muss.«

Um zehn Uhr, lange nachdem Natalie zu dem Schluss gekommen war, Simon müsse sie vergessen haben, hörte sie ein leises Klopfen an der Tür. »Sind Sie noch wach?«

Natalie öffnete. »Natürlich, Sie haben mir doch gesagt,

Sie würden noch vorbeikommen. Deshalb habe ich es nicht gewagt, mich schlafen zu legen.«

»Es freut mich, das zu hören. Eigentlich hätte ich früher kommen wollen. Rob möchte, dass Sie morgen fit sind, aber ich wurde von einer besonders aufsässigen Schülerin aufgehalten. Zum Glück hat sie sich inzwischen doch besonnen, aber sie war sogar noch schwieriger als Sie am letzten Wochenende.«

Inzwischen wusste Natalie, dass sie darauf besser nicht einging, denn am liebsten hätte sie protestiert und ihm erklärt, sie sei überhaupt nicht schwierig gewesen. Sie schwieg lieber, um Simon zu beweisen, wie sehr sie sich verändert hatte. Er musterte sie einen Moment lang nachdenklich. »Ich denke, Sie sind ein wenig overdressed.«

Ohne ein weiteres Wort von ihm abzuwarten, entledigte Natalie sich ihrer Kleider. Es überraschte sie selbst, dass sie sich weder genierte noch fürchtete, sondern fast ein bisschen stolz auf sich war.

»Sie wollten doch wissen, wozu diese Stange dient«, fuhr Simon fort und deutete mit dem Kopf auf die von der Decke hängende Stange. »Es ist ein kleinerer Nachbau des Geräts, an das Sie morgen gefesselt werden. Ich bin jetzt hier, um Sie an die dann geforderte Position zu gewöhnen.«

»Ich bin mir nicht sicher, ob ich das morgen durchstehe«, gestand Natalie.

»Warum denn nicht? Sie machen sich doch so gut.«

»Wenn ich mir all die Leute vorstelle, die mich beobachten und sich an meiner Erniedrigung aufgeilen werden ...«

»Und an Ihrer Lust«, erinnerte Simon sie.

»Ich glaube, das macht es nur schlimmer.«

»Sie können jetzt keinen Rückzieher machen.« Simon klang sehr bestimmt. »Sie sind so weit gekommen und haben sich unglaublich entwickelt. Außerdem werde ich dabei sein und auf Sie schauen.«

»Soll das ein Trost für mich sein?«

Er sah ein wenig unbehaglich drein. »Nun, immerhin bin ich ja Ihr Lehrer.«

»Mehr nicht?«

»Kommen Sie hier herüber«, sagte er hastig und in dem offensichtlichen Bemühen, das Thema zu wechseln. »Ich möchte, dass Sie sich in der Taille vorbeugen und über die Stange lehnen und mit den Händen Ihre Knöchel umfassen. Meinen Sie, Sie können das?«

Natalie war sich nicht sicher. Doch nachdem Simon ein Kissen auf die Stange gelegt hatte, beugte sie sich vornüber. Und nachdem ihr Oberkörper weit genug über das Holz ragte, gelang es ihr so gerade, ihre Knöchel zu umfassen. »Sehr bequem ist das nicht«, murmelte sie.

»Das soll es auch nicht sein.« Bei diesen Worten trat er hinter sie, und sie spürte seine Hände auf ihren Pobacken und den straff angespannten Rückseiten ihrer Oberschenkel. Dann wanderten seine Finger sehr langsam in Richtung ihrer Vulva und kitzelten sie dort, bis sie spürte, wie sie feucht wurde und ihre Schamlippen anschwollen.

»Sehen Sie, so schlecht ist das doch gar nicht?«

Natalie zitterte vor Erregung. »Nicht, wenn das schon alles ist«, stimmte sie ihm zu.

»Es dürfte noch ein wenig anspruchsvoller werden«, gab Simon zu, »aber wenigstens kommen Sie mit der Position zurecht.«

Das tat sie, aber sie wusste auch, dass sie sie nicht allzu lange einnehmen wollte. »Was passiert, wenn ich mich aufrichten und strecken muss?«, fragte sie halb im Scherz.

»Ich glaube, dass Sie diese Möglichkeit nicht bekommen werden. Aber immerhin kann ich Rob jetzt noch wissen lassen, dass Sie gelenkig genug sind, um das Mädchen an der Stange zu sein.«

»Sie meinen also, wenn ich dazu nicht in der Lage gewesen wäre, hätte eine andere meinen Platz eingenommen?«

»Ja, aber dann hätten Sie eine andere Aufgabe bekommen. Und die hätte schlimmer ausfallen können.«

»Oder auch besser«, bemerkte sie.

»Stimmt. Aber jetzt sollten Sie schlafen. Ich werde Sie um sechs holen kommen. Rob mag es, wenn im Untergeschoss alles sehr rechtzeitig vorbereitet ist.«

»Um sechs! Wann kommen denn die anderen Gäste, um dabei zuzusehen, wie ich befriedigt werde?«

»Nach dem Frühstück.«

»Aber das ist erst drei Stunden später!«

»Ich werde die ganze Zeit über bei Ihnen sein und Sie in Stimmung bringen. Gute Nacht.«

Simon verließ das Zimmer so rasch, dass Natalie sich noch nicht einmal wieder aufgerichtet hatte. Sie fragte sich, ob er das absichtlich getan hatte, um sie scharfzumachen. Wenn das der Fall war, nun, dann war es ihm gelungen. Denn sie verbrachte eine unruhige Nacht.

Als Simon am nächsten Morgen erschien, um sie abzuholen, war sie bereits wach und fertig angezogen. »Hatten Sie eine schlechte Nacht?«, fragte er besorgt.

»Ich habe mir den Wecker gestellt«, log sie.

»Wie kooperativ von Ihnen. Ich vermute, dass Sie nichts essen wollen, bevor wir hinuntergehen, aber vielleicht einen Kaffee?«

»Ich denke, mir reicht ein Glas Wasser.«

Simon holte ihr eines aus dem Badezimmer. Dann begaben sie sich schweigend ins Untergeschoss. Wieder erschrak sie über die düstere Atmosphäre dort und begann, sobald sie aus dem Aufzug getreten waren, ängstlich zu zittern.

»Seien Sie tapfer«, flüsterte Simon. »Es ist doch schon fast vorbei. Wenn Sie den heutigen Tag hinter sich haben, sind Sie ein Vollmitglied des Haven. Das bedeutet, Sie können sich jederzeit mit Gleichgesinnten treffen, denn vor Ihrer Abreise bekommen Sie eine Liste der anderen Mitglieder ausgehändigt.«

»Der einzige Mensch, der mich hier interessiert, sind Sie«, sagte Natalie.

Simon ignorierte die Bemerkung und schob sie hastig in den Raum, in dem sie zur Schau gestellt werden sollte.

»Sie können sich hier umziehen«, sagte er, als sie die dämmrige Kammer mit der niedrigen Decke und den unverputzten Mauern betraten. »Sie werden den Strapsgürtel, Strümpfe und hochhackige Schuhe anziehen. Ihre eigenen Kleider werden verwahrt, bis Sie fertig sind.«

Nachdem sie sich umgezogen hatte, ließ Simon Natalie in dem Raum auf und ab gehen, damit er sie begutachten konnte. Dieses Schaulaufen machte sie sehr unsicher.

»Halten Sie sich gerade«, befahl er. »Sie sollten inzwischen gelernt haben, stolz auf Ihren Körper zu sein.«

»Sie können doch wohl nachvollziehen, wie nervös ich heute bin«, gab sie zurück.

Simon seufzte. »Ich hatte tatsächlich geglaubt, Sie hätten sich die Widerworte inzwischen abgewöhnt. Also, das hier ist der Balken, über den Sie sich zu beugen haben. Er ist dem in Ihrem Zimmer ziemlich ähnlich.«

»Er ist viel breiter«, bemerkte Natalie.

»Das soll es Ihnen bequemer machen, denn Sie werden eine längere Zeit dort verbringen. Schauen Sie, legen Sie Ihren Bauch auf das Polster, dann drückt es weniger. Genau so, und jetzt fassen Sie nach unten an Ihre Knöchel, so, wie Sie es gestern Abend ausprobiert haben.«

Natalie war derart mit dem Gedanken beschäftigt, wie sie in den Augen der Zuschauer wirken mochte, dass sie, erst als die Handschellen klickten, registrierte, dass Simon ihre Hand- und Fußgelenke aneinandergefesselt hatte. Sie konnte sich jetzt aus der Haltung, die sie über die Stange gebeugt eingenommen hatte, nicht mehr aufrichten. Ihr ganzer Körper war angespannt, ihre Beine durchgestreckt.

Simon ging vor ihr in die Hocke und begann, ihre Brüste mit der linken Hand zu stimulieren. Er drückte die weichen Halbkugeln, bis sie vor Lust aufstöhnte, nahm nacheinander ihre Nippel in den Mund und saugte kräftig an ihnen, bevor er die harten Spitzen mit der Zunge bearbeitete. Köstliche Wellen der Erregung durchfuhren ihren Körper und ließen sie bis ins Mark erschauern.

Dann strich Simon mit seiner rechten Hand über ihre bestrumpften Schenkel und zupfte behutsam an ihren Schamlippen, bevor er die Hand über ihren Venushügel legte und Druck ausübte, sodass ihr ganzer Unterleib sich zusammenzog.

»Sie werden im nächsten Moment kommen, nicht wahr?«, flüsterte er. »Das ist in Ordnung, Sie dürfen das, weil es nur zur Übung ist. Sobald die Leute Ihnen zusehen, ist es allerdings nicht mehr gestattet – egal, was ich mit Ihnen mache.«

»Aber ich bin doch hier angebunden, um zu kommen!«, rief Natalie verzweifelt.

»Natürlich sind Sie das. Um nichts anderes geht es ja auch. Jedes Mal, wenn Sie kommen, müssen Sie mich um Verzeihung bitten und mich anflehen, Sie zu bestrafen.«

»Mich zu bestrafen?«, schrie sie ungläubig.

»Ganz genau.«

»Das ist das Erniedrigendste, was ich je gehört habe!«

»Ich weiß. Darum ist es auch Ihre finale Prüfung.«

Während sie sich unterhielten, hatte er die ganze Zeit weiter ihre Brüste mit seiner Linken massiert, während er seine Rechte in immer schnellerem Rhythmus gegen ihre Vulva presste. Ihre Empfindungen wurden immer stärker und entluden sich in einem köstlichen Orgasmus.

»Ich werde jetzt frühstücken gehen«, sagte Simon und strich mit einem Finger ihr Rückgrat entlang. »Wenn ich zurückkomme, bringe ich ein paar Zuschauer mit. Erst dann beginnt die richtige Prüfung.«

Als er fort war, rutschte Natalie ein wenig hin und her, um es bequemer zu haben, schließlich wurde ihr Körper ganz ruhig. Sie musste daran denken, wie ihr Leben vor dem Haven ausgesehen hatte. Und sie fragte sich, wie um alles in der Welt sie hier hatte enden können – nackt, gefesselt und total ausgeliefert in einer düsteren, verderbten Welt erotischer Sinnlichkeit, die sie sich in ihren kühnsten Träumen nicht vorgestellt hätte.

Sie war wegen Jan hier, und jetzt begriff sie, warum Jan sich nach ihrem eigenen Besuch hier so verändert hatte. Auch Natalie konnte sich nicht vorstellen, nach ihrer letzten Lektion zu ihrem alten Lebensstil zurückzukehren, denn jetzt war ihr Körper andere Genüsse gewohnt. Er brauchte die Art von Stimulation, die man sie hier zu genießen gelehrt hatte. Sie wollte Männer nicht mehr kontrollieren, weil sie wusste, dass ihre eigene Befriedigung viel größer war, wenn sie sich selbst unterwarf.

An seinem Gesicht hatte sie Simon aber auch angesehen, dass sie ihn zu ihrem Sklaven machen konnte, indem sie sich unterwarf. Sie wusste mit absoluter Sicherheit, dass er sie wollte und dass es ihm ebenso große Lust bereitete wie ihr, wenn er sie nahm.

Sie versuchte noch, sich über ihre neu entdeckte Lust am Gehorsam in ihrem Liebesleben klar zu werden, als die schwere Holztür knarrend aufging und Simon, gefolgt von einer Gruppe Gäste, eintrat. Mit dabei war auch Marc, der ihr bei ihrer allerersten Lektion zugesehen hatte. Das Licht wurde sofort gedimmt, ein Scheinwerfer ging an und beleuchtete ihren über den Balken gefesselten Körper.

Wegen ihres gesenkten Kopfes blieb es ihr erspart, die Zuschauer anzusehen. Sie hörte nur, wie Simon ihnen erklärte, dass sie nicht zum Orgasmus kommen dürfe und ihn jedes Mal um Bestrafung bitten müsse, wenn sie es aus Versehen oder aus mangelnder Selbstbeherrschung doch tat. Nachdem er mit seiner Erklärung fertig war, vernahm sie noch leises, aufgeregtes Gemurmel unter den Gästen. Als Simon zu ihr trat, verstummten alle.

Er stellte sich hinter sie und legte ihr die Hände auf die Schultern. Dann streichelte er zärtlich ihren wehrlosen Körper. Er bewegte die Hände in einem gleichmäßigen Rhythmus, ließ die Finger über ihre nackte Haut gleiten und griff gelegentlich um sie herum, sodass er ihre Brüste stimulieren konnte.

Zunächst, und das lag wahrscheinlich an den Zuschauern, lief Natalie nicht Gefahr zu kommen. Doch als die Minuten verstrichen und Simons geschickte Finger ihre sensibilisierten Brüste weiter kneteten und er ihren Unterleib unterhalb des Balkens massierte, da begann ein erstes Prickeln ihren Körper zu erfassen.

Wieder nahm Simon sich ihre Brüste mit dem Mund vor. Diesmal knabberte er mit den Zähnen an ihren hart gewordenen Nippeln, sodass sie vor Erregung scharf Luft holte.

Daraufhin trat er wieder hinter sie und schob eine Hand unter sie. Sie spürte, wie er eine dickliche Creme auf ihrer Vulva, ihren Schamlippen und ihrer Klitoris verteilte, bevor er weiter nach oben wanderte und ihre Pobacken auseinanderzog, damit er die Gleitcreme auf ihrem Anus verteilen konnte.

Es fühlte sich herrlich an. Die feuchte Kühle der Lotion, dazu die sinnliche Berührung seiner Finger, all das versetzte sie rasch in zuckende Ekstase. Sie spürte, wie ihr Körper sich anspannte, als der Orgasmus immer näher kam.

»Sie wird gleich kommen«, murmelte einer der Zuschauer. Seine Worte steigerten Natalies Erregung nur noch.

»Nehmen Sie sich zusammen«, warnte Simon sie leise, aber ihr war klar, dass er wusste, sie würde sich nicht zurückhalten können. Ihre prallen, pochenden Brüste, ihre vor Verlangen geschwollene Klitoris. Dann spürte sie, wie er sich gegen sie presste, und wusste, dass er sich ausgezogen hatte. Es konnte also nur die Spitze seiner Erektion sein, die da gegen ihre Schamlippen drängte und leicht durch sie hindurchglitt, bevor ihre Vagina ihn tief in sich aufnahm. Er bewegte sich schnell und achtete darauf, mit jedem Stoß ihren G-Punkt zu reizen. Sie spürte das heftige Pochen direkt hinter ihrem Kitzler. Sie kam ohne weitere Vorwarnung und wurde von den heißen Wellen der Erlösung durchflutet.

Simon, der nicht ejakuliert hatte, zog sich aus ihr zurück. Er sprach in kühlem, distanziertem Ton: »Wie Sie sehen konnten«, richtete er sich an das erregte Publikum, »hatte sie sich nicht im Griff. Deshalb wird sie mich nun, da sie ihre Verfehlung in Sachen Gehorsam einsieht, um Bestrafung bitten.«

Natalie, die noch unter den letzten Zuckungen ihres Orgasmus erbebte, konnte nicht glauben, dass ihr das hier tatsächlich passierte. Sie öffnete den Mund, um etwas zu sagen, um ihre Strafe zu erbitten, doch ihr fehlten die Worte. Selbst jetzt, in diesem fortgeschrittenen Stadium ihrer Ausbildung, wollte ihr das nicht gelingen.

Sie wollte nicht bestraft werden. Sie sah es einfach nicht ein, denn schließlich hatte sie sich doch nur ihrer eigenen Sinnlichkeit hingegeben. Die Lust, die sie empfunden hatte, war die Lust, die Simon ihren Körper gelehrt hatte. Es war also nicht ihr Fehler, dass sie gekommen war, sondern seiner – es lag an ihm und den Regeln des Haven.

In der Kammer war es ganz still. Spannung lag in der

Luft, während alle darauf warteten zu sehen, ob sie Simons Anweisung gehorchen würde. »Ich warte, Natalie«, sagte Simon kalt, doch sie hörte eine gewisse Irritation aus dem Ton seiner Stimme heraus.

Immer noch konnte sie sich nicht überwinden, die Worte auszusprechen, sich völlig Simons Willen zu unterwerfen ... da legte er eine Hand auf ihren Rücken. Sie konnte die Anspannung in seinen Fingern fühlen, und plötzlich wurde ihr klar, dass dies auch für ihn eine wichtige Prüfung war. Wenn sie nicht tat, was er ihr befahl, wenn sie versagte, war auch Simon gescheitert, denn schließlich hatte er sie ausgebildet. Um seinetwillen und um ihretwillen musste sie gehorchen.

»Es tut mir leid, dass ich gekommen bin«, flüsterte sie. »Bitte bestrafen Sie mich dafür, dass ich mich nicht besser im Griff hatte.«

»Glauben Sie mir, das werde ich«, sagte Simon. Der Ton, den er anschlug, ließ sie zusammenzucken.

Die Atmosphäre im Raum war wie elektrisiert, als die Zuschauer zusammen mit Natalie darauf warteten, wie die Bestrafung aussehen würde. Es kam ihr vor, als würde die Ungewissheit ewig dauern. Dann hörte sie ein Klopfen, als etwas Hartes neben ihr auf den Balken schlug.

»Können Sie erraten, was das ist?«, fragte Simon.

Natalie konnte es. Sie war sich sicher, dass es der Griff einer Reitgerte war. Sofort verkrampfte sich ihr Körper furchtsam, während Simon mit der linken Hand über ihr Hinterteil und die Rückseiten ihrer Oberschenkel strich.

Dann, nach einer schier unerträglichen Pause, spürte sie einen scharfen, stechenden Schmerz direkt unterhalb ihrer Pobacken. Es war kein echter Schmerz, aber es brannte, und sie jammerte laut auf, als die Peitsche sie das nächste Mal traf, diesmal eine Spur höher.

Insgesamt hob und senkte sich die Gerte sechsmal und traf nie zweimal an derselben Stelle. Nachdem Simon sie das letzte Mal geschwungen hatte, fühlte sich Natalies Haut an, als wäre sie von glühenden Kohlen bedeckt. Die Hitze erregte sie so sehr, dass sie sich an der Stange rieb und versuchte, so den Druck auf ihren Unterleib zu verstärken, denn ihr aufgegeilter Körper lechzte nach Befriedigung.

Natalie war von sich selbst entsetzt. Sie fragte sich, wie sie nur so verdorben sein konnte. Wie konnte jemand Lust aus Erniedrigung und Schmerz ziehen? Sie kannte die Antwort nicht, sondern nur die Wahrheit. Und die war, dass dieses ganze Szenario das Aufregendste war, das sie je erlebt hatte.

Nachdem er mit der Bestrafung fertig war, holte Simon sich zwei junge Frauen aus der Gruppe der Zuschauer. »Natalie dachte immer, sie wüsste, was ihrem Körper guttut«, erklärte er. »Und ich weiß aus Ihren Unterlagen, dass Sie beide das auch von sich glauben. Wenn das stimmt, dann sollte es ihr doch eigentlich unmöglich sein, Ihren Versuchen, ihr Lust zu bereiten, zu widerstehen.«

»Sie meinen, wir sollen sie zum Orgasmus bringen?«, fragte eines der Mädchen.

»Wenn Sie können, ja. Aber natürlich wird Natalie versuchen, dem zu entgehen.«

Natalie biss sich verzweifelt auf die Unterlippe, als eine der beiden mit dem Fingernagel Kreise um Natalies Brustwarzen zog.

»Ich weiß, wie wunderbar sich das anfühlt«, flüsterte die Frau. »Es wird dir ein so gutes Gefühl verschaffen. Wenn deine Nippel erst richtig hart sind, werde ich sie mit meinen Nägeln kneifen. Das wird perfekt – wart's nur ab.«

Schon ihre Worte machten Natalie schier verrückt vor Verlangen, weil sie so wahr waren. Während die Fingernägel das rasch anschwellende Gewebe ganz zart berührten, merkte Natalie, wie es zwischen ihren Schenkeln immer feuchter wurde. Sobald ihre Brustwarzen steif waren und das Mädchen hineinkniff, durchdrang sie eine so köstliche Mischung aus Schmerz und Lust, dass sie heftig gegen einen sich rasch nähernden Orgasmus ankämpfen musste.

Genau in diesem Zustand, als sie am verwundbarsten war, gelang es dem anderen Mädchen, Natalies Schamlippen mit der Hand zu spreizen. Dann liebkoste sie die nasse, leidende Vulva mit ganz leichten Berührungen ihrer Zunge.

»Bitte nicht!«, schrie Natalie. »Das fühlt sich zu gut an. Ich weiß, dass ich davon komme.«

»Also sollten Sie sich besser unter Kontrolle kriegen«, sagte Simon streng, und sie wünschte, seinem Rat folgen zu können. Sie wollte nicht noch einmal kommen, wollte nicht vor all diesen Menschen bestraft werden. Doch sie war so erregt, dass sie sich mit nichts selbst abzulenken vermochte. Als die Zunge des zweiten Mädchens über die Spitze von Natalies Klitoris wirbelte, wurde ihr ganzer Körper steif, und sie schrie laut auf, als der Orgasmus sie erfasste.

Das erste Mädchen fuhr damit fort, Natalies Brüste zu stimulieren, bis ihr Körper wieder ganz still war. »Das klang gut«, murmelte sie. »Warum nur können uns Männer solche Lust nicht verschaffen?«

Natalie antwortete nicht, weil sie inzwischen wusste, dass die andere sich irrte. Einige Männer waren durchaus imstande, ihr ebensolches Vergnügen zu bereiten – aber nur, wenn sie willens war, es zuzulassen.

»Wieder versagt«, sagte Simon düster. »Sie wissen, was Sie jetzt zu tun haben.«

Natalie fragte sich, wie oft sich das noch wiederholen würde. »Es tut mir so leid«, sagte sie, und ihre Stimme brach beinahe vor Verzweiflung. »Ich habe es versucht, ehrlich.«

»Nicht genug«, bemerkte er.

Diesmal musste sie nicht so lange warten, um zu begreifen, worin ihre Strafe bestand. Schon Sekunden später hatte er ihre Pobacken gespreizt, und sie spürte, wie er die Spitze eines weichen vibrierenden Stabes gegen ihr Rektum presste. Wegen des Gleitmittels, das er zuvor dort verteilt hatte, ließ er sich ganz leicht einführen. Als sie es

245

in sich vibrieren fühlte, erregte das ihre überstimulierten Nerven noch weiter, das anfängliche Unbehagen verschwand sofort, und ihr Körper reagierte mit einem weiteren Orgasmus. Sie versuchte panisch, diesen zu verbergen, sowohl vor Simon wie vor den Zuschauern.

»Wie es scheint, finden Sie langsam Gefallen am Bestraftwerden«, flüsterte Simon, als er den erbarmungslosen Vibrator endlich zurückzog. »Ich werde jetzt in Ihnen abspritzen, aber Sie werden trotzdem nicht kommen. Haben wir uns verstanden?«

»Ja.«

In gespanntem Schweigen beobachteten die Zuschauer, wie Simon erneut in sie eindrang. Diesmal begann er in einem langsamen Rhythmus, glitt behutsam in sie hinein und aus ihr heraus und ließ dabei seine Hüften so kreisen, dass jede Stelle ihrer Vagina stimuliert wurde. Ihr ganzer Unterleib reagierte überaus heftig, und der Druck des Balkens verstärkte das herrliche Gefühl noch. Sie staunte selbst darüber, wie rasch ihr Lustempfinden wieder erwachte, aber sie war auch entschlossen, Simon diesmal nicht triumphieren zu lassen. Sie würde sich im Griff haben, egal, was er mit ihr anstellte.

Nach und nach steigerte Simon das Tempo seiner Stöße, bis er heftig und schnell in sie hineinfuhr und jedes Mal mit voller Wucht seine Lenden gegen ihren Po rammte. Sehr bald war sie dem Punkt gefährlich nahe, von dem aus es kein Zurück mehr gab. Als ihr das bewusst wurde, wartete sie, bis er das nächste Mal tief in ihr war und zog dann ihre Beckenmuskeln fest um ihn zusammen. Sie bearbeitete ihn mit einer Reihe rascher Muskelkontraktionen.

Als sie ihn stoßweise atmen hörte, wusste sie, dass sie ihn auf diese Weise vorzeitig zum Orgasmus zwingen konnte. Er kämpfte, um seine Ejakulation hinauszuzögern, aber als sie sich erneut fest um ihn zusammenzog, war klar, dass er es nicht mehr lange aushalten würde. Unglücklicherweise steigerte sich auch ihr Verlangen mit jedem Zusammenziehen ihrer Vagina um seinen Schwanz. Von ihrer Stirn tropften Schweißperlen auf den Boden, so heiß und verschwitzt war sie vor lauter Geilheit. Plötzlich spürte sie die ersten Vorboten eines Orgasmus und wusste, dass sie den kritischen Punkt überschritten hatte. Sie wollte schon verzweifelt aufschreien – doch da spritzte Simon mit einem erstickten Stöhnen in ihr ab, und sie war gerettet.

Vor lauter Angst, dennoch bestraft zu werden, wartete sie, solange es eben ging, und ließ ihren Körper auf diesem köstlichen Gipfel der Lust ausharren. »Sie können jetzt kommen«, sagte Simon mit vor Leidenschaft belegter Stimme. »Sie haben länger durchgehalten als ich.« Während er das sagte, griff er um sie herum und grub seine Finger in ihre rechte Brust. Sofort durchlebte sie ihren dritten – und heftigsten – Orgasmus, der diesmal gut und richtig war, denn sie würde dafür nicht bestraft werden.

Einige Minuten hing Natalie noch schwer atmend über dem Balken. Ihre Muskeln fühlten sich schwer und erschöpft an. »War es das?«, hörte sie einen männlichen Zuschauer fragen.

»Ich denke schon«, antwortete ein anderer mit Bedauern in der Stimme.

»Dann lasst uns mal sehen, was in den anderen Kammern geboten ist.«

Innerhalb weniger Augenblicke leerte sich der düstere, fensterlose Raum, bis sich nur noch Natalie und Simon darin befanden. Sie spürte, wie seine Hände die Handschellen um ihre Hand- und Fußgelenke aufschlossen. Er half ihr hoch und massierte ihre Muskeln, während sie versuchte, sich aufzurichten.

»Du bist wunderbar«, sagte er leise. »Absolut umwerfend.«

»Das habe ich für dich getan«, erwiderte sie.

Er nickte. »Ich weiß.«

»Dann empfindest du also doch etwas für mich, oder?«, fragte Natalie.

»Das ist nicht erlaubt«, sagte Simon zögernd.

»Danach habe ich nicht gefragt.«

»Ja ... vielleicht, aber das darf für uns keine Rolle spielen. Ich will meinen Job hier nicht verlieren.«

»Nicht einmal, wenn ich dir dafür einen tollen Job als Journalist besorge?«, wollte sie wissen.

»Ich glaube, ich will gar nicht wissen, wie du das meinst«, sagte Simon. »Ich bringe dich jetzt nach oben – es sei denn, du möchtest dir hier unten noch andere Aktivitäten ansehen.«

»Das brauche ich nicht«, sagte Natalie. »Ich denke, ich habe an meinen zwei Wochenenden im Haven alles gelernt, was ich wissen muss. Am liebsten wären mir jetzt eine Dusche und ein bisschen Ruhe.«

»Das klingt vernünftig«, stimmte Simon ihr zu. »Hör zu, ich werde dir in etwa einer Stunde etwas zu essen bringen. Denn du hattest ja kein Frühstück.«

»Das wäre schön«, sagte Natalie und schaffte es, sich die Erregung, die sie schon wieder verspürte, nicht anmerken zu lassen. Ihr war jetzt absolut klar, dass Simon sich zu ihr genauso hingezogen fühlte wie sie zu ihm. Unklar war ihr allerdings, wie es mit ihrer Beziehung weitergehen sollten. Denn ihr Aufenthalt im Haven war schließlich fast zu Ende.

16. Kapitel

Köstlich!«, rief Natalie aus, nachdem sie Salat, Schinken und Brot, die Simon ihr gebracht hatte, verschlungen und das Glas Wein hinuntergestürzt hatte.

»Ich hätte dir auch noch mehr gegönnt, aber ich wusste, du würdest dich wegen heute Nachmittag nicht vollstopfen wollen.«

Natalie runzelte die Stirn. »Was meinst du damit?«

»Ich dachte, du wüsstest bereits, was am letzten Nachmittag hier passiert«, sagte Simon. »Rob Gill will sich persönlich davon überzeugen, dass seine Kunden von dem Seminar profitiert haben, egal, wer sie unterrichtet hat. Er und Sue werden sich dir dann widmen. Wichtig daran ist eigentlich nur, dass du nicht versuchst, zu irgendeinem Zeitpunkt das Kommando zu übernehmen. Er will einfach nur sichergehen, dass du dich beim Sex total unterwerfen kannst.«

»Wirst du auch dabei sein?«

»Ich werde nur zusehen, aber es ist mir nicht erlaubt, mitzumachen. So kann ich deine Entwicklung evaluieren, für meine Unterlagen.«

»Verstehe«, sagte Natalie zögernd. Sie wusste nicht, ob ihr das gefiel oder nicht. In gewisser Weise war sie erregt, weil es eine weitere neue Erfahrung für sie sein würde.

Aber andererseits interessierte sie hier außer Simon eigentlich niemand mehr. Um das Seminar jedoch planmäßig abzuschließen, würde Rob Gill mit ihren Fortschritten zufrieden sein müssen. Und das war wohl die einzige Möglichkeit für ihn, sich wirklich davon zu überzeugen.

Kurze Zeit später begleitete Simon sie in einen kleinen Salon an der Rückseite des Hauses. An der Tür hing ein Schild mit der Aufschrift »Nur für Personal«, dahinter erwartete Rob Gill sie.

Er lächelte sie an, und seine strahlend blauen Augen musterten sie wohlwollend. »Ich habe Sie heute Morgen beobachtet. Sie haben eine Menge gelernt«, gratulierte er ihr.

»Ja, dank Simon und Ihres Programms.«

»Würden Sie sich selbst als zufriedene Kundin bezeichnen?«

Natalie nickte. »Zweifellos.«

»Das sind ausgezeichnete Nachrichten. Sue und ich werden nun dafür sorgen, dass Sie vor Ihrer Abreise noch einmal in jeglicher Hinsicht befriedigt werden. Überlassen Sie von jetzt an alles mir. Zusammen mit Sue übernehme ich die volle Verantwortung für Ihre Lust. Ich bin mir sicher, dass Sie Ihrem Lehrer alle Ehre machen werden. Und ich weiß, wie viel Simon Ihnen bedeutet.«

In Natalies Kopf löste seine letzte Bemerkung eine Art Warnsignal aus. »Er war ein ausgesprochen guter Lehrer«, versicherte sie.

Rob ging darauf nicht weiter ein. »Sue, würdest du Natalie bitte entkleiden?«

Natalie blieb einfach mitten im Zimmer stehen, während das Mädchen mit dem kastanienbraunen Haar, das sie vor einer Woche zum ersten Mal an der Rezeption gesehen hatte, den Reißverschluss ihres Kleides öffnete und es ihr dann über die Schultern streifte. Darunter trug Natalie einen cremefarbenen Spitzen-BH und einen Slip mit Spitzenbesatz, aber keine Strümpfe. »Sie haben so hübsche Brüste«, murmelte Sue und saugte ein paar Sekunden lang durch den zarten Stoff hindurch an Natalies Nippeln. Natalie spürte, wie es zwischen ihren Schenkel vor lauter Vorfreude zu prickeln begann, während ihre Brustwarzen sich aufrichteten. Da unterbrach sich Sue und zog ihr auch den BH aus.

Als sie den Slip nach unten schob, küsste sie Natalies Bauch und leckte sie oberhalb der Hüftknochen. Natalie zuckte erregt und stieß ihr Becken in einer unkontrollierten Bewegung nach vorn. »Nicht so stürmisch«, flüsterte Sue. »Das echte Vergnügen fängt gleich an.«

Völlig nackt stand Natalie abwartend da, als Rob mit einer Augenbinde auf sie zutrat. Sie wünschte sich, die nicht tragen zu müssen, weil sie lieber gesehen hätte, was mit ihr passierte. Doch sie wusste, ihr blieb keine Wahl. Es lag ausschließlich bei Rob zu entscheiden, auf welche Weise ihr Lust bereitet würde.

Sobald ihre Augen verbunden waren, betteten er und Sue sie vorsichtig auf den Teppich. Dann hörte Natalie zu ihrer Verwunderung leises Stimmengewirr. Fremde Hände fassten sie an Hand- und Fußgelenken und spreizten ihre Extremitäten, um sie Rob und Sue zu präsentieren. Sie fragte sich, wer diese anderen sein und wo sie sich verborgen haben mochten. Aber zum Glück blieb ihr wenig Zeit, darüber nachzudenken, denn praktisch sofort begannen Sues zarte Hände wieder, ihre Brüste zu liebkosen. Danach bearbeitete das Mädchen Natalies steife Nippel erneut mit ihrem Mund, bis sie kleine spitze Lustschreie ausstieß.

Sie rechnete damit, als Nächstes Robs Hände auf sich zu spüren, aber es waren wieder schmale Frauenhände, die begannen, ihren Körper einzuölen. Erst da begriff sie, dass man sie überlistet hatte. Rob und Sue würden sie nicht eigenhändig befriedigen. Dafür waren noch andere Leute im Raum, die sie berühren und erregen sollten. Erstaunlicherweise kümmerte das Natalie nicht, denn schon hatte jemand begonnen, an ihren Zehen zu lutschen. Jemand streichelte ihre Fesseln, und jemand drehte sie auf die Seite, um sie besser stimulieren zu können.

Man bearbeitete sie zunächst langsam und sanft, streichelte ihre Haut und strich mit Seidenschals und Federn über ihren Körper, bis sie von einem ersten Orgasmus erfasst wurde. Danach gönnte man ihr einige Augenblicke Ruhe, bevor sie von Neuem erregt wurde. So wurde sie behutsam und aufmerksam von einem Höhepunkt zum Nächsten gebracht. Noch nie hatte sie sich derart verwöhnt, derart entspannt gefühlt. Doch als sie auf die sanfte Stimulation nicht mehr reagierte, wurde ein anderes Tempo angeschlagen.

Natalie vermutete, dass die Frauen sich zurückgezogen hatten, denn jetzt fühlten sich die Hände größer und fester an. Während sie so auf der linken Seite lag, die Beine übereinander, zog jemand ihre Pobacken auseinander. Ein Finger kitzelte ihre Rosette, bevor ein bisschen Öl darauf getropft wurde. Sie zuckte unter der kühlen Flüssigkeit zusammen, aber bevor sie sich daran gewöhnt hatte, wurde schon ein großer, dicker Vibrator in ihren Anus eingeführt und sogleich eingeschaltet.

Ihr Körper begann zu zittern. Sie schrie auf, halb vor Schmerz, halb aus Lust, und ihre Brüste wurden gegen einen männlichen Oberkörper gepresst. Dann spürte sie, wie eine Hand ihre Schamlippen spreizte und eine Penisspitze in ihre Vagina hinein- und wieder herausglitt. Jedes Mal, wenn sich der Schwanz über ihre angeschwollene, pochende Klitoris schob, schnappte sie vor Erregung nach Luft.

Sie war vollständig von unglaublichen Sinneseindrücken erfasst. Die Geschwindigkeit des Vibrators wurde erhöht, und gleichzeitig stieß der Mann, der bei ihr lag – sie ging davon aus, dass es Rob war –, so tief in sie hinein, dass er sie ganz und gar ausfüllte.

Natalie erzitterte von Kopf bis Fuß. Während die Spannung wuchs, fragte sie sich, wie ihr überreizter Körper reagieren mochte, wenn sie schließlich zum Höhepunkt kam. Sie musste nicht lange warten, um ebendas herauszufinden. All ihre Sinne waren wie alarmiert, ihre Brüste prall, und dann begannen ihre Muskeln, rhythmisch zu kontrahieren. Sie wurde von einem Orgasmus erfasst, der sie zucken ließ, als bekäme sie Elektroschocks.

Dass sie sich so unkontrolliert bewegte, verstärkte die Stimulation nur noch, wobei auch der Vibrator sie unerbittlich weiter erregte und der Mann mit seinem Schwanz tief in ihr immer heftiger zustieß. Sie hörte sich selbst halb von Sinnen eigenartige Laute von sich geben, während sie diesen Fremden erlaubte, ganz nach Belieben mit ihr zu verfahren.

Nachdem Natalie aufgehört hatte, die Orgasmen zu zählen, und auch nicht mehr genau darauf achtete, was mit ihr passierte, kamen die Frauen zurück. Sie leckten und saugten so eifrig an ihrer sich wieder zusammenziehenden Klitoris, dass sie erneut kam. Gleichzeitig bewirkten schlanke, geschickte Finger wahre Wunder in ihrer Vagina. Sie spürte, wie sie ganz zart ihren G-Punkt bearbeiteten, bis fast schmerzhafte Wellen der Erregung ihren ganzen Unterleib durchdrangen und ihre Lust in einem weiteren Höhepunkt explodierte.

Sie verlor jedes Zeitgefühl und jeglichen Bezug zur Realität. Das Einzige, was zählte, war das sexuelle Vergnügen, das man ihr hier bereitete. Es war für sie ein herrliches Gefühl, endlich in der Lage zu sein, sich vollkommen dem Verlangen anderer zu unterwerfen, um auf diese unglaubliche Weise dafür entlohnt zu werden.

Irgendwann hörte sie Robs Stimme: »Das genügt.«

Unbeherrscht schrie sie daraufhin auf, weil sie nicht wollte, dass es zu Ende wäre. Doch alle gehorchten ihm sofort, sodass man sie abrupt allein ließ. So lag sie also mit erhitztem, verschwitztem, immer noch leicht zitterndem Körper da und durchlebte die Nachwirkungen der Ausschweifungen dieses Nachmittags.

Es hielt sie zwar niemand mehr an Händen und Füßen fest, aber sie war zu erschöpft, um sich zu rühren. Jeder Muskel schien erschlafft. Es kam ihr vor, als hätten ihre Knochen jede Festigkeit verloren und als sei sie schwerelos. Ein ganz außergewöhnliches Gefühl, von dem sie nicht erwartete, es jemals wieder zu erleben.

»Sie haben bei unserem Seminar zweifellos eine Menge gelernt«, sagte Rob und nahm ihr die Augenbinde ab. »Man kann Ihrem Lehrer nur gratulieren.«

Natalie, die immer noch heftig atmete, nickte. »Mir scheint es nicht so, als hätte ich mein Geld verschwendet.«

Rob grinste. »Nein, das war nicht zu übersehen. Sie können jetzt aufbrechen, wann immer Sie möchten. Ich fürchte, wir haben keine weiteren Lektionen mehr für Sie, weil Sie diese auch nicht brauchen. Selbst meine Abschlussansprache können Sie sich schenken, denn Sie kennen unsere Regeln gut genug. Ich möchte behaupten, Sie sind eine der gelehrigsten Schülerinnen, die wir je hatten. Was meinst du, Simon?«

»Ich habe schon Bessere erlebt«, erwiderte Simon lakonisch.

Robs Augen wurden schmal. »Sicher?«

»Ja.«

»Nun gut. Ich möchte nur noch einmal klarstellen, dass es sich hier um ein Seminar gehandelt hat und persönliche Gefühle zwischen Lehrkräften und Teilnehmern nicht gestattet sind. Und für den Fall, dass einer von euch das vergessen haben sollte, wäre es umso besser, wenn Sie, Natalie, sofort abreisten.«

»Ich kann nicht für Natalie antworten, aber was mich betrifft, habe ich angenommen, du müsstest genau wissen, dass ich die Regeln natürlich kenne«, sagte Simon in scharfem Ton.

Natalie fand, dass sie auch etwas sagen sollte, irgendetwas, um Robs Verdacht zu entkräften. »Ich weiß, dass das Seminar mich verändert hat«, sagte sie, während sie sich aufsetzte und nach ihren Kleidern umsah. »Aber ich bin dadurch kein gänzlich anderer Mensch geworden. Zudem ist Simon gar nicht mein Typ.«

»Freut mich, das zu hören«, sagte Rob. Er streckte ihr die Hand hin. »Ich hoffe, dass wir Sie hier bei einem unserer außerordentlichen Treffen einmal wiedersehen. Genau genommen sind das eine Art zweitägige Partys zu Feiertagen oder anderen Anlässen. Es werden dann keine Lektionen erteilt, sondern es begegnen sich einfach Menschen, die wissen, wie man sich vergnügt, wenn Sie verstehen.«

»Ich verstehe Sie, und ich komme liebend gern«, antwortete Natalie mit einem Lächeln.

Daraufhin verließ Rob das Zimmer. Als Natalie sogleich etwas sagen wollte, sah Simon sie warnend an und schaute kurz in eine Ecke. Also vermutete sie, dass sie nach wie vor gefilmt wurden. »Sie können ruhig gehen«, sagte sie in distanziertem Ton zu ihm. »Ich werde mich anziehen, packen und abreisen.«

»Wenn Sie so weit sind, bringe ich Ihnen das Gepäck zum Wagen«, sagte Simon. Und auch er klang vollkommen desinteressiert, sodass Natalie hoffte, Robs Argwohn wäre damit zerstreut.

Als Simon nach oben in ihr Zimmer kam, um das Gepäck zu holen, hatte Natalie sich umgezogen. Sie trug jetzt einen hellbeigen Hosenanzug aus Leinen und ein fliederfarbenes Trägertop unter der langen Jacke.

»Wie ich sehe, hast du die Rüstung der Business-Woman wieder angelegt«, bemerkte er.

Sie wollte ihm nicht sagen, dass sie das getan hatte, um zu vergessen, was im Erdgeschoss geschehen war. Irgendwie musste sie schließlich die Kontrolle über ihr Leben zurückerlangen, die Geschäftsfrau in sich wiederfinden, und – so lächerlich das wirken mochte – die Kleidung half ihr dabei. »Es ist zum Autofahren bequemer«, antwortete sie.

Er versuchte ein Lächeln. »Natürlich. Dass ich da nicht selbst draufgekommen bin. Lass mich das tragen.«

Schweigend verließen sie das Zimmer. Natalie schaute sich noch einmal um und sah sich für einen Augenblick selbst, wie sie sich über die Stange beugte und mit den

Händen ihre Knöchel umfasste. Sofort wandte sie sich ab, in dem Bewusstsein, das jetzt alles hinter sich lassen zu müssen.

Simon sagte erst wieder etwas, als sie schon den Parkplatz überquerten. »Dann wünsche ich eine gute Heimreise.«

Natalie sah ihn erstaunt an. »Ist das alles, was du mir zu sagen hast?«

»Ich denke schon.«

»Du schaust so finster drein. Was ist los?«

»Nichts.« Er musterte sie kurz, blickte aber gleich wieder weg, als könne er ihr nicht in die Augen sehen.

»Dir hat nicht gefallen, was sie vorhin mit mir gemacht haben, oder?«, fragte Natalie.

»Das hat mir nichts ausgemacht. Ich kenne das alles. Das gehört zum normalen Programm.«

»Aber es hat dich geärgert, oder?«

»Nein.«

»Das glaube ich dir nicht.«

»Es spielt keine Rolle, ob du mir glaubst oder nicht.«

»Doch, tut es«, sagte Natalie und griff nach seinem Arm. »Es spielt für uns beide eine Rolle. Das weißt du so gut wie ich.«

»Sei vorsichtig«, sagte Simon leise. »Möglicherweise werden wir auch hier noch gefilmt.«

»Dann sag mir die Wahrheit. Hat es dir etwas ausgemacht, dabei zusehen zu müssen?«

»Ja«, gestand er zögernd. »Es hat mir viel ausgemacht.

Ich wollte in dir sein, wollte den Vibrator in deinen Po schieben und all die anderen Dinge tun, die dir Lust bereiten.«

»Du warst also eifersüchtig?« Sie brachte es nicht fertig, sich die Freude nicht anhören zu lassen.

»Das gefällt dir, was?«

»Nur, weil mir etwas an dir liegt.«

Er seufzte tief. »Es spielt keine Rolle, ob dir an mir liegt. Ich werde es nicht riskieren, diesen Job zu verlieren, und höchstwahrscheinlich sehen wir uns nie wieder.«

»Aber das könnten wir doch arrangieren«, sagte sie aufgeregt.

»Und wie?«

»Du könntest künftig für mich arbeiten.«

Simon sah sie ungläubig an und lachte dann. »Das soll ja wohl ein Scherz sein.«

»Warum?«

»Glaubst du wirklich, ich will bei allem, was ich für dich empfinde, bereitwillig den ganzen Tag über im Büro sitzen und deinen Anweisungen Folge leisten? Das würde unserem Liebesleben wohl nicht gerade gut bekommen.«

»Warum denn nicht? Ich denke, es wäre aufregend. Wir wüssten doch beide, dass es eine Scharade ist, und sobald wir allein miteinander wären, würdest du wieder das Kommando übernehmen.«

»Ich bin mir nicht sicher, ob du zu diesem Spiel in der Lage wärst«, erklärte Simon. »Ehrlich gesagt erleiden sehr viele unserer Kunden nach ihrem Aufenthalt wieder einen Rückschlag. Nach ein paar Monaten willst du wieder die Macht über alle Bereiche deines Lebens, das Schlafzimmer eingeschlossen.«

»Ich sicher nicht!«

»Es würde nicht funktionieren.«

»Das werden wir nie erfahren, wenn wir es nicht ausprobieren. Schau mal, ich werde den Artikel, den du mir gegeben hast, sowieso bringen. Wenn dir mein Angebot zusagt, habe ich in vier Wochen eine entsprechende Stelle für dich. Das wäre am letzten Montag im Juni. Ich werde sie gar nicht offiziell ausschreiben, und du kannst dich ganz kurzfristig entscheiden.«

Sie konnte ihm ansehen, wie groß die Versuchung für ihn war. Aber ihr war auch klar, wie schwer es ihm fallen würde, den ganzen Tag lang Anweisungen von ihr zu bekommen, egal, wie dominant er die Nacht über sein konnte. Ihr erschien die Aussicht ungemein erregend, für ihn war sie vermutlich demütigend.

»Ich wäre ja nicht wirklich dein Boss«, beeilte sie sich hinzuzufügen. »Das Ganze wäre eher ein Spiel.«

»Nein, das wäre es nicht. Es ist dein Magazin. Natürlich wärst du bei der Arbeit tonangebend.«

»Aber es wäre eine Möglichkeit für uns, in Verbindung zu bleiben. Wenn es im Büro nicht funktioniert, könntest du dich woanders nach einem Job umsehen. Und nachdem du bei meinem Magazin warst, wären deine Chancen, etwas Gutes zu finden, sicher größer. Denn deine Tätigkeit als Freelancer hat dir ja nicht gerade alle Türen geöffnet.«

»Das ist genau die Art von Bemerkungen, die mich von dieser Idee abschreckt«, sagte Simon kühl.

»Bitte, denk darüber nach«, bettelte sie.

Eine lange Pause trat ein. »Ich werde dir Bescheid geben«, willigte er schließlich ein. »Aber hier ist erst einmal die Liste der Mitglieder, die du nach Belieben kontaktieren kannst.«

»Wozu?«

»Streng deine Phantasie an. Die hat sich doch durch deine Aufenthalte hier sicher weiterentwickelt. Exteilnehmer laden einander zu Abendessen ein oder veranstalten an den Wochenenden Partys. Deine Freundin Jan Pearson hatte schon eine Menge Spaß, seit sie ein Wochenendseminar bei uns besucht hat. Von nun an kannst auch du an ihren Festen teilnehmen. Hat dich nicht das letztlich hierhergebracht, die Tatsache, dass sie dich aus ihrem Leben ausgeschlossen hat?«

Natalie nickte. »Ja, das stimmt. Das hatte ich vergessen, weil es mir vorkommt, als sei das alles schon so lange her.«

»Es ist tatsächlich lange her, und du warst damals noch ein anderer Mensch.«

»Du hast mich verändert«, flüsterte Natalie. »Da kannst du mich jetzt doch nicht einfach so verlassen. Du hast mich gelehrt, dunklen Begierden nachzugeben und Dinge zu genießen, von deren Existenz ich nichts wusste. Ich kann gar nicht mehr zu meinen alten Gewohnheiten zurück. Was soll aus mir werden, wenn wir uns nicht mehr sehen?«

»Wie ich dir bereits gesagt habe, dazu dient diese Liste. Sie ermöglicht es dir, deine neu entdeckte Sexualität mit Gleichgesinnten zu erkunden.«

»Aber ich will nur dich.«

»Es schmeichelt mir, das zu hören«, sagte Simon und wandte sich bereits zum Gehen.

»Warte!«, rief Natalie. »Was ist mit dem Job?«

»Ich habe dir schon gesagt, dass ich darüber nachdenken werde. Aber rechne eher nicht damit.« Mit diesen Worten ließ er sie stehen.

Natalie stieg in ihr Auto. Eigentlich hätte sie sich gut fühlen sollen. Sie hatte ein wunderbares Wochenende hinter sich, unglaubliche Dinge getan und phantastische Vergnügungen genossen. Doch das wäre alles nichts wert, wenn sie Simon nie wieder sah.

Hätte er seine Eifersucht nicht gestanden, wäre sie sich keinesfalls sicher gewesen, ob er sie so dringend brauchte wie sie ihn. Doch seit er das zugegeben hatte, wusste sie genau, dass sie wie füreinander geschaffen waren. Ironischerweise würde all das, was sie gerade gelernt hatte, kaum ins Gewicht fallen, denn im Job würde sie nach wie vor alles dominieren. Noch dazu schien sie den bisher einzigen Mann, der ihr seelenverwandt war, bereits wieder verloren zu haben. Den Mann, der ihren Körper zu beherrschen vermochte wie kein anderer, dem sie bislang begegnet war – und wahrscheinlich auch keiner, dem sie noch begegnen würde.

»Was machen Sie am Wochenende, Natalie?«, fragte Grace, als Natalie sich zwei Wochen nach ihrem zweiten Besuch im Haven bereit machte, ihr Büro zu verlassen.

»Ich verbringe es bei einer Freundin, Jan Pearson. Wahrscheinlich erinnern Sie sich noch an sie; sie ist selbstständige Casterin.«

»Ach ja. Eine Zeit lang haben Sie sich doch oft mit ihr getroffen.«

»Stimmt. Aber sie war für eine Weile sehr beschäftigt, jetzt ist sie wieder auf der Bildfläche erschienen.«

»Na dann viel Spaß.«

»Danke«, sagte Natalie, »den werde ich haben.«

Sobald sie zu Hause war, warf sie ein paar Sachen in eine kleine Reisetasche und fuhr damit zu Jan. Sie freute sich sehr auf das Wochenende, weil es ihre erste Party für ehemalige Gäste des Haven sein würde, zu der sie eingeladen war. Allerdings gab es auch eine Enttäuschung. Simon würde nicht dabei sein.

»Hi!«, begrüßte Jan sie begeistert, nachdem sie ihr die Tür aufgemacht hatte. »Lange nicht gesehen. Meine Güte, du siehst gut aus. Hattest du Spaß an deinem Wochenende im Haven?«, fügte sie mit einem verschlagenen Grinsen hinzu.

»Ich habe zwei Wochenenden dort verbracht«, klärte Natalie sie auf. »Und sie waren phantastisch.«

»Schön. Dann sollte dir dieses Wochenende auch gefallen. Vielleicht kennst du sogar jemand von den anderen Gästen.«

»Wo soll ich schlafen?«, fragte Natalie.

»Davon hast du nach dem Abendessen sicher eine bessere Vorstellung«, erwiderte Jan. »Jetzt komm erst mal rein. Wir wollten uns gerade zum Essen setzen.«

Natalie kannte aus der Runde am Tisch niemanden, doch im Verlauf des Abends spürte sie eine gewisse Erregung in sich wachsen. Besonders angezogen fühlte sie sich von dem Mann zu ihrer Linken, der ziemlich lange braune Haare hatte und dessen Augen sie an Simons erinnerten.

»Was ist deine Stärke?«, fragte er sie während des Kaffees.

»Mein Magazin richtet sich vor allem an Singlefrauen, die dabei sind, Karriere zu machen«, erwiderte Natalie.

Er sah sie erstaunt an und lachte. »Das war nicht ganz das, was ich gemeint hatte. Ich wollte etwas über deine sexuellen Vorlieben erfahren.«

»Oh, verstehe. Tut mir leid, ich fürchte, ich bin in Gedanken noch im Büro.«

»Na, das soll lieber nicht so bleiben. Also, was gefällt dir?«

Sie spürte, wie sich ihre Bauchmuskeln zusammenzogen, und zwischen ihren Schenkeln war auf einmal eine gewisse Schwere. »Ich mag es, mich dominieren zu lassen«, gestand sie leise.

»Gut. Wie wär's, wenn wir uns ein wenig näher kennenlernen würden?«

»Klingt nach einer guten Idee.«

»Du hast doch nichts dagegen, wenn sich mein Freund uns anschließt, oder?«, fügte er hinzu. Natalies Herz begann heftig zu klopfen, als ein blonder Mann sich ebenfalls vom Tisch erhob. Zu dritt gingen sie auf die Treppe zu.

»Viel Spaß euch«, rief ihnen Jan nach, die sich gerade mit einem großen, stämmigen Typen unterhielt. Der war Natalie allerdings irgendwie unheimlich. Jan hatte ihr erzählt, sein Name sei Richard und sie hätten sich im Haven kennengelernt.

Im oberen Stock wurde sofort klar, dass die beiden Männer nicht zum ersten Mal hier waren, denn sie führten sie zielstrebig in ein kleines Zimmer. Bevor sie auch nur Zeit zum Luftholen hatte, begann der Dunkelhaarige namens William auch schon, sie auszuziehen, während sein Freund eine Schublade öffnete und ein Lederoutfit herausholte, das die beiden ihr sogleich anzogen. Minuten später trug Natalie ein Nietenhalsband um den Hals, Fesseln an Händen und Füßen sowie einen schwarzen Leder-BH mit Löchern für ihre Nippel und im Schritt offene Hotpants aus schwarzem Leder. Die Kleidungsstücke saßen so eng, dass sie förmlich zu spüren meinte, wie der Druck tief in ihrem Inneren zunahm.

Dann legte sich der blonde Mann mit seiner beachtlichen Erektion auf das Bett. »Mach es ihm mit dem Mund«, sagte William. »Er wird es dir gleichzeitig mit dem Mund besorgen. Möchtest du kommen oder nicht?«, fragte er seinen Freund lässig.

»Ja, ich denke schon.«

Wieder zu Natalie gewandt meinte William daraufhin: »Also, dann bläst du ihm einen, bis er kommt. Und je länger du es bei ihm rauszögern kannst, desto besser für dich, schätze ich. Ich werde erst mal nur zusehen und bin als Nächster dran.«

Natalie staunte selbst darüber, dass sie sich plötzlich fürchtete. Keiner der beiden hatte ihr irgendwie gedroht, doch schon allein das Outfit sorgte dafür, dass sie sich versklavt und unterworfen fühlte. Außerdem war niemand anwesend, der die Situation kontrolliert hätte, auch wenn die Party im Erdgeschoss noch in vollem Gang war.

Sie zögerte, merkte jedoch, dass die Furcht ihr Verlangen nur noch steigerte. Sehnlichst wünschte sie sich, dass die Zunge des blonden Mannes in den Schritt der schwarzen Lederhose fuhr, tief in sie eindrang und ihre angeschwollene und pulsierende Klitoris streichelte.

»Stimmt irgendwas nicht?«, fragte William. Er klang leicht irritiert.

»Nein, natürlich nicht«, beeilte Natalie sich zu sagen. »Tut mir leid«, fügte sie noch hinzu, woraufhin William sie anlächelte. Nachdem sie sich so positioniert hatte, dass ihre Vulva sich über dem Mund des Mannes und ihr Mund sich über seiner mächtigen Erektion befand, spürte Natalie ein erregtes Zittern, das sie bislang nur im Haven erlebt hatte.

»Na, dann mal los«, sagte William. »Wenn es nicht richtig zündet, kann ich ja immer noch aushelfen.«

Natalie war sich nicht sicher, was genau er damit meinte, aber es kümmerte sie nicht, denn sie schloss begierig die Lippen um den Schwanz des Blonden. Da Natalie über ihm kauerte, war er in der idealen Lage, ihr das herrlichste Vergnügen zu bereiten. Schnell war klar, dass er große Erfahrung darin haben musste, Frauen auf diese Weise zu befriedigen. Mit seiner Zunge strich er sanft den Schaft ihrer Klitoris hinauf, was sich für sie sensationell anfühlte. Während sie seinen Penis in einer Hand hielt und begann, an den Seiten hinaufzulecken, schob er seine Zunge für einige Sekunden in ihre Vagina, bevor er mit der Zungenspitze wieder an den Seiten ihres Kitzlers entlangstrich.

Sehr bald erzitterte ihr Körper vom ersten Orgasmus des Abends. Sie kam sofort aus dem Rhythmus und vergaß, den unter ihr liegenden Mann zu befriedigen. Doch sie wurde rasch daran erinnert: William zog an ihrem Lederhalsband und zwickte sie fest in die zarte Haut an ihrer Taille, sodass sie einen kleinen Satz machte. Das brennende, stechende Gefühl durchzuckte ihren ganzen Körper. »Du vernachlässigst meinen Freund«, sagte er streng. Sie musste sofort an Simon denken und daran, was er sie im Haven gelehrt hatte.

»Es tut mir leid«, murmelte Natalie und fuhr wieder fort, den blonden Mann zu lecken. Sie ließ ihre Zunge über die Unterseite seines Schwanzes gleiten, was er mit lustvoll zuckenden Hüften quittierte. Im Gegenzug ließ er seine Zungenspitze ganz zart auf der Spitze ihrer Klitoris kreisen. Sofort spürte sie, wie heiße Wellen der Lust sie durchpulsten und in einem weiteren Höhepunkt gipfelten.

Wieder geriet sie aus dem Rhythmus, und diesmal verspürte sie einen stechenden Schmerz auf dem Po, ganz knapp unterhalb des engen Höschens. Das konnten nicht nur Williams Finger gewesen sein. Aber sie wagte nicht, sich umzudrehen, um zu sehen, womit er sie geschlagen hatte, denn nun konzentrierte sie sich ganz auf seinen Freund. Trotzdem bescherte dieser ihr noch zwei weitere Orgasmen, bevor er schließlich selbst kam. Seine Hüften bewegten sich heftig auf und ab, als er sich in ihren Mund ergoss. Gierig saugte sie die aus seinem Schwanz quellende heiße, köstliche Flüssigkeit.

Sobald er fertig war, schlüpfte der blonde Mann unter Natalie weg, und William stieß sie grob auf den Rücken. Er spreizte ihr die Arme hoch über den Kopf und bedeckte ihren Körper mit seinem. Dann widmete sich sein Mund ihren Brüsten. Mit Zunge und Zähnen bearbeitete er ihre Nippel, die aus den Öffnungen des BHs hervorstanden, bis sie sich in wilder Lust unter ihm wand. Kurz darauf stieß er heftig in sie hinein, und obwohl er sich nicht die Mühe machte, sie anderweitig zu stimulieren, reagierte ihr Körper mit einem weiteren Höhepunkt auf diese schnelle und drängende Vereinigung. Sie kam mit einem Lustschrei.

Erst als es vorbei war und William sich von ihr löste, merkte sie, dass etwas nicht stimmte. »Klasse!«, tönte er. »Ich hoffe, man sieht sich noch mal.«

»Ja, natürlich«, murmelte sie, und der Blonde, der ihr nicht einmal seinen Namen genannt hatte, lächelte sie an. Dann verschwanden beide Männer. Sie trug immer noch das Lederoutfit und das Halsband als Zeichen ihrer Unterwürfigkeit. Als sie allein war, fühlte Natalie sich auf einmal sehr einsam. Dabei war es nicht so, dass sie den Sex nicht genossen hätte – im Gegenteil –, doch sie hätte sich gewünscht, dass einer der beiden bei ihr geblieben wäre. Und sei es nur, um ihr beim Ausziehen der Sachen zu helfen. Jetzt, da die Lust verflogen war, fühlte sie sich leer und irgendwie verloren.

Nachdem sie ihr Outfit abgelegt hatte, schaute Natalie ins Schlafzimmer nebenan. Dort sah sie eine ans Bett gefesselte junge Frau, mit der sich drei Männer nach Belieben vergnügten. Das Mädchen hatte die Augen verbunden und war total hilflos. Sie jammerte frustriert, während die drei erbarmungslos mit ihr spielten und ihr die Befriedigung auf dieselbe Weise verweigerten, wie Natalie das im Haven erlebt hatte.

Der Anblick des gefesselten, verschwitzten Körpers der anderen Frau erregte Natalie, aber sie vermisste Simon dadurch nur noch stärker. Plötzlich verlor sie jede Lust zu bleiben. Rein physisch hatten ihr die Aktivitäten zugesagt, doch mental genügte ihr das nicht. Ihr wurde klar, dass sie mehr brauchte – mehr als nur sexuelles Vergnügen. Die Wahrheit war, dass sie auch Simon dazu brauchte.

Rasch zog sie sich fertig an, griff nach ihrer Reisetasche

und ging leise die Treppe hinunter. In diesem Moment kam Jan mit Richard nach oben. »Du willst doch nicht etwa schon gehen, oder?«, fragte sie erstaunt. »Die Party fängt doch gerade erst an.«

»Ich hatte einen Anruf auf dem Handy«, log Natalie. »Ich muss morgen im Büro erscheinen.«

»O nein!« Jan verzog das Gesicht. »Das ist aber wirklich zu schade. Hoffentlich hattest du wenigstens Spaß mit William und Lance.«

»Ach, er heißt Lance?«

»Der Blonde, ja.«

»Na, schön zu wissen, auch wenn es vielleicht ein bisschen spät ist.«

»Die Namen sind doch egal«, scherzte Jan. »Was zählt, ist die Action. Ich ruf dich dann Ende der Woche mal an.«

»Ja, mach das. Ich freu mich drauf«, sagte Natalie. Damit verließ sie das Haus.

Auf der Heimfahrt fragte sie sich, was aus ihr werden sollte, falls sie Simon nie wiedersehen und den Rest ihres Lebens auf solchen Partys verbringen würde. Dort konnte ihr aufgegeilter Körper zwar eine gewisse Befriedigung erlangen, doch sie wusste, dass ihr danach immer etwas fehlen würde.

17. Kapitel

Endlich war es so weit. Der letzte Montag im Juni, der Tag, an dem Simon in ihrem Büro erscheinen sollte, falls er ihr Angebot annahm. Natalie stand morgens mit einem Gefühl der Aufregung und Vorfreude auf. Sorgsam überlegte sie, was sie anziehen sollte – sie wollte professionell und attraktiv zugleich wirken. Als ihr bewusst wurde, was sie da gerade tat, griff sie entschlossen nach einem dunkelblauen Kostüm und einer cremefarbenen Bluse, quasi ihrer Bürouniform.

»Nur wegen dir werde ich nicht alles auf den Kopf stellen, Simon Ellis«, murmelte sie. »Bei der Arbeit wirst du mich schon so nehmen müssen, wie ich bin.«

Als sie im Büro eintraf, fragte sie Grace sofort nach Anrufen, doch es hatte sich noch niemand gemeldet. Enttäuscht ließ Natalie sich hinter ihrem Schreibtisch nieder und versuchte, sich auf die Arbeit zu konzentrieren. Sie hatte um zehn einen Termin außer Haus, und als sie dorthin aufbrach, war von Simon weit und breit nichts zu sehen. Als sie um halb eins zurückkam, war er immer noch nicht aufgetaucht, und langsam sank ihr Mut. Dabei war sie sich so sicher gewesen, dass auch er sie vermisst hatte, und sie konnte einfach nicht glauben, dass er sie abblitzen ließ.

Aus Angst, ihn zu verpassen, verschob Natalie sogar

ihre Mittagspause. Um halb zwei war sie allerdings so weit, dass sie ihr Verhalten selbst völlig absurd fand. Offensichtlich hatte sie sich in allem getäuscht und würde lernen müssen, damit zurechtzukommen. »Ich mache jetzt Mittagspause und bin in etwa einer Stunde zurück«, ließ sie Grace übers Telefon wissen.

»Simon Ellis ist gerade gekommen«, erwiderte ihre Assistentin. »Soll ich ihn noch mal wegschicken und für später herbestellen?«

»Nein!«, reagierte Natalie etwas zu laut, hatte sich aber gleich wieder im Griff. »Ich meine, das geht in Ordnung. Schicken Sie ihn rein. Ich bin sowieso nicht besonders hungrig.«

Als Simon eintrat, hatte Natalie ein flaues Gefühl im Bereich ihres Solarplexus und merkte, wie ihr Herz zu rasen begann. Er sah noch attraktiver aus, als sie ihn in Erinnerung gehabt hatte – falls das überhaupt möglich war. Seine Augen strahlten in dem blassen, kantigen Gesicht. »Tut mir leid wegen der Verspätung«, sagte er kühl. »Ich hatte eine Autopanne.«

»Kein guter Start so was«, bemerkte Natalie.

»Nein«, stimmte er ihr zu. »Ich habe letzten Monat meinen Artikel in Ihrem Magazin entdeckt. Sie haben ja kein einziges Wort geändert.«

»Ich habe Besseres zu tun, als die Artikel meiner Journalisten umzuschreiben. Wenn die nicht gut genug sind, um einen ordentlichen Artikel zu verfassen, dann kann ich sie sowieso nicht gebrauchen.«

Simon nickte. »Klingt nachvollziehbar. Ist die Stelle, die Sie mir angeboten hatten, überhaupt noch frei?«

»Ja, meine Assistentin kann Ihnen die Details erläutern, aber im Prinzip sollen Sie ähnliche Artikel schreiben wie den, der von uns bereits veröffentlicht wurde. In den meisten Monaten können Sie das Thema frei wählen. In Ausnahmefällen, vor allem wenn wir ein Themenheft gestalten, werde ich vorgeben, worum es gehen soll. Die inhaltliche Umsetzung liegt aber immer ganz bei Ihnen. Aktuell brauche ich zum Beispiel eine Kolumne mit neunhundert Wörtern über Karrierefrauen, die lieber ein süßes Haustier halten, als einen Partner zu haben. Denken Sie, Sie könnten die für mich schreiben?«

Simon hob die Augenbrauen. »Ich hab es nicht so mit Haustieren.«

»Ich auch nicht«, erwiderte Natalie kurz angebunden. »Aber das ist auch nicht notwendig. Eigentlich könnte das dem Artikel sogar einen besonderen Kick geben, dass Sie kein Fan von Haustieren sind. Ich hätte den Text jedenfalls gerne heute um siebzehn Uhr dreißig auf meinem Tisch.«

Simon stand auf. »Alles klar. Und was passiert, wenn wir hier fertig sind, Natalie?«

»Ich dachte, das hätten wir schon besprochen.«

»Ich meine, gehen wir zu mir oder zu dir?«

»Zu mir«, beeilte Natalie sich zu sagen.

»Ich schätze, dort fühlst du dich sicherer, oder? Weil du weißt, dass du mich jederzeit rauswerfen kannst.«

»Zu Beginn einer Beziehung erscheint mir das eine sinnvolle Vorsichtsmaßnahme zu sein.«

»Weißt du, wenn ich dir so zuhöre, frage ich mich, ob dich das Haven überhaupt verändert hat«, sagte Simon.

»Im Büro möchte ich über das Haven überhaupt nicht sprechen.«

»Natürlich nicht. Aber pass nur auf, dass du es nicht auch vergessen hast, wenn du am Abend die Bürotür hinter dir zumachst.«

Nachdem er ihr Zimmer verlassen hatte, wurde Natalie bewusst, wie verspannt sie war. Sie hatte ihre Schultern viel zu weit hochgezogen. Erst als sie ein paarmal tief durchgeatmet und sich selbst eine kleine Kopfmassage gegönnt hatte, wurde sie wieder lockerer. Simons unglaubliche sexuelle Ausstrahlung, seine animalische Anziehungskraft waren so stark, dass sie sich kaum aufs Berufliche hatte konzentrieren können. Sie hatte auch gefürchtet, er könne versuchen, in gewisser Weise ihre Autorität zu untergraben, aber zu ihrer Erleichterung war das nicht passiert. Das Einzige, was ihr Sorgen machte, war, dass es ihr vielleicht schwerfallen würde, am Abend zugänglich zu sein, wenn sie sich tagsüber so distanziert und zurückhaltend geben musste.

Um siebzehn Uhr betrat Simon ihr Büro wieder und legte ihr einige Blatt Papier auf den Tisch. »Bitte schön, der Artikel, den du haben wolltest. Ich habe die Deadline um dreißig Minuten unterschritten.«

Natalie nickte. »Sehr löblich. Dann habe ich ja noch Zeit, ihn zu lesen, bevor wir aufbrechen.«

»Solange du nicht versuchst, darüber zu diskutieren, wenn wir zu Hause sind.«

»Bei *mir* zu Hause meinst du.«

»Ach, Natalie«, sagte Simon sanft. »Wann wirst du das begreifen? Ich dachte, es sollte unser Zuhause sein, im Moment zumindest.«

Natalie war verwirrt. »Ja, natürlich, das soll es auch sein, aber ...«

»Aber für dich ist es erst einmal noch deins, so wie das Magazin, nicht wahr?«

»Nein«, protestierte sie. Aber insgeheim wusste sie, dass er recht hatte. Es würde ihr sehr schwerfallen, ihr Privatleben mit einem anderen Menschen zu teilen, und indem sie ihn daran erinnerte, dass die Wohnung, in der sie leben würden, ihr gehörte, versuchte sie wohl, ihn daran zu hindern, die absolute Kontrolle zu übernehmen. »Ich ruf dich an, wenn ich es gelesen habe«, sagte sie abweisend.

Nach zwanzig Minuten stand Simon erneut vor ihrem Schreibtisch. »War es in Ordnung?«, fragte er höflich.

Natalie runzelte die Stirn. »Ich fürchte, nein.«

»Was stimmt nicht damit?«

»Setz dich, dann sage ich es dir.«

Er zögerte kurz, ließ sich aber doch, sehr langsam, auf einen Stuhl sinken, verschränkte die Arme vor der Brust und sah sie nachdenklich an. »Schieß los.«

»Du nimmst unseren Leserinnen gegenüber eine gönnerhafte Haltung ein«, sagte Natalie. »Um genau zu sein, grenzt es sogar gefährlich nah an Verachtung für sie. So ist unser Magazin aber nicht gedacht. Dabei ist es doch so, dass Haustiere dich nicht danach beurteilen, wer du bist oder was für einen Job du hast, sie bilden sich ihre Meinung nur nach deinem Verhalten ihnen gegenüber. Und genau darum verbringen einige Karrierefrauen ihre Freizeit lieber mit ihrem Haustier als mit einem Mann. Bei dir klingt es so, als sei mit diesen Frauen etwas nicht in Ordnung.«

»Anstatt mit den Männern, meinst du?«

»Ja, ich denke schon.«

»Ich glaube aber nicht, dass mit den meisten Männern etwas nicht in Ordnung ist. Ich finde es auch okay, wenn Frauen ein süßes Hündchen oder Kätzchen haben wollen. Aber sie können von Männern nicht erwarten, dass sie sich wie diese possierlichen Geschöpfe benehmen.«

Natalie bemühte sich, sachlich zu bleiben. »Simon, hier geht es nicht in erster Linie darum, was du denkst, sondern um das große Ganze. Das ist doch nur mal wieder ein Beweis dafür, dass beruflich erfolgreiche Frauen schlecht wegkommen.«

»Macht doch nichts. Ihre Schwäche gereicht den Tieren doch nur zum Vorteil.«

»Sei nicht respektlos. Ich hätte gern, dass du das morgen neu schreibst. Ich weiß, du kannst das besser.«

»Dann weißt du mehr als ich. Aber da du ja anscheinend

so genau weißt, wie der Artikel geschrieben sein sollte, würdest du ihn vielleicht am liebsten gleich selbst verfassen.«

Natalie begann, die Geduld zu verlieren. »Simon, ich bin hier die Herausgeberin. Ich habe das letzte Wort, und ich sage dir, das ist nicht gut genug. Ich versuche ja nicht zu zensieren, was du schreibst –«

»Doch, das tust du.«

»Das tue ich nicht. Ich bitte dich einfach nur, den Sachverhalt ein wenig einfühlsamer zu betrachten, das Ganze noch einmal zu überdenken und neu zu schreiben.«

»Mir war nicht klar, dass deine Herausgeberschaft eine verdeckte Zensur ist.«

»Das ist sie auch nicht«, sagte Natalie und bemühte sich um einen ruhigen Ton. »Dein Problem ist, dass du so lange freier Journalist warst. Du hast viele einzelne Artikel veröffentlicht, musstest aber nie regelmäßige Beiträge ausgerichtet an den Kriterien anderer schreiben. Aber ich bin mir sicher, dass du da ganz schnell reinfinden wirst.«

Simons Wangen verfärbten sich hellrosa. »Wie überaus freundlich du das formulierst. Warum schreibst du nicht gleich: ›Du musst dir mehr Mühe geben‹ an den Rand, damit ich es noch besser verstehe?«

»Sei nicht kindisch«, tadelte Natalie ihn. »Hier«, sie schob ihm den Artikel hin.

Simon machte den Mund auf, als wolle er noch etwas sagen, schloss ihn aber sofort wieder, schnappte sich den strittigen Artikel und stapfte aus dem Zimmer.

Natalie sank auf ihrem Stuhl zusammen. Sie wusste, dass sie hart mit ihm ins Gericht gegangen war, härter als nötig. Aber es erschien ihr wichtig, dass er von Anfang an begriff, dass bei der Arbeit sie das letzte Wort hatte.

Als Natalie zu Hause ankam, saß Simon schon vor der Haustür in seinem Wagen. »Wie hast du hergefunden?«, fragte sie.

»Ich habe einen ziemlich guten Orientierungssinn.«

Sie warf einen Blick in sein Auto. »Viel hast du nicht dabei.«

»Vielleicht bleibe ich ja nicht lange. Für ein paar Nächte wird es reichen.«

Es fühlte sich ungewohnt an, am Ende des Tages ihre Wohnung in Begleitung eines Mannes zu betreten, der den ganzen Abend und über Nacht bleiben würde. Sie spürte einen unerwarteten Ärger in sich aufsteigen, weil er wahrscheinlich erwartete, dass sie jetzt anfing, ihm ein Abendessen zu kochen.

»Ich trinke immer zuerst ein Glas Wein, wenn ich nach Hause komme«, sagte sie trotzig.

»Schön. Ich nehme lieber ein kaltes Bier.«

»Ich habe aber kein Bier im Haus.«

»Dann solltest du morgen auf dem Heimweg aber dringend eins besorgen.«

»Besorg es dir doch selbst«, konterte Natalie.

Da packte Simon sie bei den Schultern und drückte sie gegen die Küchentür. »Du bist jetzt nicht mehr bei der Arbeit, also kannst du aufhören, Anweisungen zu erteilen.«

»*Du* hast doch *mir* eine erteilt.«

»Ja, weil wir inzwischen zu Hause sind. Da gelten andere Regeln, schon vergessen?«

»Das hier ist nicht das Haven. Die einzigen Regeln, die hier gelten, sind meine. Denn es ist mein Zuhause.« Sie bedauerte ihre Worte, kaum dass sie sie ausgesprochen hatte.

Simon wandte seine Augen, die gerade noch geglitzert hatten, von ihr ab und ließ ihre Schultern los. »Ich wusste, es würde nicht funktionieren«, murmelte er.

Natalie begriff, was sie gerade getan hatte, und packte ihn an der Jacke. »Es tut mir leid. Ich habe, seit wir uns zuletzt gesehen haben, dauernd an dich gedacht. Ich habe die Liste benutzt, um auf Partys und andere Abendeinladungen zu gehen, und es hat mir zwar einerseits Spaß gemacht, aber ohne dich war es einfach nicht dasselbe. Bitte, gib mir noch eine Chance.«

»Das hier muss für uns beide funktionieren«, sagte Simon, und seine Stimme klang wieder sanft. »Es muss Spaß machen, eine Lebensweise sein, die wir beide genießen.«

»Du wirktest nicht so, als hättest du es im Büro wirklich genossen.«

»Du hast eine ganz schön scharfe Zunge, nicht wahr? Weißt du, dein Problem ist, dass du dich nicht richtig locker machst.« Bei diesen Worten drückte er sie wieder gegen die Tür. Nur dass er sich diesmal vor sie hinkniete, ihren Rock bis zur Taille hochschob, ihren Slip herunterzog und ihre Vulva mit seinem Mund umschloss. Behutsam spreizte er dann ihre Schamlippen mit den Fingern, sodass seine Zunge ihre pochende Klitoris streicheln konnte.

Natalies Beine begannen zu zittern, und sie spürte, wie ihr Kitzler immer stärker zu kribbeln begann. Sie ließ den Kopf in den Nacken fallen, als die Lust sie in köstlichen Wellen durchflutete. Dann kam sie sehr rasch zu einem wunderbaren, sanften Orgasmus.

Simon erhob sich, ging an den Kühlschrank und goss ihr ein Glas Wein ein. »Hier, das solltest du trinken, bevor du uns etwas zu essen zubereitest.«

»Ich koche abends eigentlich nicht«, gestand sie.

»Du hast doch bestimmt irgendeine Pasta, oder? Das wird sicher kein Gourmetmenü, aber es ist immer noch besser als Take-away-Essen. Jedenfalls möchte ich, dass du irgendwelche sexy Dessous anziehst, bevor du damit anfängst. Das wird dem Gericht das gewisse Etwas verleihen.«

»Das geht doch nicht«, protestierte Natalie.

»Warum nicht? Ich will genau das.«

Natalie begann, schwer zu atmen. Ein Teil von ihr lehnte sein Ansinnen empört ab, doch ein anderer Teil fand es sehr erregend. Als sie in ihrem Schlafzimmer in einen schwarzen Spitzen-BH und das dazupassende Höschen schlüpfte, strich sie mit den Händen flüchtig über ihren Körper und betrachtete sich dabei in dem großen Spiegel. Die schwarzen halterlosen Spitzenstrümpfe und die hochhackigen Schuhe ließen ihre Beine noch länger wirken. Ihr Körper sehnte sich so heftig nach Liebkosungen, dass sie kurz an ihren Nippeln spielte, bevor sie mit leicht geröteten Wangen in die Küche zurückkehrte.

Während sie kochte, ließ Simon keine Sekunde lang von ihr ab. Erst strich er über ihre Wirbelsäule, dann legte er die Hände an ihre Taille und hielt sie fest, sodass sie sich wünschte, er würde mit seinen Händen weiter abwärtswandern. Danach ließ er sie los und saugte an ihrem Nacken. Es fiel ihr ungemein schwer, sich auf die Zubereitung der Pasta zu konzentrieren, und als sie sich endlich zu Tisch setzten, hatte sie keinen Appetit mehr aufs Essen – sondern auf Simon.

»Köstlich«, lobte er ihre Tagliatelle. »Du bist eine sehr sexy Köchin.«

»Ich *fühle* mich auch sehr sexy«, bemerkte sie.

Simon lächelte. »Das ist gut, denn für später habe ich noch eine kleine Überraschung vorbereitet.«

Nach dieser Andeutung hatte Natalie überhaupt keinen Hunger mehr, denn sie konnte nur noch daran denken, was er wohl mit ihr machen und wie sehr ihr Körper es genießen würde, wenn sie endlich die Befriedigung bekam, nach der sie sich sehnte.

Sie hatten gerade ihren Kaffee ausgetrunken, als es an der Tür klingelte. »O nein«, stöhnte Natalie. »Wer kann denn das sein? Um so eine Zeit läutet nie jemand bei mir. Ich werde gar nicht erst aufmachen.«

»Du musst aufmachen«, sagte Simon entschieden.

»Ich kann nicht, so wie ich angezogen bin.«

»Doch, das kannst du. Geh und mach die Tür auf. Jetzt«, fügte er streng hinzu.

Natalie starrte ihn an. »Was sollen die Leute denken?«

»Mir ist egal, was sie denken. Ich will, dass du es tust. Ich will, dass du genau so dastehst, so sexy und provozierend.«

Wie im Haven fühlte Natalie sich verletzlich und gedemütigt. Aber anscheinend brauchte sie genau das, denn sie spürte, wie ihre Brustwarzen zu kleinen harten Spitzen wurden, und allein die Reibung des Spitzenstoffes daran sandte Pfeile der Erregung durch ihre Brüste. Gehorsam stand sie auf und ging zur Tür. Dort zögerte sie mit klopfendem Herzen erneut. Doch da sie wusste, dass Simon bald ärgerlich würde, zwang sie sich, aufzumachen.

Zu ihrer großen Freude standen Sajel und Anil vor ihr. »Seit meinem zweiten Wochenende im Haven habe ich versucht, euch anzurufen!«, sagte sie. »Ich hatte ja eure Nummer, aber es ist nie jemand drangegangen.«

»Wir waren verreist, um uns wieder näherzukommen«, erklärte Sajel mit einem entschuldigenden Lächeln.

»Du siehst sehr ansprechend aus, und ich bin mir sicher, dass deine Nachbarn das zu schätzen wissen, aber vielleicht können wir doch hereinkommen«, meinte Anil.

»O Gott, das habe ich total vergessen«, rief Natalie und trat rasch beiseite, um sie hereinzulassen. »Simon verbringt gerade ein paar Nächte hier«, fügte sie noch hinzu.

»Das wissen wir«, sagte Anil. »Er hat uns ja heute hierhergebeten. Er wollte, dass es ein ganz besonderer Abend für dich wird.«

Natalie spürte, wie ihr die Brust vor Aufregung eng wurde. »Du meinst, ihr seid hier, damit wir uns gemeinsam vergnügen?«

»Natürlich«, sagte Sajel. »Das wird bestimmt Spaß machen, meinst du nicht?«

»Doch, ganz bestimmt«, meinte Natalie.

»Also, was hältst du von meiner Überraschung?«, fragte Simon, als die drei zu ihm in die kleine Küche kamen.

»Mir fällt nichts ein, womit du mir eine größere Freude hättest machen können«, gestand Natalie.

»Gut. Also, nachdem wir schon Kaffee hatten, schlage ich vor, dass wir uns alle noch einen Drink gönnen und dann nach oben gehen.«

Als sie zu viert ihr Schlafzimmer betraten, warfen Natalie und Sajel sich einen verschwörerischen Blick zu. »Das ist, als wären wir wieder im Haven, oder?«, flüsterte die junge Inderin.

»Nur noch besser«, erwiderte Natalie. »Denn jetzt machen wir, was wir wollen – und zwar mit den Männern, die wir uns ausgesucht haben.«

»Also, Mädels«, unterbrach Simon sie. »Wir werden nun ein Spiel spielen. Sobald ihr euch ausgezogen habt, wird Anil euch nacheinander massieren, damit ihr beide in Stimmung kommt für das, was folgt. Sobald er damit fertig ist, werde ich euch etwas Besonderes anziehen. Anschließend wird Anil versuchen, Sajel zum Höhepunkt zu bringen, während ich das Gleiche bei Natalie probiere. Das Ziel ist, dass Anil und ich alles tun, damit ihr kommt, wobei ihr versuchen sollt, den Orgasmus so lange wie irgend möglich hinauszuzögern. Gewonnen hat diejenige, die sich am besten unter Kontrolle hat.«

»Gibt es eine Belohnung?«, fragte Sajel.

Simon grinste. »Ich fürchte, wir haben nur eine Bestrafung für die Verliererin vorgesehen.«

Mit wachsender Erregung zogen die beiden Frauen sich aus und legten sich dann auf Natalies großes Doppelbett, wo Anil sie mit parfümiertem Massageöl einrieb. Zuerst widmete er sich Sajel. Während Natalie sie lustvoll aufseufzen hörte, beschleunigte sich ihre eigene Atmung, und ihr Verlangen nahm zu.

»Genießt du es?«, flüsterte Simon ihr ins Ohr.

Sie antwortete nicht, weil das überflüssig war. Ihr zitternder Leib verriet ihm alles.

Endlich war sie an der Reihe. Sie drehte sich mit dem Gesicht zur Matratze, und bald kneteten Anils kräftige Finger die Muskeln an ihren Schultern und im Nacken, bevor er links und rechts von ihrem Rückgrat bis zu ihrem Po nach unten wanderte. Sie stöhnte leise und lustvoll auf. Sie hatte schon vergessen gehabt, was für geschickte Hände er besaß, und staunte darüber, wie ge-

285

konnt seine Massage sie entspannte und zugleich erregte.

Als er mit ihrer Rückseite fertig war, drehte Anil sie um, und sie blickte ihn unverwandt an, während seine Hände federleicht über ihre zarten Schlüsselbeine strichen, bevor er sich daranmachte, ihre festen, kleinen Brüste zu massieren. Besonders sorgfältig ölte er ihre hochempfindlichen Nippel ein, die daraufhin in süßem Schmerz zu ziehen begannen. Als er ein letztes Mal mit den Handflächen über die harten Spitzen strich, kam sie zu ihrer Schande schon fast. Sie musste sich unglaublich anstrengen, um nicht außer Kontrolle zu geraten.

Danach widmete Anil sich ihrem Unterkörper, wobei er darauf achtete, den Bereich zwischen ihren Schenkeln auszusparen. Trotzdem fragte Natalie sich, wie es ihr um alles in der Welt gelingen sollte, vor Lust nicht sofort zu explodieren, sobald Simon sie erregte.

»So, das hätten wir«, sagte Anil, nachdem er abschließend noch über ihre Füße gestrichen hatte und mit den Fingern zwischen ihre Zehen gefahren war, was sie als ungeheuer sinnlich empfunden hatte. »Wollen wir, dass sie nebeneinanderliegen, während wir sie bearbeiten, Simon?«

»Ich denke schon«, stimmte Simon ihm zu. »Es wird ihre Erregung nur steigern, wenn sie jeweils die Reaktionen der anderen hören. Aber zuerst muss ich die Seidenbänder anbringen.«

Natalie setzte sich im Bett auf und sah Simon zu, wie er

einen breiten Ledergürtel eng um Sajels schmale Taille festzurrte. An der Vorder- und Rückseite des Gürtels befanden sich Metallringe. Er nahm ein langes, schmales Seidentuch zur Hand, ließ Sajel sich breitbeinig vor ihn hinstellen und befestigte das Tuch am hinteren Ring des Gürtels, bevor er es zwischen ihren Beinen durchführte, stramm zog und am vorderen Ring verknotete.

Sajel quiekte leise auf, und Natalie fragte sich, wie es sich wohl anfühlen mochte. »Schon fertig«, erklärte Simon. »Jetzt du, Natalie.«

Sajel trat einen Schritt beiseite. Nun stellte Natalie sich abwartend vor ihren Liebhaber und ließ sich einen ähnlichen Gürtel um die Taille legen. Er wurde eng gezogen, und schon spürte sie die Seide zwischen ihren Schenkeln. Anils Massage hatte sie so erregt, dass sie schon ziemlich feucht war. Das schmale Tuch schob sich zwischen ihre äußeren Schamlippen und drückte fest auf die inneren sowie gegen die harte, pochende Klitoris. Dieser neue Druck bewirkte, dass ihr ganzer Unterleib sich anspannte und ihre Schenkel zu beben begannen.

Rasch legten die Männer die beiden Mädchen nebeneinander auf den Rücken und gaben ihnen den Befehl, ihre Augen zu schließen. Natalie wartete und traute sich kaum zu atmen, bis sie merkte, dass die beiden Männer zu ihnen aufs Bett kamen. Sie hatte sich alles Mögliche ausgemalt, doch sie war völlig überrascht, als sie spürte, wie etwas, das sie an eine winzige spitze Bürste erinnerte, über die Seide strich. Das allein wäre schon stimulierend

287

genug gewesen, doch das Bürstchen war noch dazu feucht und kalt, sodass ihre Sinne geradezu verrücktspielten, als Simon es vor und zurück über die straffe Seide führte, die sich in ihre Vagina grub.

Bald hörte Natalie sich ekstatisch stöhnen, während Sajel sich neben ihr rastlos wand und immer wieder verzweifelte Laute ausstieß. Natalie war klar, dass die Inderin kurz vor einem Orgasmus stand.

Die Atmosphäre im Zimmer war wie elektrisch geladen. Beide Männer reizten ihre Partnerinnen so gekonnt und stellten sich derart geschickt dabei an, sie an einen Punkt zu bringen, von dem aus es kein Zurück mehr gab, dass es für die Mädchen süßes Leid war, ihre natürlichen Reaktionen zu unterdrücken.

Nach einer Weile merkte Natalie, dass sie gleich explodieren würde. »Fühlt es sich gut an?«, flüsterte Simon. »Ich weiß, du willst kommen, aber du darfst mich nicht enttäuschen. Ich will dich nicht nur nicht bestrafen müssen. Ich will auch, dass du gewinnst. Und ich weiß, du kannst das.«

Natalie war sich dessen keineswegs sicher, vor allem nicht, nachdem Simon das Bürstchen durch seine Zunge ersetzte. Sie spürte seinen heißen Atem durch die Seide hindurch, und ihr Kitzler schwoll noch ein bisschen mehr an, während sie unaufhaltsam auf den Gipfel der Lust zusteuerte. Durch die Seide knabberte er ganz behutsam mit den Zähnen an ihrer Klitorisspitze, woraufhin ihre Hüften wild zuckten.

»Noch nicht!«, ermahnte er sie.

Inzwischen schrie Sajel bereits laut. Und das nicht nur vor Lust, sondern auch aus Furcht, im nächsten Augenblick zu kommen. Ihr Schreien steigerte Natalies Erregung noch, und als sie spürte, wie sich der Körper der anderen rhythmisch hob und senkte, begannen auch die ersten Anzeichen ihres eigenen Orgasmus sie zu erfassen. »Ich komme gleich«, jammerte sie. Doch als sie die Worte aussprach, stieß Sajel einen durchdringenden Schrei der Verzweiflung aus und zuckte so heftig, dass Natalie Bescheid wusste. – Sie hatte gewonnen.

»Bravo!«, rief Simon. »Jetzt kannst du die Augen öffnen.« Das tat Natalie und sah ihm zu, wie er, selbst ebenfalls wild vor Lust, die Seide grob beiseitezog und mit Macht tief in sie hineinstieß. Gleichzeitig schob er eine Hand unter sie und drang mit einem Finger in ihren Anus ein. Von irgendwo anders im Zimmer hörte sie das Geräusch von Latex auf Haut und vermutete dahinter Sajels Bestrafung. Doch aus Sajels Schreien konnte sie schließen, dass die Schläge ihre Lust nur noch anheizten. Trotzdem, das wusste Natalie, war es kein Vergleich zu dem, was Simon ihr gerade bescherte. Während er rhythmisch ein ums andere Mal in sie eindrang und sie auf einen weiteren schwindelerregenden Höhepunkt zutaumelte, glaubte sie zum ersten Mal, dass er wirklich ihr gehörte und sie etwas Besonderes für ihn war.

Nach einigen Minuten kam Simon auch, und sein Triumphschrei klang geradezu animalisch. Als würde er feiern, dass sie ihm gehörte und sie gemeinsam gewonnen hatten.

Kurz herrschte Schweigen im Raum. »Ich glaube, wir könnten noch eine Runde Drinks vertragen«, schlug Anil schließlich vor. »Kümmert ihr euch darum, Mädels?«

Sajel sah drein, als wolle sie protestieren, doch dann tauschten sie und Natalie einen Blick und lächelten. Sie brauchten es doch gar nicht zu versuchen, irgendetwas zu beweisen. Möglicherweise verstanden die Männer das nicht, aber sie beide wussten Bescheid. Es herrschte ein Gleichgewicht der Macht, denn die Männer wurden vom Gehorsam der Frauen gleichsam versklavt.

Als sie in die Küche gingen, um Gläser und den Wein zu holen, trugen sie nach wie vor nichts außer den Gürteln und den Seidentüchern. »Wie ist es euch auf eurer Reise miteinander ergangen?«, fragte Natalie.

Sajel lächelte geheimnisvoll. »Es war herrlich, wie nicht von dieser Welt.«

»Dann werdet ihr es mit der Ehe versuchen?«

»Ich glaube, keiner von uns könnte jemals mit jemand anderem glücklich sein. Und das alles dank des Haven. Und wie geht es dir?«

Natalie erzählte ihr, was sich seit ihrer Begegnung im Haven zugetragen hatte und dass Simon jetzt beim Magazin für sie arbeitete.

»Ist das nicht ein bisschen heikel?«, fragte Sajel.

»Er hat ja gerade erst angefangen, also kann ich nichts

Definitives dazu sagen. Ich glaube, für Simon ist es bei der Arbeit schwierig. Für mich ist es dagegen immer perfekt.«

»Na, so soll es sein.«

»Ja. Aber wir dürfen ihnen niemals verraten, was die Folge unserer Besuche im Haven war, nicht wahr?«

»Wie meinst du das?«

»Na ja, dass wir es dank ihnen wirklich hingekriegt haben. Ich bin jetzt bei der Arbeit glücklich und hier zu Hause geradezu ekstatisch. Es macht mir keine Probleme, mich Simon zu unterwerfen, um so unglaubliche Lust zu erleben, und dafür musste ich rein gar nichts opfern. Es gibt nur eine Sache, die ich bedaure.«

»Und zwar?«

»Dass ich dieses Geheimnis, wie man alles erreicht, nicht mit meinen Leserinnen teilen kann!«, meinte Natalie lachend. »Komm, lass uns ihnen lieber die Drinks bringen. Denn wenn wir Glück haben, sind sie noch nicht fertig mit uns.«

Als sie ins Schlafzimmer zurückkehrten, unterhielten sich die Männer gerade mit ernsten Mienen, und keiner von ihnen lächelte den Mädchen zu.

Natalie spürte, wie die inzwischen vertraute dunkle Erregung in ihr wuchs. »Warum seht ihr uns so an?«

»Weil wir noch einen weiteren Wettbewerb mit euch vorhaben«, erklärte Anil.

»Ich glaube nicht, dass ich jetzt schon wieder kommen kann«, log Natalie.

»Darüber zu befinden liegt nicht bei dir«, sagte Simon streng.

Natalie schlug die Augen nieder, damit er den Triumph darin nicht bemerkte.

Offensichtlich würde es genau so kommen, wie sie und Sajel sich erhofft hatten, und die Nacht hielt noch jede Menge Vergnügungen für sie bereit. Stumm dankte sie Jan dafür, dass sie ihr vom Haven erzählt hatte, und trat dann mit gesenktem Kopf fügsam vor Simon hin. Sie wusste, dass er sie dabei wohlwollend betrachtete, und erzitterte ein wenig, weil sie nicht wusste, was ihr bevorstand.

Sicher wusste sie allerdings, dass sie endlich ganz und gar zufrieden mit ihrem Leben war. Und deshalb würde sie auch dafür Sorge tragen, dass Simon ebenso empfand. Wenn ihr das gelang, würde er wahrscheinlich gar nicht mehr im Haven arbeiten müssen. Zusammen mit Anil und Sajel konnten sie beide ihre eigenen Partys veranstalten. Und wenn sich ihr Kreis erweiterte, dann würde ihr Privatleben so aufregend, dass für das Haven gar keine Zeit mehr blieb.

Als Simon Natalie die Hände hinter dem Rücken zusammenführte und sie mit einem Paar Handschellen fesselte, spannten sich ihre Brüste in einer Mischung aus Schmerz und Lust. Und als er seine Hände auf die prallen Wölbungen presste, wusste sie sicher, dass sie alles haben konnte. Dass sie bereits alles hatte.

Abbi Glines

Rush of Love – Verführt

Roman. *Übersetzung aus dem Amerikanischen von Heidi Lichtblau.* 240 Seiten. *Piper Taschenbuch*

Sie ist seine Stiefschwester. Sie ist jung und unschuldig. Für Rush Finlay ist sie aber vor allem eines: verboten verführerisch.

Nach dem Tod ihrer Mutter verlässt Blaire ihr Zuhause, um bei ihrem Vater und dessen neuer Familie in einem luxuriösen Strandhaus zu leben. Vor allem ihr attraktiver Stiefbruder Rush lässt sie jedoch immer wieder spüren, dass sie nicht willkommen ist. Er ist so abweisend wie anziehend, so verletzend wie faszinierend, er ist verwirrend und unwiderstehlich – und er kennt ein Geheimnis, das Blaires Herz mit einem Schlag für immer brechen könnte.

Abbi Glines

Rush of Love – Erlöst

Roman. *Übersetzung aus dem Amerikanischen von Heidi Lichtblau.* 304 Seiten. *Piper Taschenbuch*

Sie hat ihn verlassen. Ihre Welt liegt in Trümmern. Doch Rush kann sie nicht vergessen, er will sie wieder glücklich sehen: sie erlösen.

Blaires Welt bricht mit einem Schlag zusammen. Alles, was sie für wahr hielt, ist nichts als Lüge. Sie weiß, dass sie niemals aufhören wird, Rush zu lieben – sie weiß aber auch, dass sie ihm niemals verzeihen kann. Sie versucht, ihr Leben wieder in den Griff zu bekommen. Ohne ihn …. bis ihre Welt erneut erschüttert wird. Was tust du, wenn der Mensch, der dich am tiefsten verletzt hat, der einzige ist, dem du vertrauen kannst?

Sarah Harvey

Kann ich den umtauschen?

Roman. Aus dem Englischen von Marieke Heimburger. 368 Seiten. Piper Taschenbuch

Alice Cooper ist verwirrt. War ihr Freund Nathan schon immer so unachtsam? Oder hat sie nur nicht gemerkt, wie er sich im Laufe der Zeit veränderte? Während Alice noch darüber nachdenkt, tut er etwas (fast) Unverzeihliches. Er schenkt ihr zu Weihnachten einen Bürokalender und ein Wörterbuch – beides hat er noch schnell von seinem Schreibtisch mitgenommen. Unglaublich! Wütend schnappt sich Alice den Kalender und verfasst ihr ganz persönliches Wörterbuch: eine Abrechnung mit ihrem Horrorfreund von A-rmleuchter bis Z-eugungsverweigerer ...

»Dieses Buch ist nicht nur außen rosarot, sondern auch innen: Es verzaubert mit viel Witz, Situationskomik und Charme.«
Laura

Sarah Harvey

Der Apfel fällt nicht weit vom Mann

Roman. Übersetzung aus dem Englischen von Marieke Heimburger. 352 Seiten. Piper Taschenbuch

Wie die Retterin in der Not wird Pip von ihrer Familie willkommen geheißen, als sie in das baufällige alte Haus mit angrenzender Apfel-Plantage zurückkehrt. Denn Pips Sippe steht kurz vor dem Ruin. Aber was erwarten ihre Lieben von ihr? Sie ist doch nicht Superwoman! Fieberhaft überlegt sie, wie man zu Geld kommen könnte. Das ist allerdings gar nicht so einfach, wenn man nichts hat als Äpfel im Überfluss. Und dann taucht plötzlich ein geheimnisvoller und äußerst attraktiver Spanier auf. Ist er die Antwort auf ihre Stoßgebete?

»Eine wunderschöne Liebesgeschichte mit englischem Bridget-Jones-Humor und dermaßen sympathischen Figuren, dass man auf der Stelle zu Alice nach Südengland ziehen will. Oder vielleicht doch lieber zu Daniel ...« Brigitte über »Kann ich den umtauschen?«

Lucy Clarke

Die Landkarte der Liebe

Roman. Übersetzung aus dem Englischen von Astrid Mania. 352 Seiten. Piper Taschenbuch

Ein meerblaues Reisetagebuch. Das ist alles, was Katie von ihrer Schwester bleibt. Denn Mia ist tot. In Bali stürzte sie von einer Klippe. Katie hat nur eine Chance, das Geheimnis um den Tod ihrer unnahbaren Schwester zu lüften: ihr Tagebuch zu lesen und den Stationen ihrer letzten Reise zu folgen. Und so taucht Katie immer tiefer ein in das Leben ihrer Schwester ein und entziffert Stück für Stück Mias ganz persönliche Landkarte der Liebe ...

Gaby Hauptmann

Hängepartie

Roman. 320 Seiten. Piper Taschenbuch

Wer will schon einen impotenten Mann fürs Leben? Carmen jedenfalls nicht – sie spürt noch immer das Prickeln im Bauch, ihr ist es ernst mit David. Aber der will nur spielen, am Computer, und scheint auf Carmen gar nicht mehr scharf zu sein. Vielleicht muss sie ihn wieder scharf machen?, denkt Carmen. Und fliegt spontan mit dem smarten Steffen nach New York. Aber auch Steffen hat seine Gründe für diesen Trip ...

Liebe, Zweifel und eine doppelte Überraschung – Gaby Hauptmann schickt ihre schlagfertige Heldin in ein aufregendes Wechselbad der Gefühle!

Karin B. Holmqvist

Herzschrittmacher gesucht

Roman. Aus dem Schwedischen von Annika Krummacher. 224 Seiten. Piper Taschenbuch

Der Alltag von Selma und Artur Jacobsson auf dem alten Hof in Südschweden ist friedlich und überschaubar. Kein Wunder, dass Selma sich manchmal etwas Abwechslung wünscht. Und die kommt schneller als vermutet – durch die neue Nachbarin Disa, die es mit ihrer esoterischen Ader versteht, Selma für Räucherstäbchen und Rosenmethode zu begeistern. Artur beäugt das Ganze eher misstrauisch. Schließlich hat er Wichtigeres zu tun: Er hat nämlich einen Schlüsselbund gefunden, mit dem er sich Zugang zu einem Bankschließfach verschaffen kann ...

»Karin B. Holmqvists Bücher sind typisch schwedisch und mit einer ganz besonderen Wärme erzählt.«
En bokcirkel för alla

Emma Hamberg

Für Wunder ist es nie zu spät

Roman. Aus dem Schwedischen von Susanne Dahmann. 368 Seiten. Piper Taschenbuch

Nach außen wirkt Majas Leben perfekt: Als Ehefrau eines berühmten Künstlers lebt sie auf einem alten Schloss, romantisch gelegen auf einer Insel im schwedischen Vänersee. Doch während ihr Mann immer gigantischere Kunstwerke schafft, sieht es mit ihrer eigenen Karriere als Bildhauerin mau aus. Zu allem Überfluss fühlt sie sich von ihm nicht mehr begehrt. Das muss anders werden, beschließt sie und schmiedet einen ungewöhnlichen Plan: Sie eröffnet eine Schwimmschule für Erwachsene. Zwei heiße Sommerwochen lang stellen die Kursteilnehmer den Schlossalltag auf den Kopf, unter ihnen der extrem attraktive Alex. Und schon bald steht nicht nur ihre eigene Beziehung auf dem Prüfstand ...

Greta Hansen

Zwischen uns der Ozean

Roman. 384 Seiten.
Piper Taschenbuch

Ein Neuanfang in Amerika! Davon träumen Paula Klausner und ihre Eltern, als sie mit dem Ozeandampfer über den Atlantik reisen. Auf Ellis Island aber wird der 16-Jährigen die Einreise verwehrt. Brutal wird Paula von ihrer Familie getrennt und allein nach Hamburg zurückgeschickt. Doch Paula gibt nicht auf. Mit der Hilfe neu gewonnener Freunde erkämpft sie sich gegen alle Widrigkeiten eine verheißungsvolle Zukunft. Und sie hört nicht auf, nach ihrer in New York verschollenen Familie zu suchen. Muss sie die Liebe ihres Lebens opfern, um sie wiederzufinden?

Stella Newman

Süße Teilchen

Roman. Übersetzung aus dem Englischen von Gabriele Weber-Jarić. 464 Seiten. Piper Taschenbuch

Als Sophie Klein – passionierte Produktdesignerin für süße Teilchen und Köstlichkeiten aller Art – James Stephens kennenlernt, verändert sich ihr Leben schlagartig. Der attraktive Mann Ende vierzig ist absolut umwerfend, klug und auch noch gut situiert. Wäre da nicht seine Exfreundin, ein Strumpfhosen-Model, das einen langen, dünnen Schatten auf die junge Liebe wirft. Aber einen solchen Traummann einfach ziehen lassen? Unmöglich!

»Lustig, ehrlich und erfrischend. Ein absolutes Muss für jeden, der schon einmal unglücklich verliebt war – oder zu viel Dessert gegessen hat.«
Claudia Carroll

»Ein großartiges Debüt: intelligent, schlagfertig und höchst amüsant.«
Daily Mail